U0091364

旺宅好媳婦 4

文創風 404

花月薰 著

目錄

第五十五章

這幾天，薛宸總覺得身下怪怪的。

自從婁慶雲賣力地示範了什麼叫做「正經生孩子」的步驟，那一夜，她就睡不著了，肚子裡彷彿脹脹的。她知道，這只是她不習慣，就算真的有了孩子，也不可能這麼快。她現在才徹底明白，婁慶雲從前到底怎麼弄的，每回都是最後關頭就……唉，不說了，總之很混蛋就是。

吃過早飯，薛宸正打算把這幾天的帳看一看，可還沒看兩頁，金嬤嬤就來了。

薛宸以為她來監督自己喝藥，正要跟她說暫時不喝，可還沒開口，金嬤嬤就道：「二夫人在太夫人那裡哭呢，長公主也跟著哭，太夫人讓我來請少夫人過去一同商量。」

薛宸從書案後走出，問道：「二夫人發生什麼事了？」

金嬤嬤回答。「我也不清楚，總歸和二老爺有關。我只在門外聽了幾句，說是二老爺被刑部抓起來，好像是犯了什麼事。」

薛宸蹙眉不解。「二叔被刑部抓了？」

這可不是鬧著玩的事，婁勤是衛國公府的二爺，掌管水師，怎麼會突然被刑部抓走？難道刑部不用顧忌衛國公府嗎？不用顧忌婁戰和婁慶雲了？

薛宸匆匆忙忙趕去松鶴院，韓氏抬頭見了就一把抱住她，道：「宸姐兒，妳讓慶哥兒救救二叔吧，咱們這房不能沒有他呀！這叫什麼事，好端端地，怎麼會讓刑部給抓了呢？」

薛宸連忙安慰韓氏。「二嬸先別哭。到底是怎麼回事？」

太夫人從旁吩咐。「來人，打水給二夫人洗臉。」又對韓氏道：「妳別哭了。這一看就是被人下了絆子，要不然怎麼只有他出事呢？」

薛宸問道：「二叔的船出了什麼問題？」

「糧草裡夾雜毒煙，共有一百斤。他帶船去了福建，將福建收的糧食及賦稅運回京城。本來不是他該做的事，不知怎地卻跑了這一趟。如今，他的船剛回京城，竟在碼頭被官兵查出問題。在糧草中私藏東西是大罪，更別說藏的還是毒煙了。」太夫人簡單地把事情說了一遍。

薛宸聽懂了。二老爺走了趟不該他走的船，被人暗地裡算計了。

婁慶雲從外頭回來，臉色亦是冷峻，見到太夫人後，道：「這回，二叔許是惹上麻煩了。右相那邊本就跟咱們不和，他們是二皇子黨，我們是太子一黨，只怕這已經不是二叔一個人的事，上升到黨派之爭了。」

二皇子是瑾妃之子、右相左青柳之外孫。朝中大致分為兩黨，雖說支持太子的大臣多些，可右相的實力不容小覷。右相歷經三朝，在朝中的勢力盤根錯節，即便皇上知道他的想法，也不能貿然與他動干戈。而他自然是擁戴二皇子的。

太夫人深吸一口氣，坐下來，過了一會兒才蹙眉問道：「這事，你二叔如何會做？可查出來是誰做的？」

婁慶雲看了韓氏一眼，她已經停止哭泣，洗完臉，正在擦手，亦目光灼灼地盯著他。猶豫一會兒，才道：「是水師參軍余慶年告發二叔的。他如今也倒戈去了二皇子黨。」

之前，余慶年任上州刺史，去年給中書省遞了摺子，請命調回京城，可京城一時沒有合適的地方安頓他，還是婁勤親自來求婁戩，讓余慶年到他的水師都督府中當知政參軍。原以為他會知恩圖報，可沒想到他居然背地裡倒戈，還毫不留情地在背後給了二老爺一刀，讓二老爺成為眾矢之的，且在婁家營救之前把這事捅上了刑部，上達天聽，讓婁家就是想私下解決都沒法子。

明眼人一看就知道婁勤是被人陷害了，不過是一百斤毒煙的事情，別說他沒做，就是做了，憑婁家的關係，不用上下打點那些官員也不敢怎麼樣。可直接上報刑部就不一樣了，刑部尚書的摺子一遞，連皇上都不能包庇。

而做出這件事的人很快就被查到了，是余慶年，三夫人余氏的父親、婁玉蘇的親外祖父。

薛宸腦中閃過一個念頭：婁玉蘇終於要出手了！他是想脫離婁家，然後單獨做三公主的駙馬，然後憑這層關係大幹一場，和衛國公府比個高下。看來，二老爺的事應該就是他們的第一仗了。

薛宸在腦中回想，上一世似乎並沒有聽說婁家二老爺因為這事受牽連，也許影響不是很大吧。余家為的可能只是讓三房脫離婁家，並不是真想利用這件事情把婁勤除掉。誰都知道，單憑這事根本除不掉婁勤。

不能掉以輕心的是，上一世的婁家似乎就是在三房分家後一蹶不振。那時，因為婁慶雲死了，婁家大房元氣大傷，三房分家又補上一刀，才傷了婁家的根本。可這一世，婁家並沒有衰敗的趨勢，他們想再傷害婁家可沒那麼簡單了。

不管怎麼說，這一世婁慶雲可還活著呢，皇帝依舊是他的親舅舅，太子是親表兄。

薛宸適時站出來說道：「我覺得大家可以不必太擔心這事。也許余大人做這件事，只能算是在他投靠的人面前遞一塊敲門磚。他們都知道，憑這件事並不能將二老爺如何，應該只是雷聲大、雨點小，等對方確定了余大人的投靠『誠意』，便不會追著不放了。」

婁慶雲聽了，眼中露出讚賞與贊同，對太夫人道：「辰光說得對，我也是這麼覺得。憑我們婁家如今的聲勢地位，誰會真想用這一百斤毒煙來害死二叔？正如辰光說的，這件事不過是余大人的敲門磚，向對方表示他投靠的誠意罷了。要怪，就怪二叔認人不清，居然著了余大人的道。不過也難怪，畢竟是三嬸的娘家。一個白眼狼罷了，大可不必放在心上。」

婁慶雲的話剛說完，便聽見門邊傳來一聲丫鬟的喊叫。「二夫人，您去哪裡呀？二夫人！」

韓氏衝動地跑出松鶴院，太夫人和薛宸同時道：「快派人攔住二夫人！」

韓氏想做什麼大家如何想不到？就是聽了婁慶雲的話，心裡有氣，想去找三房討個說法。這可不是什麼理智的行為。

韓氏走得很快，完全不理會身後那些丫鬟的喊叫和阻止，因為誰也不敢真的碰她，便推開人繼續往前。

沒一會兒工夫，韓氏就到了三房的院子，守門婆子哪敢攔著二夫人，全退到一邊，有人跌跌撞撞地跑進去報信。

余氏走出房門，就被一個氣勢洶洶的人影嚇壞了。

韓氏不由分說，上來即給了余氏一巴掌，將余氏打得偏過頭去。

余氏摀著臉，難以置信，好半晌才反應過來，尖叫道：「還愣著幹什麼？沒看見她動手打我了嗎？給我抓住她！」

余氏的話讓三房的下人們面面相覷，她們哪敢對二夫人動手啊？猶豫的時候，韓氏已經上前揪住余氏的頭髮，把她拉倒在地上。韓氏出身將門，會些功夫，余氏哪是她的對手？不一會兒就狼狽不堪了。

婁玉蘇在書房聽到消息趕來，見母親被韓氏壓在地上抽巴掌，連忙過去把兩人分開，護著余氏，對韓氏道：「二嬸這是幹什麼？我母親哪裡得罪了妳，讓妳這樣對她？」

韓氏打了幾下，心裡好受多了，對婁玉蘇冷冷說道：「她哪裡得罪了我？我還想問，二老爺哪裡得罪了余大人，讓余大人這樣陷害他？如今二老爺被抓到刑部去了，你說我為什麼要這麼對她！」

余氏在兒子背後緩過了神，探頭道：「妳別欺人太甚了，我爹是我爹、我是我，妳有本事去打我爹呀！在這裡逞什麼威風？二伯做了虧心事被人告發，妳怎麼怪罪到我爹身上？就算我爹不說，自然也有旁人說，怪得了誰？」

韓氏聽了，又要衝上去打她，中間夾了個婁玉蘇，攔在余氏身前不讓韓氏抓到余氏。

韓氏抓不到人，只好大叫。「我今日終於見識到什麼叫做恩將仇報了。妳忘了當初來找我給妳爹說情時有多諂媚吧？我就是瞎了眼才會相信。二老爺看在妳的面子上拉拔妳爹一把，他倒好，找到高枝就一腳把二老爺踢開，還讓二老爺去刑部受牢獄之災，你們余家的良心被狗吃了嗎？」

薛宸和婁慶雲趕了過來，婁慶雲上前將韓氏拉開，冷眼掃向婁玉蘇。

婁玉蘇渾身僵硬，扯著嘴角對婁慶雲露出一個難看的笑。「大哥，二、二伯母也、也太過分。您可瞧見，我母親給她打成什麼樣了。」

婁慶雲沒有說話，而是似笑非笑地看著婁玉蘇。婁玉蘇最怕婁慶雲這種表情，事實上，只要婁慶雲站在他面前，他便難以自制地感到害怕，尤其上回還發生綠桃的事，在他面前被逼著做了那檔事，簡直是他這輩子的恥辱。

韓氏的心情還沒有平復，見婁玉蘇還敢告她的狀，不禁怒道：「我打她，是因為她該打！吃裡扒外的東西！」

薛宸拉著韓氏，可韓氏的力氣太大根本拉不住，只好求助婁慶雲。

眼看韓氏又要衝上去打余氏，經過婁慶雲身邊時被他出手攔住，安撫道：「二嬸不必如此，仔細氣壞了身子。」

此時，三老爺婁海正和千嬌百媚的寵妾盛姨娘走了過來。

「這裡怎麼回事啊？慶哥兒怎麼也來了？」婁海正一副什麼都不知道的樣子，臉上堆著笑容，似乎想打圓場。

看見他時，婁慶雲的臉色頓時冷下。婁海正有些尷尬，不過卻沒表現出來，瞧見余氏狼狽不堪的樣子時，才震驚地跑過去問道：「夫人妳這是怎麼了？誰把妳打成這樣的？」

余氏瞥了站在三老爺身後暗笑的盛姨娘一眼，咬牙忍下這口氣，才指著韓氏道：「不知道她發什麼瘋，見了我就打，真是個潑婦！」

平日裡韓氏個性溫和，這回是真被激怒了，一來是因為二老爺的事，二來則是因為覺得自己被余氏騙了，心中氣憤難平。

三老爺聽了，臉色也冷下來，對韓氏說道：「二嫂，這就是妳不對了，咱們是一家人，這不分青紅皂白、衝上來就打人的習慣可不好啊！我知道二哥最近受了難，可那是他咎由自取，怪得了誰？妳把火撒到我們身上來算個什麼事？妳要道歉，那這件事就這麼算了；妳要不道歉，哼，我非得告到太夫人面前去，讓她老人家給我評評理。」

韓氏看著這個男人，平日裡對二老爺別提多尊敬了，可如今二老爺不過是被暫時抓去刑部，他的態度就變成這樣，果然和余氏是一丘之貉。遂大聲道：「好，就到太夫人面前去評評這個理！看是你們三房忘恩負義、寡廉鮮恥，還是我錯怪了你們！」

婁海正似乎就在等著韓氏說出這話，立刻轉身回應。「好，這可是妳說的，咱們現在就去！玉哥兒，扶著你母親，咱們一同去太夫人面前、去祖宗牌位面前評評這個理！見過欺負人的，可沒見過妳這樣的潑婦，仗著自己是嫡房就這麼無法無天，難道咱們庶房好欺負不成？」

說著，婁海正不給韓氏反駁的機會，帶頭越過眾人往垂花拱門走去，一副理直氣壯的樣子，明眼人都看得出他這是有備而來。

韓氏被氣惱沖昏了頭，哪裡顧得了其他的，跟在婁海正身後去了。

薛宸見這局勢不對，眼看擔心的事情似乎就要發生，三房已經打定主意要分家，可大房什麼都還沒準備呢，不能讓他們這麼得逞了呀！便要追上去，卻被婁慶雲拉住了。

薛宸著急地回頭說道：「哎呀，你別拉著我，要出大事了！三房這是想……」

她的話還沒說完，即聽婁慶雲接了一句。「分家。」

聽見婁慶雲這般冷靜地說出那兩個本該只有她知曉的字眼，薛宸愣住了，盯著婁慶雲看了好一會兒，然後才反應過來，掙開手就要去追。「你知道還不放手？三房這一走，不知要怎麼連累婁家呢！」

婁慶雲鬆開了她的手，卻一把摟過她，道：「強扭的瓜不甜，他們要走，我們沒有硬留的道理。這樣的人，早點分了對咱們婁家沒壞處，若留著他們，今後還不知要做出什麼傷害族人的事情來。」

薛宸被婁慶雲的態度驚呆了，可轉念一想，似乎是這個道理。三房要分家，她想到的只是上一世對婁家的影響，卻忘記了這一世和上一世的情形根本不一樣，婁慶雲仍然活著，而婁玉蘇只是個探花，到今天都還沒有正式的官職。只要婁慶雲在，就算婁玉蘇娶了三公主，也不會有上一世那樣步步高陞的造化了。

婁慶雲摟著薛宸離開三房的院子，緩緩走在花園小徑上，輕聲道：「要怎麼鬧，是他們上一輩的事，跟咱們關係不大，就別摻和了。三房這是徹底投靠二皇子黨了，二皇子黨反太子，以右相為首，今後難成什麼氣候。他們自己作死，我還怕他們連累婁家呢！分了最好。三叔以為婁玉蘇被三公主看中，今後就是皇家女婿，再也不用在婁家忍受庶子的待遇，總有他後悔的一天，真以為皇家的女婿那麼好做嗎？」

聽婁慶雲提到這個，薛宸才想起來，問道：「三公主什麼時候開府？已經定下了嗎？」

「估計就是年後吧。三公主府已經建得差不多，年後賜了婚，她就該出宮了。」

婁慶雲隨手從兩旁花枝上摘了朵淡黃色小花，插在薛宸的髮鬢上，忍不住彎身在她臉上親了一口。

薛宸被他嚇一跳，左右看了看，只有夏珠她們幾個低垂著頭跟在身後。薛宸和婁慶雲單獨相處時，這些丫鬟的目光都是規規矩矩，完全不敢亂看。

婁慶雲討好似的對薛宸笑了笑，然後伸手摸了摸她的肚子。「怎麼樣，今天有沒有什麼特別的感覺？」

薛宸白他一眼，拍掉了他的手。「就是射箭也沒這麼快的吧。」

婁慶雲嘿嘿一笑，摟著薛宸說：「夫人儘管放心，三個月後要是還沒有，我便改名叫別人，總有讓妳懷上的時候。」

不想再和某個無賴討論這問題，薛宸的心思仍在松鶴院中，想去看看情況，可是婁慶雲不讓她插手。薛宸是晚輩，就算鬧分家也沒有她作主的分，乾脆聽婁慶雲的，不去管了。看三房的態度，婁玉蘇和婁海正似乎都是成竹在胸，也許他們私下早想好了一切，就等爆發的機會。韓氏今日的衝動正好給了他們充足的理由。

韓氏在二老爺這件事上受了天大的委屈，不可能向余氏道歉，只要她不道歉，薛宸相信婁海正一定會揪住這件事不放，把自己當成弱者，是受了委屈、逼不得已才分家的，最後肯定還會扯出一大堆嫡庶的廢話。

現在想想，這種人早點離開，婁家的確早點清靜。如今三房投靠了余大人，等於間接投靠右相，今後的前途可真不大好說。

薛宸記得，上一世婁玉蘇並不是二皇子黨，可這一世，他是被婁慶雲逼急了才匆匆做這個決定吧。

就像婁慶雲所說的，的確會有他後悔的時候，因為後來登大寶的是太子殿下，根本沒有二皇子什麼事。上一世他能從容高升，也是因為沒和二皇子黨沾上關係。可這一世嘛……

人要作死，真是攔都攔不住啊！

事情果真如薛宸料想的那樣，婁海正的確做好了分家的準備，族裡的長老們居然也被他立刻請來了府裡。

太夫人哪裡還不清楚這一切都是婁海正算計好的，連族老們也受他調遣，隨時過來替他「主持公道」。他想幹什麼，她豈會不知。

饒是心裡有數，但聽到那兩個字從婁海正口中說出來時，太夫人還是怒不可遏。

「『父母在，不分家。』你不知道這句古話？我還沒死呢，你就想著分家，是要大逆不道嗎？」

太夫人拍著桌子，想用自己的震怒讓婁海正收回這句話。奈何，她的怒火並沒讓婁海正感覺到害怕與退縮，反而上前一步說道：「父母在，不分家，的確是這個道理。不過，兒子剛才說了，是二嫂無禮在先，她身為嫂子，不懂友愛弟媳，不由分說便衝上去毆打，這樣的女人，難道母親還要偏袒她嗎？若真如此，也太叫兒子寒心了。

「自古嫡庶有別，兒子自知並非母親親生，平日裡不敢奢求母親能一視同仁，可這回二哥出事原不干我們的事，就算他和我的岳父有往來，也是他們之間的關係，與我們何干？二嫂這般蠻橫，不就仗著自己是嫡房，有母親護著嗎？

「嫡房是人，我們庶房也是人，嫡房有慶哥兒出息，可我們庶房還有玉哥兒呢！我們玉哥兒爭氣得很，考中探花郎，慶哥兒當年就算是解元又如何，他並未參加殿試，在這方面，玉哥兒可強過他，學問好、人品高，卻因為我的關係，一直被人以庶子相待。母親若要偏袒嫡系，那我也沒有辦法，就此分家，一了百了，也算是您全了對我們的愛護吧！」

太夫人氣得心口發疼，自問一碗水端平，從未想過嫡庶有別，可如今卻被婁海正這樣當面指責，實在冤枉得緊，覺得平日裡的寬容太不值得了，才養得這些白眼狼囂張逼人，委實可惱。

順過氣後，她試圖跟婁海正講道理。「三房有出息，這是誰都不能否認的，玉哥兒有出息，我這老太婆也沒少過他什麼吧？你哪兒來的怨氣？更別說玉哥兒的探花，你以為是因為玉哥兒的才學嗎？還不是皇上看在慶哥兒當年沒參加殿試的分上，想藉此機會抬一抬咱們婁家罷了。你好歹也是入朝為官，這點道理難道還不懂？或者說，你根本就懂，只是不想承慶哥兒這份情，可就算不承情，這也是事實，你們父子想忘恩負義嗎？何必找藉口呢！」

婁海正聽到太夫人最後幾句話說得有些不客氣了，看了看一旁的族老們。族老們全收了他的銀錢，一個個向著他說話。

老國公的族兒太老爺站出來替婁海正說道：「我看這事，老三說得也不無道理。他終歸是庶出，玉哥兒跟著他這個庶父，將來難有好前程，還不如藉此機會，太夫人高抬貴手放了他們，讓他們在外面自立門戶，將來玉哥兒飛黃騰達，自然不會忘了您的好。」

太夫人瞧了太老爺一眼，又看看站在嚶嚶哭泣的余氏身旁的婁玉蘇，終於嘆了口氣。「我道你們這麼做是為了什麼，原來是為了這個。」

三房最終的目的暴露出來，就是想搭上三公主那條線。上回她和長公主被皇后宣入宮中，為的正是三公主和婁玉蘇的事。當時，羅昭儀說了一句。「可惜是個庶房嫡子。」許是這句話傳到了三房耳中，才生出反叛之心。人心一旦變了，便再難回復。

只是，太夫人到底上了年紀，對於分家這種事並不樂見。婁家向來以禮傳家、以德服人，她安泰一生，沒想到晚節不保，老了居然被這個庶子擺了一道。他倒好，出去另立門戶，說不出的恣意瀟灑，但人家卻會說她做嫡母的苛待庶子，致使庶子離家。庶子原該依附嫡系、受嫡系照料，可如今他們連這份照料都不要了，很可能是在嫡房受到了難以忍受的苛待……

「你走了倒是痛快，可曾想過旁人會怎麼說我們婁家？你今後還打算做婁家子孫，來拜婁家先祖嗎？若是還想，趁早死了這條心，只要我在一日，分家的事就不許再提！」

太夫人一拍桌子，餘威仍在。

婁海正還想上前說話，卻聽外頭傳來一聲怒喝。「他要走，就讓他走好了！我們婁家沒有這等忘恩負義之人！」

婁戰走進來，滿身行伍戾氣，畢竟是在戰場上殺過人的，煞氣甚重。平日裡神態平和時瞧著不怕人，可現在冷著臉，倒真有幾分凶神惡煞的樣子了。

婁海正對這個大哥也是又怕又恨，一如婁玉蘇對婁慶雲那般，自卑中帶著不甘心。就因為自己是庶房，所以家中好的機會全讓給了嫡房大哥，若他能出去另立門戶，跟著右相和二皇子，今後說不定便能成就一番震天功勛，到時候，他倒要看看婁戰拿什麼來瞧不起他。

他越想越覺得分家這事勢在必行，若是不分，婁家對他來說始終是罩頂的烏雲、參天的寶塔，他怎麼都飛不高、跳不遠，一輩子寄人籬下、苟延殘喘。與其這樣憋屈一世，不如聽岳父的建議，另覓一片海闊天空的好。

婁戰的到來讓太夫人終於有了主心骨，但他的話卻讓她難以接受，正要開口，卻被婁戰截過話頭。「既然要分，就分得徹底一點。你也知道自己是庶房，婁家的產業，再怎麼樣都分不到你手中，你能拿走的只有你姨娘當年留給你的東西，以及一份老國公留給庶子的銀錢。其他的，你都拿不走。」

婁海正聽了婁戰的話，當場愣住，好半晌才舔著唇，艱難地在婁戰面前說：「就算我是庶子，也不該只拿這麼一點吧？我代表的是婁家三房一脈，家中產業不說均分，但也不應只有大哥說的這麼一點，公中產業也要分我一些才是啊！」

婁戰氣定神閒地坐在太夫人身旁，道：「公中的產業憑什麼要分你？更何況，你以為咱們府的公中有多少產業？當年老國公還在時，就已經替我分好了。

「既明是長子嫡孫，理應繼承婁家所有產業，更何況他還是皇族血脈、長公主的嫡長子。當年我將公主娶回府裡的第一個條件，就是把婁家產業全交由既明繼承，這可是有老國公親筆遺書為證的。你是庶子，原本就分不到什麼，更別說拿你兒子來和我兒子比了。我兒子是什麼出身，你兒子又是什麼出身？想跟我們平分家產，你憑的又是什麼？」

婁戰這番話，說得是極為不客氣了，卻霸氣得讓人無從反駁，因為誰也不能否認他說的就是事實。

婁慶雲的出身是金枝玉葉、長子嫡孫，婁玉蘇算什麼？自然沒法和婁慶雲相比。當初皇上屬意讓綏陽長公主開府，讓婁戰做駙馬，不過，婁戰是婁家長子，老國公不肯，一番拉扯後，先皇才決定讓長公主嫁入國公府，由她生的長子繼承一切，那是誰也無法改變的。畢竟，這個長子還沒出生，內務府就已為他擬好封世子的旨意，甚至未來國公的位分也許先皇都替他定下了。

這樣金尊玉貴的人，難不成還要和庶子所出的孩子搶奪家中產業不成？別開玩笑了。

婁海正氣得鼻孔冒煙，對族老使了個眼色，族老雖然害怕婁戰的聲威，卻料定他不敢當眾對他們如何，便硬著頭皮說道：「這個，我說兩句啊……」

婁戰不言不語，只將腰間佩刀重重拍在桌面上，嚇得族老一個激靈，把要說的話完全嚥下去，再不敢開口。

婁海正知道，這個大哥態度強硬時，九頭牛都拉不回來，再說什麼都沒用。如今他是騎虎難下，箭在弦上，就算現在拋下臉皮想與婁戰和解，估計婁戰也不願意了。

既然如此，婁海正遂一不做二不休，咬牙答應婁戰的條件，拿最少的錢財分了家，由族老們見證。

其實婁玉蘇想讓父親多堅持一段時日，再要些東西過來。雖然他們有退路，可若沒有足夠銀錢傍身，那還真不如待在婁家由婁家養著了。

想起日前他與三公主幽會時，三公主說，羅昭儀是真的有些嫌棄他庶房的身分，若婁海正不和婁戰分家，那他這輩子就是庶子，沒辦法趾高氣揚地說自己是嫡子。不過他的想法是，家要分，但東西也得分，憑著婁戰的威勢，每房均分是不可能了，但也得分些實在的、有盈利的好產業給他們才行，要不然他們出去之後沒有足夠的資產可怎麼成呢？

他會這麼想，婁戰自然也會這麼想，他想的是，既然要分那就滾出去，占了便宜還想要產業？門兒都沒有！讓三房好好想想，這個決定到底是對還是錯。只可惜，今後他們發現錯了，再也回不來就是。

婁家可不是讓人想走就走、想來就來的地方。

第五十六章

鬧分家的第二天，婁戰便快狠準地讓三房搬離衛國公府，記錄在公府帳冊中的東西一律不許帶走。事實上，三房裡的什物幾乎全是公府給的，只有少數幾樣婁海正從外頭買來的壽山石算是他們的財產，可以一併帶走。

至於分割的銀錢，婁海正的姨娘是教坊出身，沒多少積蓄，勉強湊出兩、三千兩，另外再加些公府賞下來的東西，總數不會超過五千兩。另外，婁海正還得一份庶子的財產，不過，因為國公府的產業幾乎都是婁慶雲的，得按著不動，乾脆以銀子結算，大概是一萬多兩。

也就是說，這回三房分家可真是不圖名、不圖利，只為脫離這個供他們吃喝多年的地方。別說算盤中的均分家產，估計連家產的邊都沒摸到，就這麼被婁戰強勢地掃地出門了。

婁海正難以想像，自己身為三房老爺，分家時居然只分了這麼點東西，更加不知道自己平日裡用的、吃的、穿的，全記在公府帳上，都算是公府供給他的，根本不是三房所有。分家後才得知這個消息，簡直可說是致命一擊，早知道分家只能拿到這些，婁戰又不肯讓他帶走別的，他就不這麼衝動、吵嚷著分家了，起碼也要先撈點好處才行啊！

帶著一家十幾二十口人，婁海正去了之前準備好的別院。這院子不是他的私產，前幾年他以婁家三老爺身分買的宅子也毫無疑問地被婁家收回了，現在他們待的是余大人送給他女兒余氏的宅子。

到了這裡，余氏的主母氣勢又回來了，看著垂頭喪氣的三老爺，又看看跟在他身後的盛姨娘，冷哼一聲，讓婁玉蘇把婁海正喊進書房。

婁海正不情不願地進來後，余氏不多說什麼，帶他去了內間。

只見內室的杉木桌上擺放著兩只檀木盒，余氏把蓋子打開，露出兩盒子銀票來。

「你以為我爹就給我這棟宅子？還有這些呢！今後，只要你聽他老人家的話，好好替他做事，銀子總少不了咱們的。」自從余大人投入二皇子黨後便升了官，聲勢和能力自不可同日而語。只要想到這裡，余氏就覺得苦盡甘來了。

婁海正驚訝地瞧著，入眼全是一百兩的銀票，按照高度來看，兩盒少說也有二萬兩，抬頭看余氏一眼，終於覺得妻子沒白娶了，走過去拉住她的手，感動地說：「還是岳父疼我、還是夫人體貼我。」

余氏橫了他一眼，竟是風韻猶存。婁海正看在眼中，感覺絲毫不比年輕又千嬌百媚的盛姨娘要差，甚至還多了些風情，這才是患難夫妻啊！

余氏被婁海正摟在懷中，自從盛姨娘進門後，她還是第一次感到揚眉吐氣。一個受寵的姨娘也想爬到她頭上撒野，以為攀上婁家三老爺就是本事了？現在可要讓她睜開她的狗眼瞧瞧，婁家三老爺也得看她的臉色過日子，更何況是個小小的姨娘！

如今她的夫君和她父親站在同一邊，兒子是金科探花，再過些時日即能迎娶當朝三公主，成為駙馬爺。在這座宅子裡，還有誰的地位能越過她去？

余氏越想越覺得這個家分得真是值得！

婁戰身為衛國公的大家長，把三房分出去後，總要向府裡眾人交代一番。從此，四房婁海威正式成為婁家三房，婁四爺變成婁三爺，婁海正和婁玉蘇的名字脫離宗譜，原本三房的人全不再屬於衛國公府。

薛宸一邊感嘆著國公的雷霆震怒、一邊哀嘆三房的拚命作死，真不知道余大人給了婁海正什麼好處，讓他連婁家這麼大、這麼好的靠山都不要了；真不知道婁海正哪兒來的自信，居然覺得自己是個人物，脫離婁家也可以成就事業了；真不知道婁海正怎麼會固執地以為，只要婁玉蘇娶了三公主就等於平步青雲了？

又過了幾天，二老爺婁勤被刑部釋放，皇上讓他官降一級，由原來的水師都督降為水師副都督，都督一職暫由衛國公婁戰代理。明眼人誰還看不出皇上的態度呀？降級說是對婁勤監管不力的懲罰，可降級之後，水師仍被婁家抓在手裡，誰還想再借這事鬧騰就太不理智了！

於是，這事便這麼揭了過去，也算在眾人意料之中。誰也不會真用一百斤毒煙來判衛國公府二老爺的重罪，至少只要婁家還在的時候就不會！

處理完這些事，婁慶雲回大理寺當差，薛宸在家看看帳本，倒是過了幾天悠閒的日子。天氣漸漸轉涼，可薛宸的生意卻絲毫沒有涼的意思。

薛宸自問在做生意這方面完全承襲她娘盧氏的經商天分，很感激盧家對盧氏的栽培，可惜盧家與薛家的關係並不好。雖說兩家祖上有過交集，但先祖去世後兩家涇渭分明，一個做官、一個經商，盧家嫁盧氏時下了血本，為的就是想藉由薛家能在京城有立足之地。

奈何薛雲濤和盧氏早年關係不佳，薛家覺得他們肯信守承諾娶盧家閨女已經履行對先祖的遺願，怎麼也不肯再拉盧家一把，以至於盧家花了大錢卻沒有用，兩家關係便漸漸惡化。再加上如今是舅舅當家，盧氏死後，與他們更加沒有來往了。

儘管如此，薛宸還是感激盧家，畢竟沒有他們就沒有盧氏，沒有盧氏的話，也許她就沒有經商的天分。上一世過得那樣辛苦，她卻憑這天分撐了那麼多年；這一世，她有足夠的人力、物力、財力，生意在她手上跟活了似的，更別說她還能預知未來的發展，簡直無往不利。

婁慶雲的那些產業也罷了，單就她自己的產業，如今已經分布在全國各地，部分集中在京城。早幾年，她便快速收起沒什麼利益的產業，換上頗為掙錢的行當，說得不謙虛點，也許再過兩年，她和婁慶雲的私產加起來，足以買下半個京城了。今後就算婁慶雲不在大理寺任職，做個閒散的國公爺，兩人的日子也是好過的。

這日，姚大來向薛宸稟報新鋪子開張的進展。

前段日子，薛宸看中了一條街，讓姚大幫著運作，如今街面上的鋪子已經收購得差不多，只有一、兩家還沒聯繫到房東而暫時空置，不過卻不影響開張。薛宸想把那條街的鋪子聯合起來，全賣衣裳布料、胭脂水粉、金銀首飾，打算做出一個讓全京城的女人想要買這些東西時就能立刻想到的地方。

這個想法她在上一世時就有了，可惜當年缺乏銀錢，一直沒有實現。

薛宸和姚大交代完事情後，便讓姚大找個日子，把京城鋪子的所有掌櫃全聚在一起，她得重新安排人事。那條街就是她未來一年的奮鬥目標，如果沒把經營的人挑好，將來會麻煩不斷，乾脆在開張前選擇適合的人上任，才能把損失降到最低。

姚大離開後，薛宸原本打算小睡一會兒，沒想到門房突然來報，說是薛宸的外家求見。

薛宸一時沒有反應過來，她的外家……只有大興盧家才對啊！問過門房，門房說來的正是盧家的人，這讓她有些搞不懂了，便讓門房領著客人進來，她在滄瀾苑的花廳中見客，有點難以置信，盧家怎麼會突然找上她？雖不知道真假，但見一見沒什麼損失，萬一真是盧家，他們找上門定是有什麼事。

來的是一對兄妹，哥哥看起來十八歲左右，妹妹則是十五、六歲，兩人臉上、身上皆髒污不堪，腳上的鞋也磨破了，男孩臉上似乎還帶著血。

看見薛宸，男孩二話不說帶著妹妹跪在她面前，喊道：「表姊。」

薛宸愣愣看著他們，女孩也跟著哥哥怯生生地叫了薛宸，卻是不敢抬頭。

「你們是……」

不怪薛宸不認識他們，盧氏死了之後，薛家和盧家便沒了往來，就算薛宸的親舅舅、親外祖母站在她面前，她都未必能認出，更別說這兩個孩子了。

男孩顯然讀過書，口齒十分清晰，道：「表姊，我叫盧星，她是我妹妹盧婉，我們是盧周平的兒女，盧周平是盧秀平的哥哥，不知您有印象沒有？」

薛宸一愣，盧周平和盧秀平的名字她自然是知曉的，她娘的大名就叫盧秀平，而盧周平便是她親哥哥的名字。這兩個孩子的樣貌，看著與盧氏有些相似，眉宇間聰慧豁達，不像是貪婪宵小之輩。

薛宸趕忙上前把兩個孩子扶起來。「你們是舅舅的兒女？怎會變成這樣？快快起來，別跪著了。」

盧星看著雖然穩重，可畢竟才十八歲，比薛宸要小幾個月，這段日子的奔波逃竄讓他有些受不了了，聽到有人親切地問話，還是與他們有著血親的親人，一時沒控制住，竟然哭了起來。盧星一哭，旁邊的妹妹也忍不住，兄妹倆就在薛宸面前哭得跟淚人兒似的。

薛宸瞧他們這樣，斷定家裡定是出了事，一路顛簸來到京城，才會變成這副模樣。可兄妹兩個光是哭並不說話，她只能在旁邊乾著急。

她讓人先準備一桌飯菜給盧星和盧婉吃。兩個人不知道餓了多久，似乎真是餓壞了，狼吞虎嚥吃了好一會兒，盧星才放下筷子，不好意思地對薛宸點頭道謝。

等他們吃完，薛宸把他們帶進書房中。

「到底發生什麼事了？你們怎麼會流落到京城來？舅舅呢？」

盧星低頭想了想，才道：「我爹在大興病得厲害，我和婉兒出來兩個多月，也不知道他怎麼樣了。」

薛宸聽著不對，問道：「你爹病了，那你們為什麼要離開家？」

盧家在大興可是數一數二的富戶，不管怎麼樣，盧家的孩子也不至於這樣上京，跟個難民似的。

盧星便對薛宸一五一十地說了起來。「我們是被繼母趕出家門的。表姊可能不知道，我們的母親在好幾年前去世了，爹爹新娶繼母，剛開始對我和婉兒還可以，但這兩年爹爹病了，她就把盧家的生意全接過去，不再對我們好，還剋扣我和婉兒的吃穿用度，不許我們碰盧家的產業和錢。

「這些也罷了，從今年開始，她連給我爹吃的藥都不肯用好藥材了，我爹的身體每況愈下，再不好好調養只怕維持不了多久。她不准我們去宛平找祖母求救，從大興去宛平就一條官道，她在官道入口開了兩座茶寮，只要我們經過那裡就派人把我們抓回來，然後關進柴房。可恨我從小讀書，不會武功，在那個被她控制的家裡根本反抗不了。

「幾個月前，她竟然想把婉兒嫁給銀樓員外家的傻兒子，婉兒才十五歲，若嫁給那個傻子等於是毀了一生啊！我不能讓婉兒就這麼嫁出去，又去不了宛平，其他親戚都拿了繼母的錢，根本不管我們死活。

「我們沒了辦法，才想起當年姑姑嫁的是翰林院薛家，我便帶著婉兒，一路顛簸來了京城。一番打聽，知道姑丈娶了新婦，只怕不會容我們，輾轉得知表姊嫁到衛國公府，遂找來這裡，希望表姊不要趕我們走，我們已經走投無路了。」

薛宸聽盧星一口氣說了這麼多話，條理分明，將事情說得清清楚楚，便知他所言非虛，的確是讀過書的。瞧著兄妹倆穿著並不合身的下人服，許是逃離盧家時偷偷穿上的，哪裡還有半點富家公子和小姐的樣子，比街上的乞丐還不如。大興到京城，少說也有三百里路，兩個人居然就這樣走來，難怪腳上的鞋子磨得不成樣子，腳趾擦傷好幾處，血跡都乾涸了，心中實在不忍。

盧婉見薛宸生得這般漂亮，斷定她是個心善的，見她猶豫，便撲通一聲跪在她面前，磕頭說道：「求表姊救救我，我不想嫁給那個傻子，他脾氣不好，總是打人，若要嫁給他，我寧願死了算了。」

薛宸上前要扶她，盧婉卻怕自己身上髒，讓薛宸嫌棄，往後縮了縮。

薛宸追過去，拉著她的手臂站起來，對盧星說：「既然你們找到我，我便不會袖手旁觀。你們暫且住下，我派人去大興一趟，看看如今的情況怎麼樣。若是可以，先把舅舅接到京城來，我府上不缺大夫和藥，對舅舅也會好一些。」

盧星點點頭，聽說薛宸要去大興打探並沒有驚慌，看來他說的話應該是確有其事，不怕人查探。只提醒薛宸道：「那表姊要讓妳的人小心些，我剛才沒告訴妳，那個繼母是大興知府的親妹子，手裡有官差，厲害得很。」

薛宸有些意外。「大興知府的親妹子？」

沾著官親，怪不得能在這麼短的工夫把盧家掌握到自己手中，若沒有點背景，很難做到。就算做到了，也不可能這麼快收服人心，讓大家一齊反了盧周平。

「是啊。大興知府名叫孫如紐，大家都叫他孫如牛，囂張得很。當初我爹並不想娶他妹子，是孫如牛掐斷碼頭的生意威脅他娶。他妹子心眼多得很，從前嫁過人，後來把婆母打死就被休棄了。孫如牛覬覦盧家家財，遂逼迫我爹娶她，如今財產全到了孫家，他們便覺得我爹沒用了，不想再留著他和我們。」

盧星說著說著，眼淚又要掉下來，薛宸瞧他這樣，出言安慰。「別哭了，我知道大概了，等我派人去大興探過後再商議對策。我讓人帶你們下去洗個澡、換身衣服，好好休息幾天。」

盧星和盧婉點點頭，又對薛宸跪了跪，這才起來。薛宸吩咐衾鳳和枕鴛帶他們去滄瀾苑的客房休息。

他們下去後，薛宸便把嚴洛東和顧超喊來，和他們大致說明情況，要他們帶幾個人連夜趕去大興，探探盧星所言是否屬實。並非她不相信這兩個孩子說的話，不過小心駛得萬年船，知己知彼才行。

數日後，嚴洛東等人回京，帶來的消息和盧星兄妹說的毫無二致。夜探盧家，盧周平確實纏綿病榻，情況不是很好，而且，在盧星和盧婉逃離盧家後，他們的繼母孫氏就派人去宛平把盧老夫人接到大興，美其名曰盡孝，其實是怕盧星兄妹去找盧老夫人，想先一步軟禁她，讓她不能有所作為。

薛宸聽完這些，對孫氏這個女人頗有認識了，心情有些複雜。如果不是盧星和盧婉冒死來京城找她，她不會知道盧家到底發生了什麼事。由此可見，盧家把盧氏嫁到京城卻反而和薛家鬧翻後，有任何事都不會想到來京城找薛家幫忙，這實在太諷刺了。

在盧家看來，盧氏嫁到薛家的確是過得不好，每每哭著回宛平，讓盧家對薛雲濤絕望，知道他不是個重情義的人，對盧氏尚且如此，更別說對盧家了。而事實上，薛雲濤也真的沒想過要提拔盧家，薛宸不知道這裡面有沒有她不了解的原因，但在外人看來，薛雲濤對盧氏是沒有感情的。

下午，薛宸一直在寫字，從午後寫到華燈初上，連晚飯都沒吃。

婁慶雲回來，瞧見薛宸還在書房，問了夏珠，大致知道情況，便親自端著熱茶進房找薛宸去了。

薛宸在書案後頭站了一下午，幾乎沒挪過地，神情有些嚴肅。

婁慶雲未曾看過這樣的薛宸，端著茶走去，薛宸卻沒抬頭看他一眼。垂眸想了想，把茶壺放在桌上，親自倒了杯茶送到薛宸眼前，故作風流地說：「這位小娘子，可否賞臉喝一杯？」

薛宸落下最後一筆，這才停住手勢，抬眼看了看半個身子掛在桌上的婁慶雲，放好筆，接過他手裡的茶，不聲不響地從另一邊走出來。

婁慶雲最不怕的就是薛宸的冷臉，當初兩人根本不認識，他都敢湊上去撩撥她，何況是現在這種關係呢？

他亦步亦趨地跟在薛宸身後，也不說話，下巴很有技巧地貼著她，無論薛宸怎麼動、怎麼挪，就是有本事擱在她的頸窩上。

兩人就這麼比起了耐性，最後還是薛宸無奈投降，猛地轉身，道：「你幹什麼呀？」

婁慶雲不屈不撓，又湊上去。「媳婦兒不高興，我也不高興，妳說我幹什麼呀？」

瞧著婁慶雲這副委屈的樣子，薛宸沒忍住，笑了出來，給他一個大大的白眼，坐到一旁的羅漢床上，喝了口茶，幽幽吐出一口氣。

婁慶雲過去，直接把人給抱了起來，然後一個轉身坐下，讓薛宸坐在他的雙腿上，就著她手裡的杯子喝了茶，才道：「我現在真想把那些惹我媳婦兒生氣的傢伙大卸八塊，簡直活得不耐煩了，連我婁慶雲的媳婦兒都敢得罪。媳婦兒別氣，明兒我讓大理寺和錦衣衛全部出動，把那個混蛋擒來京城，酷刑一樣樣使過去，讓他給妳磕頭叫奶奶，看他還敢不敢再囂張！」

薛宸靠在某人肩頭，盯著某人一開一合說著不要錢胡話的嘴巴，終於忍不住，伸手捏他的嘴。「別說了。」

婁慶雲從善如流。「嘿嘿，媳婦兒讓我不說，我便不說了。不過，也沒多大的事，不就是大興那裡嘛，妳如今在京城都能橫著走，何況是大興？明兒妳就大搖大擺地派人去盧家，直接把舅舅和外祖母接來京城。他們要願意，就住咱們家；要不願意，我把西郊的莊子給他們住。怎麼著，都犯不著讓妳生氣啊。」

薛宸想了想，搖了搖頭。「要是這麼簡單我就不苦惱了。現在不是把舅舅和外祖母接過來便完事，孫家占了盧家家財，若是不把這些拿回來，大興盧家的招牌就算毀了，這可是盧家幾代人積攢下來的名聲。

「我娘死的時候我才十歲，雖然什麼都不懂，但也知道我娘所擁有的一切、後來傳給我的一切，全是來自盧家，沒有盧家，便沒有我娘，更加沒有今天的我。所以，盧家這個忙，我一定要幫。我想……明天就啟程，去大興一趟。」

既然要幫忙，薛宸便不打算在府裡耽擱了。第二天和太夫人、長公主說了這事，以去接舅舅來京城為由，準備前往大興。婁慶雲安排了二十個錦衣衛隨行，還有薛宸身邊包括嚴洛東在內的十多個護衛。

安排妥當後，薛宸便帶著姚大等人還有盧星和盧婉往大興趕去。

車隊在路上並沒有耽擱，花了兩天，終於在第三天傍晚抵達大興。

因為時辰不早，便直接去了城中最大的春然客棧，這也是薛宸手下的產業。大興十三家商行的掌櫃張全聽說薛宸到了客棧，立刻趕來拜見。

薛宸在春然客棧的客房見了他，要知道大興的事情，得問問張全才行，除了盧家之外，就是這個十三家商行的張掌櫃最為人所知了。薛宸不想暴露身分，處處小心，連張全都是喬裝後才來的，為的是怕別人認出他，惹出不必要的麻煩。

張全雖然對大興熟悉，但薛宸問的畢竟是盧家的家事，他手底下的商行和盧家是有交集，不過不常和盧周平見面，無論做什麼買賣，都有專門的人和他聯繫。因此，他對盧家產業有沒有易主這件事，不是特別清楚。

有了張全這些話，薛宸稍稍放下心，最起碼孫氏還不敢明目張膽地掀翻盧家招牌，只能在背地裡操控。

「可是，最近盧家似乎有把生意往官商那裡轉的跡象。盧周平娶的是知府親妹，靠過去也是有理由的。」

說完，張全看看若有所思的薛宸，問道：「不知夫人明日有何打算？我可以早作安排。」

薛宸搖搖頭。「你不用安排，我有事自然會喊你。」

張全看了姚大一眼，有點失落。

薛宸見他這樣，開口補充了句。「我這兩天都在大興活動，帶著你不方便。」

張全回去後，薛宸準備歇下，整個春然客棧裡沒有其他客人，對外說是被人包下來了，嚴洛東等護衛全睡在樓下。

薛宸讓夏珠把盧星和盧婉喊了過來，沒有其他寒暄客氣的話，直接對他們說道：「待會兒我讓人把你們送回盧家，明日一早，我便以探望舅舅和你們的名義上門。你們敢回去嗎？」

盧星和盧婉對視一眼，盧星道：「敢！既然表姊都和我們來大興了，我們還有什麼好怕的？」

薛宸笑了笑。「嗯，但不能把事情想得太簡單、太樂觀，孫氏畢竟是舅舅明媒正娶的續弦，插手盧家的生意也是在情在理。所以，一切要等我見過了舅舅和外祖母之後再做定奪。」然後又叮囑了幾句。

兄妹倆連連點頭，一副全聽薛宸吩咐的樣子。

兩人離開後，薛宸留下顧超交代兩句，讓他今晚派人在盧家盯著，防止盧星兄妹回去遭了孫氏的毒手。

顧超領命下去，薛宸便在衾鳳和夏珠的伺候下休息了。

第二天一早醒來，薛宸坐在梳妝檯前，衾鳳正要給她梳頭，她突然開口了。「不用梳婦人頭，梳元寶髻吧。」

衾鳳不解地看看夏珠，夏珠也不懂，但夫人吩咐了，她們豈有不從的道理。不一會兒，元寶髻便梳好了，對著鏡中看了看，不知道的還以為薛宸仍是待字閨中的少女呢，姿容純美、嬌俏可人。

薛宸坐上馬車，讓嚴洛東挑了四、五個護衛隨行。這回婁慶雲派的人裡，有錦衣衛百戶廖簽，他認識嚴洛東，原本覺得以自己的身分保護一個深宅婦人實在是大材小用，可當他瞧見從前的大哥嚴洛東後，心底那一絲絲的不情願即消失殆盡。大哥都在保護這位夫人，他還有什麼好說的，一切聽從指揮唄。

盧家位於大興城東面，算是絕佳的風水之位，占地頗為廣闊，不過從門庭來看，的確毫無文人雅士的氣息。雖然不是金碧輝煌，可金光閃閃倒是真的，盧家似乎特別喜歡金色，連大門的銅環都刷著金漆，石獅子的兩隻眼睛上亦然。那瞬間，薛宸似乎有點明白薛家不願和盧家多交往是為什麼了。

顧超上前敲門，不一會兒，門房將門打開一條縫，顧超說了薛宸的身分後他才出來，看向娉婷立在軟轎前、氣度不凡的薛宸，問道：「什麼表小姐？我們府裡沒有表小姐。要說有，也是在京城。難不成……你們是從京城來的？」有些懵了，看薛宸等人的穿著和舉止，的確不像土生土長的大興人，自有逼人貴氣。

門房不敢耽擱，卻也不能就這麼放他們進去，通傳後，大門開了，從裡面走出一個金光閃閃的女人，從頭到腳都是金色的，頭上戴著成套金色頭面，脖子掛著金鑲玉項鍊，手腕連著四、五只鐲子全是金鑲翡翠，穿的衣服也是土黃色……

這便是孫氏吧？看樣子，她還真不是一般的喜歡黃金啊！

薛宸差點被這「富貴逼人」的打扮給驚呆了，直到孫氏居高臨下地站在石階上和她說話，才反應過來。

孫氏將薛宸上下打量一番，姿態高傲地掀唇道：「妳是京裡來的嗎？」

衾鳳和夏珠覺得孫氏實在太無禮了，不過，她們是規矩的丫鬟，夫人沒有吩咐，就算心中有氣也不能發出來。

只見薛宸果真沒打算和孫氏計較這些，上前微笑道：「是。我叫薛宸，來拜見舅舅，還請夫人通行。」

孫氏聽到薛宸直言自己姓薛，就知道她的身分了。當年盧家的姑奶奶嫁去京城做了京官的妻子，那京官的品級和她哥哥一般高，不過，她哥哥是地方官，就算兩者品級相同，待遇卻是不同的，四、五品的京官，若真論起來，根本沒有一方知府來得權大。看薛宸的言語和做派，便知她爹不過爾爾，若真了不起，姿態會這般低？

「喲，還真是表小姐。這吹的是什麼風，竟然把表小姐吹到咱們大興來了？」孫氏雖然這麼說，但她多少對薛家和盧家的恩怨有所耳聞。從她根本不知道薛宸在京裡是什麼身分這點來看，這些年盧家根本沒打探過她的消息。

一時，薛宸真不知道自己來是對還是錯了，盧家似乎對她並不是很關心。不過，薛宸心裡記著盧家的恩，若盧氏在世，遇到盧家發生這種事情，無論多遠也會趕回來相幫。

反正，她只是做應該做的，到時舅舅和外祖母不領情也沒什麼要緊，就是單純出面幫他們一把，又不是要逼他們認親。解決了事情，她還是要回京城的。

孫氏瞧著薛宸一身素淨，很不入眼，早聽說姑奶奶嫁了戶窮酸的翰林學士家，那種文人一輩子都沒什麼錢，哪裡有多餘的銀子打扮，別看這表小姐人模人樣的，還不知道是不是上門打秋風借錢的呢。不過，孫氏心裡雖然這麼想，表面上卻不敢說出來，畢竟薛家是官家，能不得罪還是別得罪的好，依舊客客氣氣地把人給迎進了門。

第五十七章

進了盧家，薛宸朝四周看了看。實在是年代久遠了，上一世盧氏還活著的時候，與薛雲濤吵架哭著回娘家時帶她來過兩次。那時還是外祖父母當家，薛宸跟盧氏回來，外祖母對她很好，儘管不喜歡薛家，卻也沒有苛待過她，但不親厚就是了。

盧家的布局她早已記不清，就算腦海中還殘留一些印象，可經過孫氏這樣暴發戶式的改造，那些記憶也湮沒在這片金色的世界中了。

孫氏命人收起薛宸帶來的京城特產，暗自瞧了瞧，除了些糕餅外，還有幾盒名貴的山參和靈芝，雖不寒酸卻也不闊綽。她從前面領路，餘光瞧見薛宸打量院子裡的富麗堂皇，不由得意一笑，說道：「咱們府裡比不得京城的書香府邸，簡陋俗氣得很，表小姐可還看得慣嗎？」

薛宸似乎沒聽出她話中的諷刺之意，大方地對她笑了笑。「夫人的宅邸自然是好的，比之京城的宅邸，絲毫不差。」

孫氏撇嘴一笑，心道這窮酸丫頭的口氣倒是不小，就她家那窮翰林的宅子，還想和她這富麗堂皇的宅邸相比，簡直笑話。他們的宅子裡，隨便掛上一幅山水畫便充名家之作，吹噓得跟什麼似的，其實不就是沒金銀堆砌嘛，偏偏要裝淡泊，等錢財真的送到他們面前時，誰不是露出本性？跟她哥哥一樣，表面上清高，實際上見了錢還不是走不動路？

嚴洛東、廖簽與夏珠、衾鳳隨薛宸進二門，其他人留在一門外候命。孫氏把薛宸帶進前院花廳，並不去主院。

入內後，孫氏坐到主人家的上首處，薛宸坐在她的下首。孫氏命丫鬟們泡茶送上來，請薛宸喝。「這可是上好的碧螺春，二十兩銀子才買得一兩，你們在京裡未必能時常喝到吧？」

孫氏將就地端起茶杯喝了一口，瞧著薛宸的神情，好像薛宸是個沒見過世面的小丫頭。「這名貴的茶，也許妳父親和祖父能喝到，妳是女孩兒家，只在妳爹的書裡看過吧？」

薛宸垂眸瞧了泡得有些過的茶水，微微一笑，輕抿一口。「確實沒怎麼喝過。」

孫氏有個毛病，就是愛顯擺富貴，要是和她比，她能把整個家私都拿出來比，可若順著她、對她甘拜下風，她便不會那麼刻薄。而薛宸的態度，剛好給了孫氏一種高高在上的優越感，居然對她稍微熱情了些，還話起家常來。

「京裡都好啊？姑奶奶走幾年了？我是後嫁進來的，對這些事不大清楚。」

薛宸笑著回答。「足有八、九年了。勞夫人惦念。」

兩人又說了一會兒話，薛宸才道出今日來的目的。「我是特意來探望舅舅的，不知舅舅可在府中？」

孫氏聽了，臉上的笑容僵了僵。「哦，妳舅舅啊，他在呢。這些日子他身體不好，並不到前院來，脾氣也古怪，許是病得久了，見誰都帶著三分氣，還是不見較好。」說完又端起杯子，讓薛宸喝茶。

薛宸實在不想碰那杯茶，便站起來道：「我偶然來到大興，怎麼說也要拜見舅舅，哪怕只給他磕個頭，也算是盡孝道了。還望夫人成全我的一片孝心。」

孫氏放下茶杯，抬眼看了薛宸一會兒，才扶了扶根本不歪的髮髻，從座位上起身。

「好吧，我去幫妳問問。不過醜話可說在前頭，見不見，我說了可不算啊。」

薛宸對孫氏點點頭。「有勞夫人。」

孫氏瞧她完全沒有給她屈膝行禮的意思，撇了撇嘴，出去了。

衾鳳忍不住來到薛宸身後，說道：「呸，她還以為自己是個人物，竟敢這樣跟夫……小姐說話，真是有眼不識泰山。」

薛宸藉著孫氏出門時看了看嚴洛東，嚴洛東便對薛宸點頭。一旁的廖簽看她和嚴洛東打眼色，不明白到底是什麼意思，心裡納悶極了，正要轉過去問，孫氏就回來了。

孫氏對薛宸勉強扯了個笑，道：「表小姐，老爺說了，不見薛家的人。妳還是回去吧。」

薛宸似乎早已料到這個結果，微微一笑，篤定地說：「好吧，既然舅舅不肯見我，那也沒辦法。但我總能見一見星哥兒和婉姐兒吧，我是他們的表姊，給他倆帶了些東西。」

孫氏的臉上又是一僵，顯現出不耐的表情，揮著手絹說道：「哦，他們呀，妳也見不了。妳舅舅病了，他們在妳舅舅身邊侍疾，妳舅舅肯定不會讓他們見妳的。」

薛宸聽了，嘴角彎起一抹奇怪的弧度。「是嗎？」

隨著這句話出口，原本應該守在一門外的顧超領著兩個護衛，將全身是傷的盧星和盧婉帶出來，嚇了孫氏一跳，忙上前叫道：「你們是什麼人？膽敢私闖我家？想幹什麼?!」

顧超來到薛宸面前覆命。「小姐，我們在柴房裡找到星少爺和婉小姐，兩人被打得滿身是傷。」

孫氏見闖入她家的人跟薛宸是一夥的，頓時變了臉，扠腰做茶壺狀。

「好個裝模作樣的小蹄子，居然矇騙到老娘頭上來！妳好大的膽子，居然敢在大興地界私闖我家的門，妳知道我是誰嗎？」

薛宸走到盧星和盧婉面前，看了看兩人的傷勢，盧星身上的傷比較多，看樣子是用身子護著盧婉的。

盧星對薛宸笑了笑，說道：「別看這麼多傷口，沒事。」

原來昨晚他們倆臨行前，薛宸說了，回來後，只要沒有生命危險，就拚了勁兒讓孫氏打一頓，唯有他們受傷，薛宸才有明確證據說孫氏虐待他們，繼而插手盧家的事。否則她不明不白地上門，只會讓孫氏說一句：這是他們盧家的家務事，外人憑什麼插手？

薛宸聽盧星說話還挺有底氣，身上的傷多是皮肉傷，沒有致命的傷口，這才放下心，對他點了點頭，回過身對孫氏道：「夫人，您說星哥兒和婉姐兒在侍疾，如何會被人毒打了關在柴房裡？您這話說得實在前言不搭後語吧。」

孫氏尷尬地撇了撇嘴，似乎有些心虛，卻不懼怕，昂著頭說道：「我是他們的嫡母，他們犯錯，難道還不能打他們了？倒是妳這臭丫頭，居然敢跟我玩這手，怎麼，欺我府裡沒人嗎？」

薛宸勾唇一笑。「妳府裡當然有人，不過，我是這兩個孩子的嫡親表姊，看見他們在家裡遭人毒打，便不能袖手旁觀。如果他們真犯了錯，那為何妳剛才要騙我說他們在侍疾？顯然是心裡有鬼。由此可知，妳說我舅舅病了、不肯見我想必也是假的。顧超何在？」

薛宸忽然大喊一聲，顧超立刻上前。「屬下在。」

薛宸問道：「你可知舅老爺在哪個院子裡？」

顧超點頭。「屬下知道，從關押表少爺跟表小姐的柴房往南走，經過一處小園子就到了。不過院子外有人看守。」

薛宸聽了，沒事似的低頭理了理自己的衣袖。「能見著舅老爺嗎？」

顧超看了孫氏一眼，還有那些從四面八方湧出來、手持棍棒的家丁，篤定地回答。「只要夫人想見，那就能見！」

薛宸看向嚴洛東，嚴洛東點頭表示無礙，這才說道：「那好，帶路吧。」

孫氏難以置信，從沒見過哪個姑娘在別人家會目中無人到這種地步，儼然不把她這個正經主人放在眼裡，哪還忍得下這口氣？立刻指揮府裡的幾十個家丁道：「給我抓住這群私闖民宅的人，我要拿下他們去知府老爺那裡告狀！我倒要看看，這天下還有沒有王法了！」

盧府家丁衝上來，顧超和其中一名護衛打頭，廖簽護著薛宸左側，右側是另外兩名錦衣衛，嚴洛東則在薛宸身後，將薛宸等人嚴密地包圍起來。無論四周湧入多少家丁，全被這幾人撂倒在離薛宸老遠的地方，別說傷害薛宸了，就是靠近她都成問題。以薛宸為中心的圈子裡完全不受影響，還能以正常步伐前進。

盧家的家丁再多，也不可能抵擋住嚴洛東和廖簽之流，顧超原本就是護院，手底下有功夫，後來拜嚴洛東為師，有了師父指教功力自然更上一層樓；另外幾個錦衣衛自不必說，沒有真功夫如何能在鎮撫司混飯吃呢？更何況這些人全是婁慶雲親自挑選來保護薛宸的，自然是個中好手，普通家丁對他們來說根本是小菜一碟，輕輕鬆鬆便將他們隔離在薛宸周身十尺外。

孫氏跟在這些人身後，既不敢上前，又不想就這麼退縮，一個勁兒在後面喊。「打呀，給我打！你們都是幹什麼吃的？這麼多人抓不住一個姑娘。快給我上！別讓她進後院！來人吶，全給我出來攔住她！」

饒是孫氏叫破喉嚨，盧家的家丁、護院、打手傾巢出動，也無法撼動薛宸周身的堅強堡壘分毫。

由盧星和盧婉帶路，薛宸來到了盧家後院，院子似乎有些時候沒打掃和修繕，看著頗為陳舊，並不像一家之主所居的主院，想必盧周平病倒後孫氏就把他移出了主院。院子外頭有幾個肥壯婆子守著，聽見動靜出來看看情況，可沒想到剛探頭就被人抓住，跟番薯似的被人拉扯著拋了出去，撞倒院子外的一株月季。

清理了所有障礙，盧星忍著傷，領著薛宸走入院子。

「表姊請隨我來，父親和祖母都被那個惡女人關在這裡，那幾個婆子正是看守他們的人。」

薛宸走進去，四周看了看，心中不由升起一股蒼涼。這院子哪裡是好好的主人家該住的地方？到處破敗、髒污不已，院子裡滿是雜草，涼亭油漆斑駁，石桌也缺了角，灰塵滿布，沒分前院和後院，只有四、五間白牆黑瓦的平房，門窗也極為破舊。

真是沒想到，堂堂大興富戶，外面那樣金玉滿堂，正牌主人卻被安置在這樣一個破落的院子裡等死。孫氏實在欺人太甚，還占了人家錢財和宅子，過得富足又享受，真不知道她哪來的臉！

盧星和盧婉率先衝入堂屋往內間走去，門開著，似乎聽見有人咳嗽的聲音。

盧星的聲音傳出來。「爹，您的身體都這樣了，怎麼還在看帳本啊？」然後是盧婉嚶嚶的哭泣聲。

薛宸緩緩走入內間，覺得房裡倒是還好，最起碼乾淨些。循著聲音看去，臨窗大案前坐著一個兩鬢有些花白的男人，那瞬間，薛宸似乎看見了盧氏，這個男人有一雙和盧氏相似的眼睛，皆是看似嚴厲卻蘊藏溫情。

盧周平似乎也看見了隨著一雙兒女進來的薛宸，有些訝然，但立即猜出進來的是誰，試探著問道：「是……宸姐兒嗎？」

說完這句話，盧周平又咳嗽兩聲，盧星走到他身後給他順氣，盧婉倒茶，喝了兩口後，他才從書案後走出。按照年齡算，他只比盧氏大兩歲，卻兩鬢花白，肩膀也有些駝，許是長年沒有曬太陽，臉色很蒼白，一雙眼睛深深凹陷，帶著濃濃的病氣，竟只是強撐著精神而已。

他在薛宸面前站了站，嘴唇微動，想說什麼，一番猶豫後，卻又不說了，指了指旁邊的椅子，讓薛宸坐下。

外面有嚴洛東帶人守著，孫氏的人不敢硬闖。孫氏到了門前想大聲喊叫，卻在看見嚴洛東冷冷瞥過來的狠戾目光時猛地縮頭，色厲內荏地推著身旁的人上前。那些打手早被嚴洛東等人教訓得乖了，不敢再去找揍，一個個苦著臉對孫氏搖頭。

孫氏怒極，哼了一聲，罵道：「全都是廢物！」拂袖而去，搬救兵了。

廖簽看了看鎮定自若的嚴洛東，問道：「大哥，咱們要不要攔著那婆娘？聽說她是知府的妹子，別真喊來了官兵，不好對付啊。」

嚴洛東看看沒什麼動靜的院子，見衾鳳和夏珠站在門外等候，也就是說夫人並沒有新的指示，便搖了搖頭。「沒事，咱們護著夫人即可。我瞧夫人的意思，只怕是想會一會那縱妹行凶的孫知府，咱們只管聽吩咐，其餘的事就別管了。」

廖簽不懂嚴洛東為什麼這麼聽薛宸的話，而且似乎有一點盲從，實在叫人費解。不過，他被世子選中時就拍著胸脯保證一定會把夫人保護好，這時斷沒有退縮的道理。一幫官差組成的烏合之眾罷了，他們錦衣衛還沒瞧在眼裡。

更何況裡面那位夫人雖然年紀小，卻是正正經經的一品誥命，足足高出這知府好幾級，沒什麼好怕的，阻止那女人去報信反倒顯得他們小家子氣。別說是個小小知府，就是北直隸的知州過來，身分上也不輸多少。這麼一想，廖簽便放心了。

「妳父親知道妳過來嗎？」盧周平對薛宸問道。

薛宸如實搖了搖頭。「他不知道。我是帶著星哥兒和婉姐兒一起來的。」

盧周平輕咳兩聲，然後指了指大門，道：「那妳趕緊回去吧，妳爹……不會喜歡妳來這裡的。我們盧家和你們薛家早就老死不相往來，妳娘生前也跟盧家斷了，她死了之後，咱們兩家更沒有關聯。是星兒和婉兒不懂事，盧家的事，用不著薛家管。」

薛宸聽了，冷冷瞥著盧周平，並不想在這個時候和他說道理、講往事，只問道：「那你是打算帶著星哥兒和婉姐兒在這院裡待一輩子嗎？星哥兒十八了，今年還沒有娶妻；婉姐兒十五了，可找到人家了？盧家的產業全送到孫氏手中也無所謂嗎？」

盧周平又是一陣猛咳，薛宸站起身不打算和他多說了，正要出去，卻看見門扉前站著一個白髮蒼蒼的老婦，穿著布衣，髮髻用藍布頭巾遮著，腰上繫圍裙，手上都是煙灰，扶門而立，頗為感動地盯著薛宸的身影，上下瞧著。

出乎薛宸意料的是，這張慈祥的臉她居然還有點印象。事實上，如果包含上一世，她足足有三十多年沒瞧見外祖母了，可她居然還記得。小時候，外祖母看見她就會給她吃甜甜的糕點，總怕她餓著似的。

「宸……姐兒？」

木氏瞧著眼前亭亭玉立的姑娘，感動得無以復加，雙腿發軟，幾乎要倚靠著門框才能站住。她在薛宸身上似乎看見了當年的女兒，女兒出嫁時，就是這般亭亭玉立的漂亮模樣，一晃眼，居然過了這麼多年，且白髮人送黑髮人，她們早已天人永隔。再撐不住，扶著門框，跌坐到地上。

薛宸見狀，趕忙小跑過去，夏珠和衾鳳已經一左一右將木氏扶起來。薛宸瞧著她老淚縱橫的樣子，心裡頗不好受，輕聲地喊道：「外祖母。」

木氏像是聽見了這一生最好聽的話般，連連點頭，撲到薛宸身上，哭道：「宸姐兒，是我的宸姐兒回來了！妳苦命的娘親，她死的時候我沒能去送她一程，沒想到在我有生之年還能再見到妳！」

薛宸亦是悲從中來，據她所知木氏只有兩個兒女，盧氏去世得早，便只剩下盧周平這個兒子了。

如今盧家受孫氏控制，連她這個好好在宛平享福的老夫人都被軟禁起來，孫氏實在太可惡了！

盧周平瞧見母親和薛宸相認，不禁在裡屋一邊咳嗽一邊說道：「娘，您忘了爹臨死前說的話嗎？咱們盧家和薛家再不相干，後人亦不許來往。您……咳咳咳……咳咳……」

木氏聽了，激動得很，當即反駁盧周平。「就因為他這句話，我沒能見到女兒最後一面，如今她的女兒來瞧我，我為何不能與她相認？這是我的親外孫女兒！我的秀平啊，是娘對不起妳！」

薛宸扶著木氏進屋坐下，抽出帕子給木氏擦眼淚。「外祖母別哭了，仔細傷了眼睛。」

木氏點點頭，突然想起來，問道：「孫女兒，妳是怎麼進來的？妳那個新舅母壞極了，把妳舅舅關起來，又怕我跟鋪子裡的人聯繫，也把我從宛平騙來，和他一起關在這只能看見天的院子裡，叫天天不應、叫地地不靈，妳舅舅的病也沒法子好好治。那個女人太惡毒了，要妳舅舅替她看帳，就用藥來威脅他。妳爹和祖父都是當官的，能不能把我們救出去呀？這日子，我真是一天都過不下去。那姓孫的要家財，給她好了，只求她別再折磨我們就行。」

薛宸鼻酸，連連點頭，安撫木氏道：「外祖母別哭了，若不是星哥兒和婉姐兒去京城報信，我真不知盧家出了這麼大的事情。您放心，我就是要救你們出去的，不過舅舅他……您替我勸勸，沒必要為了上一輩的事白搭上盧家和你們的性命不是？」

木氏很贊成薛宸這個說法。「妳放心，他哪裡不知道這日子過不下去了，只是太愚孝，總記著妳外祖父死前的話。可此一時彼一時，那時妳外祖父哪能預料到咱們盧家竟會落得如此地步！民不與官鬥，這句話是老人傳下來的，總不是沒有道理，妳外祖父生前就愛與妳父親鬥氣，可鬥到最後，得到了什麼呢？連妳娘死的時候，我都沒能去送她最後一程，這鬥氣鬥得有什麼意思呀！」

盧周平還在猛咳，只是這一回，他沒再反駁木氏說的話。

薛宸替木氏擦掉眼淚，夏珠去後院給木氏打水讓她擦臉和洗手。自從被軟禁到這個小院子裡，木氏再也沒享受過丫鬟的伺候，一時又是百感交集。

薛宸瞧著她的樣子，心裡十分難過，聽到外頭有聲響，便走出廊下朝拱門外看去，見孫氏領著一群穿著官服的衙差正往院子趕來。

顧超進來請示薛宸。「小姐，您看咱們接下來該怎麼做？」

薛宸沈吟片刻，回頭對夏珠等人說：「夏珠、衾鳳，妳們留下伺候舅老爺和老夫人。顧超，你帶兩個人守在這院子外頭，不許任何人靠近。」

說完這些，薛宸便往院子外走去，孫氏正好帶著人衝到她面前，被嚴洛東和廖簽擋住了。

孫氏指著薛宸，對那些官差叫道：「就是她！這個女人私闖民宅，還打我的人，快把她抓起來，送到知府老爺的大堂上，打她幾十板子！」

嚴洛東回頭看了薛宸一眼，只聽薛宸說道：「喲，官差來了，敢問這位夫人是什麼身分？居然連官差都叫得動。」

孫氏得意地冷哼一聲，隨她過來抓人的捕頭開口喝道：「哪來的黃毛丫頭，居然敢對咱們姑奶奶無禮！整個大興誰不知道咱們姑奶奶是孫知府的親妹子，瞧妳模樣生得周全，卻是個找死的！來人吶，給我抓起來，送到堂上等知府大人發落！」

嚴洛東和廖簽見狀正要拔刀，薛宸卻走上前，把他們腰間的刀推回去，面不改色地對捕頭說：「如此甚好，我相信知府大人定是明察秋毫、明辨是非之人，定不會偏袒親妹子。走一趟也好，我還沒去過衙門，只在戲文中聽過，正好去見識一番。這位官爺，請帶路吧。」

捕頭被薛宸淡定自若的神情唬住了，回頭看孫氏，低聲問了一句。「姑奶奶，這不是來了個不好惹的吧？她怎麼不知道怕呀？」

孫氏亦低聲回道：「什麼不好惹的？她什麼都不是！她爹只是個小小文官，儘管給我抓回去，先打了再說。等她爹知道的時候——晚了！」

捕頭還是有點不放心。「官家的小姐，咱們這麼抓回去妥當嗎？」

孫氏怒了。「讓你抓你就給我抓！誰知道這女子是什麼來歷？咱們只需要知道，她來歷不明，帶著人凶神惡煞地闖進我家，打了我的人，你們才把她抓去官府。她說出自己的身分又如何，誰會相信一個閨閣小姐做這樣的事？就算她爹找來，不過是個小小文官，怕什麼？

「到時候，咱們打也打了，氣也出了，她要能活下來大概也殘廢了，她爹能怎麼樣？要是死了更好，直接把屍體丟去亂葬崗，讓她爹連人都找不到！哼！」

薛宸聽著孫氏在一旁跟捕快的「竊竊私語」，不由想發笑。這女人還真是無法無天至極，她再怎麼不濟也是官家小姐，就算孫氏的印象中她爹只是個小小文官，但她也不想想，過了這麼多年，她爹是不是還在那個位置上。

更何況，薛家可不是只有她爹一個官，她祖父、她伯父都是官，如果真如孫氏所說那般把她打殘或打死了，別說其他的，單一個薛家便能把她哥哥的官給摘了。再論其他罪行，只要有一個人能證明她是在大興知府手裡被打殘或打死，舉家流放的罪名是少不了的，到時候參與的人沒有一個能逃得過。

可是這些道理孫氏大概想不通。她在大興作威作福習慣了，只要有人惹了她，一定要對方好看，甚至不管對方身分如何，只要自己出了氣就成，哪管今後會有什麼後果，直接把人埋了，毀滅證據，誰也奈何不了她。

不過薛宸可沒心情和她講解這些，在嚴洛東和廖簽的護送下，和那些捕快前後出了盧家大門。

木氏想追出去，卻被夏珠拉住胳膊。「老夫人別衝動，我們夫……小姐有數的。」

木氏著急了。「哎呀，妳別攔著我，你們不知道孫家在大興的厲害，孫氏的哥哥是大興知府，上頭還連著官，霸道著呢！宸姐兒一個小姑娘，哪能跟他們去衙門！」

衾鳳和夏珠一起將木氏扶著入內坐下，衾鳳道：「老夫人，您就放心吧，我們小姐不是一般人，大興知府可動不了她。」

衾鳳跟著薛宸的時日長了，自然知道自家夫人的能耐，凡事總能想得周周到到，不會讓自己受到傷害和委屈。

木氏被兩個丫鬟拉著，沒其他辦法，只好入內去瞧兒子。見盧星和盧婉神色有異，想起薛宸說是因為兩個孩子去找她，她才知道盧家出了事，便把兩人叫到身邊。

盧星跪在父親和祖母面前，輕聲把他們如何去京城、如何找到薛宸，薛宸又如何對待他們的種種，一五一十說了出來。

木氏和盧周平聽了，臉上的表情漸漸生出了變化……

第五十八章

公堂上，兩邊各站了四名衙差，手持長板，呼喊威武。

嚴洛東和廖簽一左一右護在薛宸身後，三人皆毫無懼意。孫氏一臉得意洋洋地站在左邊，身後跟著那個替她拿人的捕快。

知府孫大人從後堂走出，烏紗帽還歪在頭上，顯然是剛從哪個姨太太床上起來的，一路整理官袍，上了堂。

驚堂木一拍，威武聲又起，師爺尖銳的聲音傳了過來。「堂下何人？」

孫氏上前報家門，敘述了自家如何被人闖入的經過。

孫大人聽完，再拍驚堂木，指著薛宸等人大喝。「你們可知罪？為何不跪下回話？」

薛宸搖搖頭，問道：「大人，自古是否有這個規矩——身負功名者，可上堂不跪？」

孫大人的酒色之眼因為薛宸這句話抬了起來，目光落在她身上，突然一亮，坐直了身，指著她道：「這位就是被告嗎？怎地這般怠慢，快快替小姐搬來椅子讓她坐下說話。」

薛宸蹙眉看著這位孫大人，心裡納悶極了，還沒說出自己的身分，他就看出端倪，開始討好了？正要暗讚這知府識時務，誰知道他接下來的話將她氣了個倒仰。

「這麼漂亮的姑娘，站著多讓人心疼啊。」

「……」

薛宸把頭轉到一邊去，忍不住在心中唾棄，還真是一母同胞的親兄妹啊！

孫氏聽了孫大人的話，怕他因薛宸的美色而壞了她的大事，乾脆提起裙襬蹬蹬蹬地從堂下走到他身邊，在他耳旁說了兩句話。

孫大人卻連連搖頭。「不行不行，這麼漂亮的美人，打二十大板那不就廢了嗎？」

孫氏跺腳。「哥！你別在這事上犯糊塗。」

孫大人瞧著自家妹子，忍著心中的不捨，又拍了拍驚堂木，對薛宸道：「妳……可知罪？擅闖民宅，恣意毆打，這罪狀可是人證物證俱在。妳還有什麼想說的，儘管跟我說，大人也不是那種不近人情之人。」

孫氏實在膽大，還不等薛宸說話便一把抓起放在案桌右上角刑令箱中的刑令，甩出兩塊，替孫大人發號施令。「別問了，先打她二十大板！」

刑令一落地，意味著堂上必須有人受刑，薛宸對嚴洛東使了個眼色，嚴洛東從袖中掏出一塊黑魚木令牌，丟到孫大人的案桌上。

孫大人嚇了一跳，以為是暗器，拿起來一看，是塊黑沈沈的黑魚木牌，背面是飛魚圖案，正面寫著四個大字——北鎮撫司。

孫大人扶了扶官帽，正要把這牌子扔了，可腦中突然一個激靈——

北鎮撫司?!

他再次把令牌拿在手裡，仔仔細細、前前後後看了好幾遍，才在堂下官兵打算和嚴洛東等人動手時暴喝一聲。「都給我住手！」

混亂的堂下一片寂靜，全看著這個一驚一乍的知府大人。孫氏更是氣惱哥哥的阻止，上前道：「哥，你這是幹什麼呀？快點替我解決了她，我這口氣還憋在心裡呢！」

孫大人從座位上騰地站起來，一把推開孫氏，跌跌撞撞來到嚴洛東面前，將令牌抬起來給他看了看，問道：「這是……大人的？」聲音似乎有些顫抖了，還帶著哭腔。

嚴洛東搖了搖頭。「不是我的。是我偷的。」

孫大人這才鬆了口氣，變了臉正要發怒，卻見嚴洛東指著廖簽，補充了一句。「偷他的。」

孫大人再次閉起了雙眼，似乎對嚴洛東這種說話方式很有意見，不得不承認自己被他嚇到了。僵硬地轉到廖簽面前，將令牌雙手奉上，彎腰行禮道：「這是大人的嗎？不知大人前來有何貴事？」

錦衣衛百戶的職位雖不算高，可卻是皇上真正的眼睛，若是得罪這些人，一輩子的官途也差不多到頭了。

孫大人擦了擦頭上的汗，不知道才是最可怕的折磨。

廖簽收回自己的令牌，埋怨地看了嚴洛東一眼，暗自覺得自己實在太不小心，連令牌被人給順了都不知道。

薛宸剛要趁熱打鐵說話，還沒開口，外頭就有官兵前來傳報。「大人，大理寺來人了，請您出去相迎，來的是大理寺卿婁大人。」

薛宸在聽見「婁大人」三個字時，實在忍不住，在心裡默默嘆氣了。

孫大人像是兔子般竄了出去，不一會兒便把面色冷冽的婁慶雲一行人迎入堂中。

婁慶雲表情冷峻，沒有多瞧站在堂下的薛宸主僕三人一眼，被孫大人像是供佛般供到案桌後頭。他點頭哈腰的樣子，恨不能立刻趴下來跪舔婁慶雲的鞋底了。

婁慶雲輕咳一聲，拿起案上的一張案卷若無其事地看了起來，隨口對孫大人道：「沒影響孫大人辦案吧？」

孫大人的頭搖得跟撥浪鼓似的。「沒有沒有，大人能來此處是咱們大興府衙的福分，蓬華生輝、蓬華生輝。」

婁慶雲放下案卷。「不用在意我，你們繼續審案。等你審完我再和你說話。」

孫大人剛想說「案子沒有您重要」時，婁慶雲掃去一記厲眼，冷聲道：「沒聽見本官的話？繼續審案呀！」

正二品的大理寺卿都這麼說了，孫大人還能說什麼呢？這位他可是實打實地惹不起，不單單是大理寺卿的身分，他的背景才是最難惹的，衛國公世子、綏陽長公主嫡長子、皇上的親外甥……一層層的身分壓下來，就是十個孫大人也不夠瞧。

孫大人忐忑著坐到師爺的位置上，清了清嗓子，決定好好審一回案給上峰瞧瞧。

他剛要開口，就見薛宸坐了下來。剛才讓她坐她不坐，這個時候大理寺卿在場，她偏偏坐了，這不是存心找他的麻煩嗎？遂對一旁的捕快道：「誰給被告椅子坐的，還有沒有規矩了？快撤！」

捕快剛要過去，卻聽婁慶雲開口了。「撤什麼撤，你們忍心讓這麼漂亮的姑娘站著說話？我可不忍心。孫大人，你說呢？」

孫大人擦了擦滿頭的汗珠，僵硬著笑容道：「是，大人說的是，下官沒有大人的憐香惜玉，下官有錯。這個……別撤了，讓她坐著說話。」

薛宸穩如泰山地坐著，難為了她身後的兩個人。

廖簽簡直想要捧腹大笑，在婁慶雲面前又不敢，拚命忍著，連面皮都快要抽搐了；嚴洛東倒是鎮定，面無表情的樣子，但廖簽注意到他那雙銳利的眼眸，似乎完全被勾起了興趣，目不轉睛地瞧著堂內，生怕錯漏任何一個畫面。

今日，廖簽對這個昔日的大哥似乎有了些不同的認識。他從前景仰嚴洛東，卻沒和他共事過，所以並不了解嚴洛東真正的脾性。有的人喜歡熱鬧、有的人喜歡看熱鬧，每個人個性不同，廖簽能夠理解。

不過讓廖簽實在搞不懂的是婁慶雲和薛宸這對夫婦。這兩個人怎麼能在見面後還這樣淡定，連眼神都沒有交集，裝得好像真不相識，若非他知道內情，說不定也會被他們表現出來的樣子騙到。

想到這裡，廖簽不禁為仍被蒙在鼓裡的孫家兄妹默哀。看樣子，這對夫妻雙煞要大殺四方了。

「這個，被告私闖盧家家宅，縱僕行凶，打人傷人，妳可認罪？」

孫大人一改先前昏庸的樣子，對薛宸正經問話，只希望在上峰面前留下勤懇正直的好印象。

做人和做官其實是一樣的，雖然每個人都知道身邊沒有盡善之人，卻還是喜歡人們表現出的善良。做官亦是如此，就算上級想看的不是一個善於斷案的官，但表面上勤懇一些、正直一些的人總會被喜歡。誰都不願意跟看起來古靈精怪、好像隨時會在背後捅刀的人交往，所以，大奸大惡之人，往往都是看著老實些的。

因此，「看著老實」就是做官的第一要件。孫大人為官多年，早練就見人說人話、見鬼說鬼話的技巧，如今表現起來更是遊刃有餘，讓人瞧著他就是個會斷案、正直老實的好官。至於他私下裡什麼樣，相信上峰不會感興趣的。

薛宸也很配合，認真地搖了搖頭。「不認罪。大人，盧家是我的舅家，我進盧家怎麼能叫私闖呢？至於說我縱僕行凶更是無稽之談，誰會帶人去自己舅舅家鬧事，您說是不是？」

孫大人還沒開口，孫氏忍不住了，從旁大聲說道：「妳胡說八道什麼？誰家是妳舅家？我府裡的人被他們幾個打得不成人形，有的是人證物證，還想狡辯？」

本來孫氏已經收到孫大人的眼色，讓她退到堂下，原想好好配合哥哥把這場戲演好，但怕這位剛進來的大人被這小賤人矇騙，故才出口制止。

婁慶雲輕咳了一聲。「孫大人，這是誰啊？怎麼在公堂之上這般無狀，倒不知你是大人還是她是大人了。」

孫大人立刻回稟。「哦，她是原告。」

婁慶雲點點頭。「原告……就這麼站著啊？」

「……」孫大人有點迷糊，猶豫好一會兒，才對旁邊的人吩咐。「也給原告……看座吧。」真看不出來，這位婁世子還是個情種，見了女的就心疼。

捕快正要去搬凳子，卻聽婁慶雲敲了敲驚堂木，道：「就她這樣，還看座？孫大人，你沒搞錯吧？」

孫大人有些不懂了。「那大人的意思是……」

婁慶雲從案桌後走出，先到薛宸面前轉悠兩圈，彎下身子把臉靠近薛宸與她面對面看了一會兒，才直起身瞥了孫氏一眼，對孫大人冷冷地說：「這種姿色，跪著我都嫌棄。趴著吧，眼不見為淨。」

廖簽終於忍不住笑出了聲，在莊嚴肅穆的公堂上顯得特別突兀。婁慶雲掃了他一眼，他便立刻端正姿態不敢再笑。斜眼看了看嚴洛東，只見後者對他遞來一記輕飄飄的眼神，意思像是在說：小子，新來的吧？這就忍不住了？

廖簽無語。「……」

孫大人也對婁慶雲這句話表示遲疑。趴、趴著？他沒聽錯吧？

婁慶雲轉回案桌後頭，他帶來的人已一腳踢在孫氏的膝蓋彎處，孫氏跪下後，又是一個手刀打在她的後頸，讓孫氏猝不及防趴了個狗吃屎。她想爬起來，可每抬頭一次後腦就被人打一下，打了兩次後，便趴在地上不敢動了。

可她嘴裡沒閒著，叫道：「你、你們這是幹什麼？我是原告，要打，也該打那個小賤人呀！有沒有搞錯——」

忽然，孫氏的臉被壓在地面上，說不出話來了。

今日跟婁慶雲來的是趙林瑞，知道內情，主子們想玩他自然要配合，可有人對夫人出言不遜，不用世子說他也要動手阻攔，要不然可不算是好下屬。

婁慶雲掛著笑的臉，在聽見有人當著他的面說薛宸是「小賤人」時，終於徹底變色了，二話不說從桌上的刑令箱中抽出一支藍頭簽拋在地上，冷冷道：「太聒噪了，還會罵人？掌嘴三十，立刻行刑！」

孫大人沒想到婁慶雲這麼不講道理，案子還沒審就把原告打了，這不妥吧？可他不敢反駁，又不能眼睜睜看著自家妹子被掌嘴三十下，那整口的牙不全廢了嗎？趕緊走出來，來到孫氏身旁給婁慶雲跪下，求饒道：「大人饒了她吧，這是舍妹，她直腸子不會說話，無心冒犯大人的。」

婁慶雲抬起冷臉，盯著孫大人瞧了好一會兒，突然笑了起來。

孫大人見狀，跟著諂媚地笑了，一邊擦汗、一邊就要起身。孰料，婁慶雲加了一句。

「既是兄妹，自然有福同享、有難同當，我給孫大人面子，稍微開恩，就每人二十下吧。打！」

孫大人徹底傻住，呆呆跪在那裡。

婁慶雲的命令，趙林瑞自然不會假手衙門的人，可他只帶了兩個兄弟，其他人還在門外，遂看了看嚴洛東和廖簽。嚴洛東的身分，他是不敢勞動的，便對廖簽拱手，客氣地說：「廖大人，勞煩您來搭把手。」

廖簽看了看薛宸，見她靠坐在太師椅上看自己的指甲，並沒有阻止，便把手裡的刀插到腰間，然後走到孫大人身後。

趙林瑞給他道了聲謝，只聽孫氏那裡已經嚎哭起來了。孫大人被廖簽按住手腳，不住求饒：「哎喲，這、這是幹什麼？我好歹也是朝廷命官，你們不能這樣對我……哎喲！啊！」

趙林瑞一邊啪啪抽著、一邊對孫大人道：「欸，按著您的廖大人也是朝廷命官，品級比您高著呢，別挑三揀四了。」

孫大人無聲哀嚎：我沒有挑三揀四……疼……

噼哩啪啦，二十下很快便打完了，趙林瑞和廖簽輕輕鬆鬆收了手退到一邊，好像一切都沒有發生般。

孫氏被打得奄奄一息，滿嘴鮮血，牙齒脫落了好幾顆，嘴唇不住顫抖著。

孫大人也沒多好，跪在地上，雙手捧著下巴，血水不停往下流，想站起來指責婁慶雲，又沒這個膽子，只能口齒不清說著同一句話。「我是……朝廷命官，你們、你們不能……這麼對……我……」

薛宸瞧不慣這血腥場面，摀著鼻子站起身，正要出去，孫氏卻撲了上來。薛宸被嚴洛東拉著後退一步，孫氏撲了個空，嚴洛東一抬腳便把她踢到一邊去。

「你這狗官——」孫氏被踢得在地上滾了好幾圈，口裡鬆動的牙齒又掉了幾顆，不僅疼還丟臉，不僅丟臉還憤慨。她還是第一次嚐到被仗勢欺人的感覺，從前都是她仗勢欺人，看著別人受罪，沒想到這位大人一來，什麼話都沒問，居然就把她和哥哥都打了。

孫氏可沒有孫大人懂事，才不管婁慶雲是什麼官，用漏風的嘴罵道：「你看那小賤人漂亮就幫著她欺負人！我哥哥是朝廷命官，你們憑什麼說打就打？我要上京告御狀，告你仗勢欺人！」

孫氏費了老大的勁兒才把這幾句話說出來，嘴裡的血伴隨口水一起往下流，樣子實在不好看，只好用袖子遮著半邊臉，想憑一句「上京告御狀」嚇唬嚇唬婁慶雲。

沒想到婁慶雲聽到這句話之後突然笑了，他的隨從及薛宸和她的護衛也笑了起來。孫氏覺得自己像個小丑，卻不知到底發生了什麼事。戲文裡不都那麼唱嗎？老百姓有了冤屈便上京告御狀去，從前她欺負其他人時，那些老百姓就是那麼說的。

趙林瑞見自家大人從桌後站起，往外頭走去，顯然是把這事暫且交給他處置了，遂忍著笑走上前對孫氏道：「這位夫人好氣魄！您都把我們大人嚇跑了，還告御狀？成啊，妳既然想告，那我提前幫妳把章程走一遍。」

孫氏不住往後退，驚恐說道：「你、你想幹什麼？別、別以為我不敢啊！」

趙林瑞和廖簽對視一下，然後向旁邊幾個護衛使了眼色。幾人上前，不由分說對著孫大人和孫氏便是一番暴揍。

府衙裡的官差見大人挨打，知道趙林瑞幾個不是好惹的，根本不敢上前幫忙，縮在外面，看著孫大人被打成了豬頭。

孫大人沒敢出聲反抗，如果他還不知道自己是惹了不該惹的人才有這回無妄之災，也白做這麼多年的官了。

他拚命咬牙，等這些人打完後，才委屈地上前拉了拉趙林瑞的衣襬，小聲問了。「這位大人，您行行好，告訴我，這一切到底是為什麼呀？」

趙林瑞瞧他慘不忍睹的模樣，一腳踢開他抓著自己衣襬的手，抬起腳拂了拂，頭也不回地帶著人走出府衙大門。

廖簽的心腸稍微好些，走到門口又折回來，彎下身子對趴在地上、不住喘氣的孫大人說：「哎，想知道為什麼嗎？」

孫大人奄奄一息地點點頭，廖簽對他咧嘴一笑，用下巴橫了橫被打昏的孫氏，道了一句。「去問問你妹子，她夫君的外甥女是什麼人？嫁的又是什麼人？我只能告訴你這麼多了，不謝。」

孫大人一頭霧水地目送廖簽等人出了府衙，躲在廊下的官差們蜂擁而上把他扶起來，孫氏也漸漸醒轉了。

孫大人一把推開身邊的衙役，掙扎著走到孫氏面前，吐了口血水，問道：「妳夫君的外甥女是什麼人？她嫁的又是什麼人啊？」

這件事果然和盧家脫不了關係，孫大人後悔自己沒早發現這件事。

孫氏被打得暈暈乎乎，幾乎找不著北，暈了好久，才看清楚站在她面前的是誰，腦子一團漿糊，這個時候要她回答問題實在太難為她了。

孫大人搗著嘴，又嚎了一句。「妳倒是說呀！」

此時，官差請的大夫趕到了，在孫氏的人中處扎了一針，孫氏才像是回了魂般，喘過一口氣來。

孫大人見她好轉，便把剛才的問題再問一遍。

孫氏愣了愣，才口齒不清、虛弱地回答。

「我夫君的外甥女，不就是薛家大小姐嗎？」

孫大人追問：「哪個薛家？」

孫氏道：「京城翰林家的薛家呀。」

孫大人將這個名頭放在腦中想了想，不由倒抽一口氣，厥過去了。

京城裡誰不知道，翰林學士薛柯的嫡長孫女、中書侍郎薛雲濤的嫡長女、薛家大小姐，嫁的不就是衛國公世子婁慶雲嗎？

他這是造了什麼孽呀！

第五十九章

薛宸站在衙門前，婁慶雲的屬下瞧見她紛紛抱拳，她便點頭回禮。

不一會兒，婁慶雲也從裡面出來了。薛宸扭頭看他一眼，便抬腳往前走。這傢伙，一定是她剛走就跟過來了。

婁慶雲追上去。「嘿嘿，我這不是不放心妳嘛，來得正巧，剛好收拾敢對妳無禮的傢伙。」

薛宸把雙手攏入袖中，神情看不出喜怒，漂亮的小臉在陽光下顯得更加瑩潔。只聽她語氣平淡地說：「所以，你把人打一頓，就算是給我出氣了？」

婁慶雲瞧著自家媳婦兒，搖搖頭。薛宸意外地看著他。

「當然不只打一頓。哪這麼簡單就算了？」

薛宸停下腳步，睇眼看他。「你還想幹什麼呀？」

「掀他老底、罷他官，豈能讓這種敗類繼續做官。」婁慶雲說得理所當然，那熠熠生輝的神情讓薛宸不禁看得笑起來，然後忍住道：「你是誰啊？說罷他官就罷他官，哪有這麼簡單。」

本來，她打算暗地搜集孫大人的罪證，可婁慶雲的出現讓她的身分提早暴露，使得接下來的計劃不好展開了。

婁慶雲瞧著薛宸認真的模樣，也笑了，摟著她的肩膀，道：「妳夫君是誰啊？我掌管的可是大理寺和錦衣衛，哪個官員沒點破事在我手裡？權看值不值得我動手罷了。」

薛宸有些不解。「孫大人有把柄在你手上？」

婁慶雲沒有正面回答薛宸的問題，不過看他的表情卻是能猜到一二。反正歸根結柢就是四個字：權使人變。

一旦手中有了權，就會想要更多，必須努力往上爬，而往上爬又有幾個必要的條件，一個是人脈，另一個是金錢，最後一個才是能力。每朝每代都會有除不盡的貪官污吏，這就是根源了。

夫妻倆回到盧家，把孫氏留下的烏合之眾盡數解決後，薛宸帶婁慶雲去了後院見盧周平和木氏。

兩人得知婁慶雲的身分，顯得有些侷促，幸好婁慶雲是活絡性子，總能將尷尬局面扭轉過來。他和盧周平一邊吃飯、一邊說著當年他在邊境看見行商們的事情，讓盧周平對他產生無限的好感。

薛宸在一旁看著，心中頗有感觸。

當年，若薛雲濤有婁慶雲這份耐性，盧家和薛家何至於反目成仇到老死不相往來？讓盧氏和木氏痛苦了一生。

薛宸後來才聽盧周平說起盧家和薛家的恩怨，原因是薛雲濤作的一首諷刺商人的詩。

當時薛雲濤已經娶了盧氏為妻，可對於這個被迫的婚姻有著很大的抗拒，特別討厭盧家那套凡事以金錢衡量的做派。第二年他跟盧氏回盧家拜年，喝多了，便即興寫了首諷刺商人唯利是圖的詩，還把那首詩像模像樣地贈給自己的岳丈盧修。

盧修是個生意人，雖然認識字卻不懂作詩，以為女婿好心送詩給他，不管好不好都開心地收下了，還讓人裱起來掛在商行裡。後來被人看出那首詩裡的諷刺之意，盧修感覺自己被騙，勃然大怒，當場把那首詩連紙帶框給燒了，連夜趕去京城罵薛雲濤。

薛雲濤不是任人打罵之人，更何況這個人還是他一直瞧不起的商人岳父。為了這件事，兩人從此交惡。

盧修回大興後就要和盧氏劃清界限，說盧氏要麼回盧家，要麼今後別進盧家的大門。那時薛宸已經出生了，盧氏怎麼可能和薛雲濤分開？便選擇留在薛家。

盧修大怒，要和盧氏斷絕父女關係，幸好有木氏從中勸解，在盧氏活著時，兩家還偷偷往來。但盧修生夠了薛雲濤的氣，而薛雲濤又倔強地認為自己沒錯，不過是一首詩罷了，覺得盧家人心胸狹窄。因此，盧修臨死之前特意對盧周平留下遺言，讓盧周平不許再和薛家來往。

薛宸心想，如果薛雲濤能稍微軟一些，事情就不會這麼複雜了。雖然盧修也有錯，可薛雲濤畢竟是做女婿的，和岳丈對著幹了一輩子也實在沒什麼道理。

這些事情，上一世的薛宸是不知道的，她應付徐素娥還來不及，哪會有空來管盧家的事。而薛雲濤被徐素娥騙了一輩子，更加不會反省和元配娘家交惡的事了。

接下來幾天薛宸和婁慶雲留宿在盧家，替盧周平請了大夫，又幫他把孫氏的人全清理掉。薛宸問木氏要不要和她一起去京城，木氏想了想，還是決定回宛平，這些年她已經習慣了一個人，宛平宅子裡有伺候她一輩子的老奴，生活上不成問題。

薛宸問盧周平要怎麼處理孫氏，盧周平想了下，給她寫了一紙休書，由廖簽親自送去衙門登記。

而這些日子被孫氏霸占的生意，因孫氏不善於管帳，怕帳上的批注引起盧家掌櫃的懷疑，便用藥物來威脅盧周平替她看帳，所以掌櫃們並不知道當家的被孫氏控制。如今解決了孫氏，等盧周平將身子養好，重新經營盧家的生意，對他來說並不困難。

盧星和盧婉堅持要送薛宸等人出城，等薛宸上車後，便對著馬車撲通跪下，磕了三個響頭。薛宸已經上車，沒辦法扶他們，只好在車內受了，對他們揮揮手，兩個孩子才站了起來。

「如今誤會都解開了，以後有機會就去京城找我。星哥兒要娶妻、婉姐兒要嫁人，派人來說一聲，我好替你們高興。」

盧星和盧婉不好意思地低下頭，兄妹倆站在城門口，目送薛宸的車馬離開好遠，才轉身回去。

這段時日婁慶雲暗地裡讓顧超帶著幾個人留在大興看著，直到孫家確實垮了再回京城，盧家的安危是不成問題的。

對於婁慶雲的細心，薛宸覺得自己再一次被這個男人給感動了。

薛宸回京後去了薛家一趟，把盧家的事情告訴薛雲濤。薛雲濤已對盧家沒什麼恨意了，知道薛宸替他們解決麻煩，也表示贊同。

蕭氏告訴薛宸，原來的中書令升入內閣，向左相推薦薛雲濤做中書令，正二品的官職，對薛雲濤來說真可算得上是一飛沖天。要知道，官場之上每升一級，快的也許幾年便能完成；若是慢的，也許窮極一生都未必能升上去。

薛雲濤對這個位置勢在必得，薛柯和薛雲清自然全力支持，放眼整個中書省，確實沒有比薛雲濤更適合當中書令的了。

薛雲濤升遷在即，薛宸亦是樂見其成。三品官和二品官的差距就是一道鴻溝，跨過去，薛雲濤便是名副其實的二品大員，對薛宸來說可沒什麼不好的。

年關將近，天地間一片肅殺寒氣。

薛宸躲在書房中看帳，這些天總覺得身子乏得很，老是想睡，尤其是在溫暖的地方，拿著書睡過去好幾回，有幾次還是婁慶雲抱她上床的。所以，今天薛宸不打算待在燒了地龍的小房間裡，改去婁慶雲的書房。因為婁慶雲不喜歡熱，這個書房裡只放火盆，沒有燒地龍，正適合總是犯睏的薛宸看帳。

衾鳳送來了銀耳羹，熬得黏稠黏稠的晶瑩湯汁配著透明的銀耳，看著別提多好吃了。可是送到薛宸面前來，她還沒接過去，聞著那股子甜味就想吐，幸好忍住了，但甜湯卻是吃不下了。

晚上，婁慶雲從外頭回來，見薛宸神情懨懨的，便過來探她的額頭，覺得沒有發燒，可薛宸懶懶的樣子還是讓他覺得奇怪。問了薛宸這幾天的情況，聽到她說總是想睡、又犯噁心時，神情就亮了，抓過薛宸的手腕把起脈來。他從小在軍營受婁戰教導，對醫術也有涉獵。薛宸見他神情嚴肅，不敢出聲打擾，便歪在大迎枕上讓他把脈。

過了好一會兒，婁慶雲把了又把，再三確認，終於重重呼出一口氣，看著薛宸，久久沒有說話。

薛宸被他的神情嚇著了，攥著手腕問道：「我不是得了什麼重症吧？」

婁慶雲緩緩湊近她，臉上沒有表情，呆呆看著，直把薛宸看得心慌，簡直懷疑自己是不是真得了什麼病，不敢問，瞪著烏溜溜的眼珠盯著婁慶雲，想從他的表情中看出端倪來。

婁慶雲看了她好一會兒，才蹙著眉頭問了一句。「這些天，妳的月事是不是沒來？」

「……」

薛宸不解地瞧著他，想了想才回答。「嗯，推遲好多天了。」

婁慶雲點點頭，然後又問道：「那妳是不是經常想睡、想吐、想吃酸的？」

薛宸沒有回答，她再怎麼遲鈍，婁慶雲一下子說出這麼多症狀，若還沒有點自覺，就太笨了。

「如果我沒有把錯脈……八九不離十了。」

薛宸有些不敢相信，沈默好久，才舔了舔乾澀的唇，問道：「你是說……那個？」

婁慶雲連連點頭。「是！就是那個！看來我不用改名了！」對薛宸咧開了嘴，送上一個大大的微笑，看著薛宸依舊傻愣愣的模樣，只覺可愛得讓人想把她揉進骨子裡。

他的媳婦兒懷孕了！他的小妻子居然成功懷上了他的孩子，這簡直太令人震驚和興奮了。

整個晚上，薛宸反覆摸著自己的小腹，依然不敢相信，婁慶雲亦是如此，夫妻倆就那麼乾躺著。若是平時，婁慶雲早按捺不住了，可是今天他什麼都不敢做，只讓薛宸枕在自己的胳膊上，靜靜地看著她。

兩人不時對望，薛宸的心情更加複雜。這麼多年下來她已經做好沒有孩子的準備，可是突然間，所有的準備全沒用了。

「你……真的沒有診錯嗎？」薛宸仍是難以相信。

婁慶雲點點頭。「我都瞧十來回了，錯不了。明日我再喊太醫來瞧瞧。最多一個月吧，很弱，但我確定是。」

薛宸沒說話，又把手放到小腹上，摸了摸。「再等些天吧。太醫來看，那所有人都知道了，萬一不是，鬧出的動靜太大了；如果真的是，一個月便公諸於眾也太早，會不會驚著他？」

婁慶雲想了想，道：「我把太醫偷偷喊進府裡不就是了。」

薛宸還是覺得不妥。「太醫哪可能什麼都不說呢？更何況，咱們也沒必要讓他不說，又不是什麼醜事，只是我不想讓大家太早知道，怕驚著他，他還那麼小。你不知道，我盼他盼了好久了。」

婁慶雲看著薛宸，臉上有些尷尬，乾咳兩聲後才摸著鼻頭說：「這個……總算有了嘛，有了就好了，哈哈……」

薛宸橫了某人一眼，差點忘了，她之前所有的擔心全都是因為他。不過，今晚她的心情很好，暫時不想和他計較，只瞪了他一眼後，就繼續縮進某人的懷抱，甜甜地靠著。

夫妻倆興奮地湊在一起說了一夜的話，甚至連孩子是男是女，是男孩什麼時候娶妻、是女孩什麼時候嫁人，嫁了人、娶了妻之後，給他們生幾個孫子孫女……幾乎都聊到了。

直到第二天清晨，天都亮了，薛宸才沈沈睡過去。

第二天一早，婁慶雲依舊精神飽滿地去了大理寺，因為薛宸並不打算請太醫來府診斷，只說過一段時日等穩定了再說，反正婁慶雲也懂些醫術，讓他每日盯著便沒事。婁慶雲出門時叮囑丫鬟們別打擾薛宸，讓她多睡會兒。

薛宸醒來就去了松鶴院，向太夫人說這事。

太夫人聽了，立刻摟住薛宸，道：「哎喲，讓我說什麼好！妳這孩子，這是天大的好事，怎麼還想著瞞呢！我就說，這兩日都作美夢，沒想到好事竟在這兒等著我。快快，去把太醫請來府裡，就說我叫的。」

薛宸還是有些不安，對太夫人說：「要不要再等幾天，等……」

太夫人卻道：「不等了，世子既然診出來就不會有錯的。快去喊太醫。」

金嬤嬤都走到門口了，還連連點頭，對太夫人道：「是是是，您放心吧，我一定把太醫院最好的太醫給您喊來。」帶著幾個丫鬟一同往宮裡去了。

過了片刻，綏陽長公主也得到消息，喜出望外地來到松鶴院，看見薛宸，簡直要撲上來，幸好被太夫人攔著，道：「妳小心些，別傷著她。」

長公主連連點頭。「好好好，我是高興啊。您又不是不知道，我盼這個盼了多少年，從慶哥兒成年我就開始盼了。」

太夫人跟著笑起來，薛宸卻有些不好意思地低下了頭。原來太夫人和長公主也盼著這個孩子，不過，她們竟從沒在她面前表現出著急的樣子，沒有逼迫她。

過了一會兒，白髮蒼蒼的老太醫急急忙忙從外頭趕來，太夫人親自迎出去，讓老太醫受寵若驚。

進屋後，老太醫定了定心神，開始給薛宸診脈。

薛宸屏住呼吸，心跳得厲害，就怕要是搞出什麼烏龍來，讓大家失望。

幸好，沒多久老太醫就給大家吃了顆定心丸，起身給太夫人賀喜。「恭喜長公主、恭喜太夫人，世子夫人確實懷上了，大約一個多月，胎象很穩，只是這段時日許會有些害喜，但無礙的。」

聽見老太醫的話，薛宸懸著的一顆心總算放下了。

太夫人和長公主站在一旁，雙手合十，開心得就差互相抱起來。

然後，太夫人一下子派了四個通曉孕事的嬤嬤給薛宸，幫著她應付害喜和懷孕該小心的事情；長公主也從宮裡弄了幾個御娘回來，專門做東西給薛宸吃；衛國公婁戰得知消息更是高興極了，跟他媳婦兒懷了孩子似的。不到兩天，這喜訊居然傳遍朝野，誰見了他和婁慶雲，都得拱手說聲恭喜。

婁慶雲被這突如其來的熱情給嚇到了，回家跟薛宸互相訴苦。薛宸告訴婁慶雲她這些天吃了什麼、喝了什麼、誰來看過她、說了些什麼話；婁慶雲則跟她說，為這件事，同僚們紛紛請他喝酒，他前後推掉了十幾桌酒席。

薛宸肚裡這胎，不僅太夫人、長公主重視，國公府上上下下全關注著，就是薛宸自己也十分小心，聽從太夫人的吩咐，頭三個月儘量在床上躺著，偶爾有客人來，見面也不能超過半個時辰。每一時辰，御娘都會做些湯水和點心，讓薛宸補充被吐掉的食物。薛宸雖然沒什麼胃口，但為了孩子，不管多難受她都堅持吃東西，以免餓著孩子。那些太夫人派來的嬤嬤看了都說，薛宸是她們見過最配合的孕婦。

蕭氏和魏芷靜來看薛宸，帶來寧氏親手給她醃製的酸梅，薛宸可愛吃了，但因在養胎，不能太費神，所以沒和她們說多少話。不過兩人離開前約好了，等薛宸過了三個月再回去看她們。

薛繡也來過一回，本想和韓鈺一起的，可是韓鈺病了，怕把病氣過給薛宸，就沒有來。薛繡的臉色倒是紅潤，顯然這些天和元卿過得是蜜裡調油。姊妹倆說了會兒話，也沒能多談，旁邊的嬤嬤就過來提醒該讓薛宸休息了。

就這麼雞飛狗跳地過了頭三個月。每七日張太醫便到府診脈，三個月後，才宣佈薛宸的胎保得不錯，已經相當穩了，可以下床。還鼓勵薛宸多走動，說三個月前養的是孩子的體格，三個月後練的就是母親的體格了，能站著就別坐著、能走著就別停著，不能懶懶散散，想吃就吃、想睡就睡，但動的時候也得注意，不能瞎動云云。薛宸讓伺候她的李嬤嬤記著這些，適時提醒她。

因為今年薛宸身上有了，年底入宮的參拜，太夫人早早替她請命可以在家歇著，不必入宮。正月裡也沒去薛家，因為年裡鞭炮響，怕驚著孩子，整個國公府都是禁止放鞭炮的。

不僅如此，早在年三十之前婁戰和婁慶雲便連袂拜訪隔壁的鄰居，請他們在過年時也少放些炮仗。這對父子的態度讓其他人都不敢輕慢，自然連聲應允。因此，衛國公府附近，從年三十到大年初五竟然都是靜悄悄的，薛宸在床上睡飽了才察覺不對勁，問了婁慶雲，一時心中又是頗為感動。

薛宸的肚子一天天大了起來，平坦的小腹漸漸鼓起，感覺真的很奇妙。不只薛宸這樣覺得，連婁慶雲也十分好奇，幾乎每天晚上都要薛宸解開小衣，讓他觀察她的肚子。見到隆起的肚皮，縱然這些日子婁慶雲憋得十分辛苦，還是很值得的。

太夫人和長公主日日盯著，薛宸更是處處謹慎，一家人小心翼翼地守著她肚子裡的寶貝。

薛宸問過婁慶雲想要兒子還是女兒？婁慶雲說隨便，只要是她生的都好。薛宸卻想要個兒子，雖然女兒也不錯，但婁家大房的子嗣實在太單薄了，僅有婁慶雲一個嫡子。

婁戰娶的是長公主，這輩子不可能納妾，更不可能有庶子庶女。薛宸自然明白，若能在這時生下婁家長孫將是多麼難能可貴的事。

只是這事誰也說不準，她希冀歸希冀，若是生了女兒也不會虧待她的。反正她和婁慶雲年輕，還有好些時候能努力呢，只要確定了兩人並不是遭受天譴、無法生育，她一定會盡可能給他多生幾個的。

當然，這個想法薛宸還沒有告訴婁慶雲，只是在心裡暗暗作了決定。

薛宸的身孕已經有五個月，正是能吃的時候，過了剛懷孕時的不適應，她現在可能吃了，嘴饞得很，看見什麼都想嚐嚐味道。有時候心血來潮還讓婁慶雲大半夜的跑去外頭給她買餛飩吃，從前一碗就飽了，可現在她能面不改色地吃下兩碗，甚至還覺得有些不夠。

婁慶雲雖然寵她，可也不會讓她暴飲暴食，太醫早叮囑過不能讓薛宸吃得太多，否則孩子長得太大，生不出來就危險了。

薛宸也不知道自己是怎麼了，總管不住自己的嘴，一頓要是沒吃飽，不到半個時辰又餓了。

婁慶雲不忍妻子挨餓，親自去請教嬤嬤們，問問有沒有什麼兩全其美的辦法，既能讓薛宸吃飽一點，又不會讓腹中胎兒長得太大。

幾個嬤嬤討論半天，才得出一個差強人意的辦法，那就是讓薛宸每天多動一動。

「世子可能不知道，甚少聽說農家婦人難產的，不是因為她們吃得少，相反地，有些人吃得很多，但因為每日都要下地做活，身子活動開了，生孩子時便輕鬆容易得多。也聽過農婦生大胖小子，但是什麼事都沒有。」

其中，李嬤嬤的話讓婁慶雲陷入了沈思。「嬤嬤的意思，是讓少夫人也下地勞作？」

李嬤嬤笑著搖頭。「不是非要下地勞作，但每天一定要動，比如散步，一天走國公府一圈，大概就成了。」

薛宸聽了，忍不住打斷道：「繞國公府一圈最起碼也得半天工夫，不是要我雞鳴早起，讓丫鬟揹著乾糧隨行吧？這一圈走下來，其他事都別做了。」

婁慶雲也覺得繞一圈太難了，別說薛宸這嬌滴滴的身子，就是他，雖說跑一圈不成問題，可終究枯燥乏味，又問道：「沒有其他辦法嗎？」

幾個嬤嬤想了想，在彼此耳旁小聲說了幾句話，目光交流一會兒後才又說道：「如果這個方法不行，那只有……奴婢們知道宮中的御姬處有幾個天竺來的舞姬，她們擅長瑜伽，其中有個專攻女子房中事與孕事的女官，叫索娜，曾給宮裡懷孕的妃嬪上過課，教授讓女子在生產時能好受些的技巧。這些年來，宮裡沒有發生過妃嬪難產之事，所以索娜女官的法子必然是奏效的。」

婁慶雲和薛宸對視一眼，然後摸著下巴道：「御姬處的女官啊……」

以婁慶雲的身分，請宮中女官來府沒問題，只是他之前聽說了，那女官不在宮中，而是在……

李嬤嬤點頭。「是。索娜女官最近在青陽公主府中，青陽公主的兒媳也有了身孕。不過，索娜女官不會成天待在那兒，若長公主能和青陽公主說說，讓索娜女官閒暇時來府中教教少夫人，也不是難事吧。」

婁慶雲沒有說話，只是點點頭，便讓嬤嬤她們下去了。

薛宸瞧著他這副模樣，知道索娜女官不好請，不想讓他為難，遂道：「哎呀，請不到就算了，我自己多活動活動也是可以的，不走一圈，走半圈也成啊。總之，我懂嬤嬤們的意思，就是不能閒著，再不行，我就少吃些。」

婁慶雲將她摟在懷裡，道：「不是請不來，而是那個女官現在在青陽公主府裡才難辦。若青陽公主知道咱們需要那個女官，說什麼都不會把人讓出來的。」

青陽公主的名頭，薛宸聽說過，她也是公主，卻是已故左太妃所生，乃皇上同父異母的姊姊，有自己的公主府，她的夫君做了駙馬後，才被封為威遠侯。

明面上的地位，像李嬤嬤這些下人可能看不大清楚，但其他人家的夫人心知肚明，青陽公主的確不能和綏陽長公主比，因為長公主的親弟弟是皇上，而青陽公主卻不是嫡系。論夫君的話，長公主的夫君是戰功赫赫的衛國公，和威遠侯靠著裙帶封侯可是完全不一樣的。

幸好青陽公主的外祖乃是右相左青柳，如今右相雖然年邁，但幾十年的鑽營早讓他在朝中勢力穩固，青陽公主靠著右相這棵大樹，檯面上倒是沒有輸太多。不過，青陽公主與綏陽長公主不和，這麼多年來兩位公主幾乎沒有同時出現過，關係可想而知了。

怪不得婁慶雲聽說索娜女官在青陽公主府中竟然這般苦惱，青陽公主的確不大可能會賣他這個人情。

薛宸擺擺手，道：「不來就算了，全天下這麼多女人生孩子，也未必要她來。」說完這話，便拉著婁慶雲出門散步去了。

她雖然沒生過孩子，但也贊同嬤嬤她們說的，多活動，筋骨拉開了，生孩子的確會容易些。就像那些會武功的女子，總比普通女人要好生產。

婁慶雲陪薛宸散完步，看著她午睡後，去了擎蒼院，和長公主說起嬤嬤建議的事。

長公主正在焚香，聽了婁慶雲的話，蹙起眉頭。

「若是我去請，青陽肯定不會答應的。」這個妹妹和她比了一輩子，對她有種莫名其妙的敵意，不管是她要的東西還是喜歡的人，總要想方設法搶過去；若是搶不過去，就要找一個差不多的。

這輩子最讓青陽公主失望的，就是自己的夫君和兒子。雖然長公主是嫁入婁家，但婁戰年輕時的戰功可是震驚朝野，連先帝都說過國不可無衛國公婁戰的話。當年婁戰威武不凡、凱旋而歸的場景，深深烙印在京城貴女的心中。

青陽公主自然也看中了婁戰，不過，先帝最終還是將綏陽長公主指給他，因為她的皇弟已經是太子，她作為長公主，比青陽公主更具資格擁有婁戰這樣的夫君。

於是，青陽公主更加痛恨綏陽長公主，連明面上的和諧都做不到。先帝無奈，怕她惹出事端，也給她定下親事。滿京城的俊俏兒郎讓青陽公主挑選，最終她挑上前禮部尚書趙家的公子。趙公子是文人，讀書可以，但完全不會武功，勝在生得極其俊俏，算是京城美男子中的翹楚了。

剛開始，青陽公主對這個駙馬還挺滿意的，覺得帶出去有面子。後來先帝駕崩，新帝登基，長公主生下嫡長子婁慶雲。說到這個孩子，又令青陽公主羨慕不已，還未出世，新皇便預先給他留了世子之位，將來更是加一品的衛國公，待遇彷彿皇子般。青陽公主嫉妒至極，也努力和駙馬有了孩子。

她藉著肚中孩兒，替駙馬求了個閒散的侯爺名，以為這下可以跟長公主分庭抗禮，誰知道駙馬根本是個空架子，會讀詩書，本事卻是沒有的。而另一邊，婁慶雲一天天長大，從小即有神童之名，讀書寫字、騎射武功皆是出類拔萃。反觀自己的兒子，成天鬥雞走狗，讀書寫字樣樣不行，騎射武功更是沒有興趣。丈夫和兒子，就是青陽公主心中永遠的痛。

後來青陽公主主動依附外祖父右相左青柳，右相屬意二皇子，明裡暗裡都與太子不和，而婁家是支持太子的，兩邊更沒有和解的可能了。

「要不，我去試試？」長公主對婁慶雲說道。她自己倒是沒什麼，不過是去問句話，哪怕有些尷尬，但為了兒媳和孫子，這點尷尬她還是願意承受的。

婁慶雲沈默一會兒，好像有了些主意，對長公主搖了搖頭。「算了，您直接去反而打草驚蛇。還是我想辦法吧。」

長公主是再傳統不過的女子，出嫁從夫，夫不在家就從子，反正得有個男人給她拿主意。兒子主意多、本事大，連皇上都誇獎他，事情交給他辦，好過自己搞砸。聽了婁慶雲的話，並沒有說什麼，只是點點頭讓他多加小心。

婁慶雲從擎蒼院回來，薛宸還在午睡，他到院子裡轉了一圈，決定去侍衛所看看。

嚴洛東在侍衛所的校場上訓練府裡的侍衛，看見婁慶雲，便走了過來。

婁慶雲站在他面前，想起薛宸的話：如果要辦事，還是讓嚴洛東去好了，他辦事牢靠……

婁慶雲聽不得妻子誇獎別的男人，猶豫一會兒後，才對嚴洛東道：「那個……我有件事讓你去辦。」直接開門見山了。

原以為嚴洛東會馬上湊過來，沒想到婁慶雲等了一會兒，嚴洛東毫無動作，對他揚了揚眉，嚴洛東才淡淡回他一句。

「我只替少夫人辦事。」

「……」

對於嚴洛東如此冷漠的對待，婁慶雲往旁邊看了看，然後呼出一口氣，正要和嚴洛東理論一番，誰知道他又添了句。

「我只辦少夫人的事。若是少夫人的事，還請世子吩咐。」

「……」

對於這個驕傲得敢用鼻孔看他的人，婁慶雲是不想搭理的，不過，他要做的事情並不適合動用其他人去調查。青陽公主和婁家水火不容，也對他們多有了解，若派他身邊的人去查，可能適得其反。

嚴洛東是薛宸的人，從前做過錦衣衛，對於查探自然駕輕就熟。放著這樣一個有經驗的生臉孔不吩咐，婁慶雲又不是傻。

他對嚴洛東低聲說了幾句，嚴洛東就趁著天沒黑出門辦事去了。

第六十章

婁慶雲回到滄瀾苑，薛宸正好醒來在喝甜棗湯。但她似乎對甜的東西不是特別感興趣，憑她最近的食量，這碗甜棗湯居然喝了半炷香工夫都還沒喝完。

婁慶雲走過去問道：「不喜歡喝這個啊？」

薛宸看看他，回答。「不是。從前我可喜歡紅棗湯了，但懷了孩子後總覺得這個沒什麼好喝的，太膩了，一點都不爽口。」

婁慶雲聽了，湊過去張開嘴，薛宸便從碗裡舀一顆紅棗放到他口中。

婁慶雲嚐了嚐。「也不是很甜啊。」

見薛宸吃得有點勉強，婁慶雲有些心疼。「哎，要不我去買點泡椒蹄膀回來，再帶幾份辣菜。妳不是想吃爽口的嗎？那再加個翡翠青椒丸。」

薛宸揉了揉肚子，聽婁慶雲說得誘人，有些猶豫。「我懷了身子要吃得清淡些，那麼辣會不會傷到孩子呀？」

婁慶雲說：「不會。我從前去過湘地，那裡的女人頓頓吃辣，無辣不歡，有沒有懷孕的都愛吃，說明孕婦懷孕吃辣沒事啊。妳只告訴我想不想吃吧。」

薛宸見婁慶雲一臉興致勃勃，不想掃他的興，便點點頭。婁慶雲像是得了聖旨似的，急忙出去買了。

薛宸知道一會兒有東西吃，正打算把紅棗湯送下去，可想著紅棗對孩子好，又拿起碗，將剩下的棗子全吃下肚，又讓枕鴛叮囑廚房，以後湯裡少放點糖。

沒多久，婁慶雲便大包小包地回來了，拎著的油紙包上寫著各色酒樓的名字，交給衾鳳送去小廚房裝盤端來。夫妻倆洗好手，坐在桌子前等著。

菜送來了，桌上一片紅豔豔的，薛宸卻覺腹中有些翻騰，怎麼都下不了筷子。

婁慶雲見她這樣，不禁問道：「怎麼了？都是妳平時愛吃的。好幾個月沒碰了，快吃吧。」

薛宸接過婁慶雲挾來的肉，肉色鮮亮，看著極為酥軟，可薛宸只咬了一口就吐出來，然後拿起旁邊的涼茶喝了兩口。「哎呀，不行不行，太辣了。」

婁慶雲過來給她順氣。「辣？不會吧，妳從前都說這樣不過癮的，我還沒敢加雙份辣醬呢。我嚐嚐……也不辣呀！」

薛宸看他吃得香，有些懊惱。「就是辣，你看，我的眼淚都流出來了。不知道怎麼回事，口味變了這麼多，是不是太久沒吃了？」

薛宸不能吃，婁慶雲也不願獨自享用，乾脆讓人把沒動過的菜全送去太夫人的院子裡。問薛宸想吃什麼，說是想吃酸梅片，婁慶雲可沒辦法碰那個，那麼酸的東西，薛宸卻一口一口吃得歡快。婁慶雲不禁感嘆，懷孕對一個人的胃口居然能有這麼大的影響。

飯後，嬤嬤們照例來督促薛宸活動，婁慶雲把薛宸胃口大變的事說了出來。李嬤嬤聽後，給婁慶雲道了喜。「古話說得好，酸兒辣女。說不定啊，少夫人腹中懷的，正是個小世子呢！」

聽了李嬤嬤這話，正在廊下散步的薛宸走進來，一手扶著腰，興奮地問道：「真是如此嗎？我最近可愛吃酸的了。」天知道，她有多盼望肚裡是個兒子呀。

婁慶雲卻是不信，薛宸不想和他抬槓，心裡寧願相信李嬤嬤的話。

晚上，婁慶雲摟著薛宸，從後面親熱了一番，才撫著她同樣汗流浹背的側臉問道：「妳喜歡兒子？」白天薛宸的反應他都看在眼中了。

薛宸沒想到婁慶雲會突然問這個，身子正乏得很。原來懷了孕的夫妻可以這樣紓解，只是姿勢有些難為情罷了。

她毫不隱瞞地點點頭。「嗯，我希望他是兒子，現在婁家大房最需要的就是子嗣。你二十幾歲了，連個孩子都沒有，我入門三年無孕，太夫人和父親、母親對我卻無任何怨言。為了他們，我要爭氣替他們生個嫡長孫、嫡長重孫出來。」

婁慶雲看著薛宸，心中有些感動，原來小妻子這樣重視他的家人。轉過身，瞧著她粉面桃腮的嬌媚模樣，細細吻上她的唇，親夠了，才抱著她說道：「不管兒子還是女兒，我相信爹娘還有太夫人都不會介意，也不會怪妳的。妳別太把這事放在心上，咱們還年輕，就算這回生女兒也不要緊，今後有的是工夫生兒子。」

薛宸聽著他有力的心跳，連日來的擔憂終於放了下來。她的夫君無論什麼時候都會主動替她分擔責任、分擔憂愁，還會適時給她安慰。

懷孕後她好像特別愛胡思亂想。看著肚子一天天大起來，心情好的時候感覺幸福得不得了；可有時也許只是睡一覺的工夫，心情又不好了，總是擔心這個、擔心那個，甚至還作夢，夢見上一世小產的時候就會驚醒，患得患失。

婁慶雲似乎也感覺到她的不同，一有時間就休沐在家陪她，陪她說話、陪她玩鬧，哪怕只是坐在一起看看帳、寫寫字，滿院遛達，只要能看見對方，心情就平靜很多。這種平淡的幸福，讓薛宸很是喜歡。

比起波瀾起伏、高潮迭起的日子，她更喜歡這樣細水長流的生活，安安心心地就過完一輩子。

第二天早晨，嚴洛東去了大理寺後衙向婁慶雲回稟。婁慶雲放下手裡的案卷，帶他去了內室。

嚴洛東將打探出來的事情一五一十告訴了婁慶雲。昨日，他派他去調查青陽公主府，奔走一夜，終於有了收穫。

嚴洛東如今已經被薛宸訓練得對後宅之事相當敏感，也找到了事業的新方向。比起那種刀口舔血的日子，他更喜歡現在的生活，不用跟人拚命、不用擔心家人會不會因為他的關係被連累。如果他能早些想通，妻子便不會這麼早離他而去。

但不管怎麼樣，他還有女兒，夫人當初沒收下他的投靠文書對他來說已經是大恩大德，而且夫人對女兒很好，還給她請先生，讓她和府裡的小姐們一起唸書。這輩子，他是不打算再娶了，今後這丫頭的婚事大概也得勞夫人費心。有了這個覺悟，嚴洛東怎能不好好替薛宸辦事呢？

「索娜女官的確在青陽公主府中，還有兩個徒弟隨行。青陽公主的兒媳馮氏懷有身孕，已經八個多月了。但青陽公主似乎不常召見女官，甚至可說是不大關心，並非特別器重她。我暗中打探才知道，原來青陽公主不待見女官是因為威遠侯。威遠侯和女官的兩個徒弟似乎有些不清不楚，青陽公主聽到下人傳報，卻好幾次都沒有抓到人，十分懊惱。

「世子還吩咐我調查索娜女官的家人，除了兩個徒弟外，她並沒有其他在乎的人，從她一直把兩個徒弟帶在身邊就能看出來。」

婁慶雲在書房裡踱步，想了想，然後轉身吩咐。「再去查查威遠侯和她兩個徒弟的事。」

嚴洛東聽了，繼續道：「屬下已經調查了。那兩個徒弟一個叫尼彩、一個叫桑花，今年十六歲。尼彩很穩重，不是那種愛拈花惹草之人，但桑花的性格似乎有些叛逆虛華，看樣子應該被威遠侯得手了，但沒有確切的證據。

「上個月，桑花還幫著威遠侯誘騙尼彩入房，不過威遠侯還未辦事就被青陽公主發現。威遠侯推說是兩個女孩勾引他的，青陽公主雖然不大相信，可也不喜歡兩個年輕漂亮的女孩成天在丈夫跟前出現，就把她們打發去外院，當作是女官的伺候丫鬟安置。」

婁慶雲聽到這裡，不禁對嚴洛東有些刮目相看，故意道：「那你再去查查，看威遠侯和青陽公主的感情到底怎麼樣。」

「這個，屬下也調查了。威遠侯十八歲時娶青陽公主，當時他還是禮部尚書之子，沒有功名和官職，是青陽公主有孕後，朝廷才給她面子讓他做了威遠侯。兩人初成親時還是相敬如賓、琴瑟和諧，但幾年後，本性就暴露出來了。

「青陽公主強勢，威遠侯別說是納妾了，就是多看府裡的丫鬟一眼都會被青陽公主當眾辱罵，久而久之，養成了偷吃的習慣。不過青陽公主管得嚴，威遠侯沒什麼機會出去鬼混，這回宮裡來了三個御姬處的宮人，他便按捺不住了。而青陽公主要求威遠侯從一而終，自己卻在府中公然養了三、四個面首，這是讓威遠侯不服她管教的真正原因。」

嚴洛東的打探功力遠遠超乎婁慶雲的想像，這才稍微明白薛宸那句「嚴洛東辦事牢靠」是什麼意思。短短一夜，他居然就把青陽公主和威遠侯的底給摸了出來，連人家什麼時候寵了個小姑娘、公主養了幾個面首都知道。有這樣的人在身邊，真不知道是幸運還是可怕。

「你還調查過什麼……乾脆一併告訴我吧。」

嚴洛東其貌不揚的臉上露出一抹疑惑，抬眼看看婁慶雲，才道：「的確還有一件事，不過……我不敢說……」

這日，青陽公主在府中宴客，請的是些相熟的官家夫人，討論孩子出生之後該怎麼帶，正相談甚歡，就聽到貼身丫鬟的傳報，說侯爺又按捺不住，去前院找那兩個女官了。索娜女官正在少夫人的院子裡授課，侯爺就是趁著這個時候前去撩撥。

青陽公主霸道成性，尤其痛恨自家夫君的無能，除了靠著她的關係掙來的威遠侯，連個秀才都沒能給她考上。這些年，她越來越失望了，才尋了幾個美貌的面首回來消遣。縱然這世間的婦人該以夫為天，可她是公主，身分地位是大多世間男兒比不上的，他既然給她做了駙馬，就要忍受駙馬的寂寞，她可以找人消遣，但駙馬不行。

青陽公主帶人去了前院，讓身後的肥壯婆子一腳踹開門，果真瞧見幔帳中有動靜，衝過去掀開床帳，瞪著大驚失色的兩個人，二話不說就把威遠侯扯下床，讓身後的婆子抓住來不及穿衣服的桑花，對著她就是一陣拳打腳踢。

威遠侯自顧自地穿好了衣裳，不敢去阻止打人的婆子，桑花的求饒聲不絕於耳，哭喊著說「不是自己主動的」。

青陽公主怒視威遠侯，他卻一副無所謂的樣子。從前他偷吃時，心裡多少還會有些不安，怕公主找他麻煩。可是最近幾年威遠侯不怕了，就算和公主鬧到御前也沒什麼好說的。公主不顧他男人的臉面，在府中養了四個面首，給他戴了四頂送上門的綠帽子，這對男人來說簡直是奇恥大辱。既然公主這般不留情面，那他還考慮什麼呢？乾脆放縱自己，被抓到了不反抗，下回繼續犯，反正是比誰找的人多嘛。

青陽公主見狀，有心再給威遠侯立立規矩，讓他知道皇家的公主可不是好欺負的，當即揪著他的耳朵去了她宴客的地方。

威遠侯覺得自己像是猴兒似的，被青陽公主毫無尊嚴地拎了過來，只聽青陽公主絲毫不給他留臉面，直接在眾位夫人面前說道：「威遠侯好大的威風啊，居然敢在我的公主府裡偷人！各位夫人替我瞧瞧這個男人的樣子，當初成親可是說得好聽，一輩子只對我一個人好。可如今呢？他和那小賤人在床上風流快活時，可曾想過對我的諾言？」

夫人們議論紛紛，威遠侯深吸一口氣，恍若未聞般站在那裡，等到夫人們笑夠了，這才垂頭喪氣、如行屍走肉般離開了筵席。

青陽公主瞧著他那副窩囊樣，真是越看越討厭，也奚落夠了，便派人去將索娜女官喊來。

索娜女官不明所以，就被青陽公主下令趕回宮。因為她是宮裡出來的，所以青陽公主無權直接打發了她。

索娜一番探詢後，才知道是自己的徒弟做了混帳事被抓個正著。上回鬧起來，因為沒有證據，所以青陽公主說讓她們留到少夫人生產。可今日被當場抓住，她說什麼也沒有臉面繼續留下來了，被趕走也是心甘情願的。

她是外族人，身邊只有尼彩和桑花兩個徒弟，如今桑花動了凡心，自然不能留在身邊，便將桑花留在公主府，自己帶著尼彩回宮。

可沒想到索娜前腳剛回宮裡，後腳就受了內務府的重新派任，讓她去衛國公府伺候世子夫人妊娠之事。

衛國公府與青陽公主府不和，這是宮裡宮外都知道的，索娜想著，因為徒弟的事自己已經徹底得罪了青陽公主，乾脆傍上綏陽長公主這棵大樹，將渾身解數施展出來，好好伺候世子夫人。

索娜到達衛國公府，見了長公主和世子夫人。

長公主為人比青陽公主和善多了，見誰都笑吟吟的，哪怕是對待索娜這樣的女官也客客氣氣。不像青陽公主，見了她們就覺得她們是奴才，平日裡別說和顏悅色，不讓她們跪舔就是格外開恩了。

「勞煩女官跑一趟了，接下來妳跟著世子夫人住在滄瀾苑中，她有了五個月的身孕。若是宮裡哪位娘娘傳出喜訊，妳再回宮不遲。」

長公主一如既往地為人著想，單就她說的這些話，便比青陽公主要善解人意得多。

當初，索娜在宮中伺候袁嬪，還沒等袁嬪生產，青陽公主就帶人來把她領去公主府。皇后來問話，青陽公主卻把責任推到她身上，說是索娜早就答應這時去伺候她的兒媳。索娜冤枉死了，皇后看她是宮裡的老人，而袁嬪也順利生下孩子，沒有發落她，只是肯定會給她記一筆私自應承之罪。

「是，長公主放心，奴婢在府中一日，便盡心盡力伺候主子們。」

索娜的話讓長公主笑了。「府裡其他人用不著妳伺候，妳只管伺候好世子夫人就是。聽說妳只帶了一個徒弟來，我另外再給妳找幾個伺候的丫鬟。國公府地方大，給妳一處單獨的小院子，臨著少夫人那兒，可好？」

這樣周到，哪裡還有不好的地方，索娜真的滿足了。

薛宸親自領著索娜往滄瀾苑走去。因為婁慶雲已知會過她，早早便讓人準備好小院子了。

索娜安頓好，也不停歇，來到薛宸的主院裡請安、摸胎。

對著女人，薛宸沒什麼不好意思，見她摸得仔細，好奇問道：「女官在宮裡一直都是做這個嗎？」

索娜抬頭看著美豔動人的薛宸，搖了搖頭。「回夫人，奴婢從前是教舞蹈的，摸胎的技術是向乾娘學習，她是宮裡的穩婆，厲害得很。也是她和我說我會的瑜伽興許對孕婦好，讓我試著教授，沒想到效果確實不錯，才替我打點著，讓我見宮中貴人，引薦給皇后娘娘，皇后娘娘才准許我在宮中教授瑜伽。」

聽了這些，薛宸點點頭。「哦，原來如此。」

索娜摸好了胎，對薛宸說：「夫人的胎位很正，沒什麼問題，無須特別調養，明日就可以開始學瑜伽了。問句冒昧的話，夫人從前學過舞蹈嗎？」

薛宸搖頭。「沒有。經常看就是了。」

薛家是書香門第，要求女子端莊，舞蹈在薛家的長輩看來是不莊重的、是取悅男人的事，因此薛宸沒機會接觸，再加上盧氏死得早，更沒人和她說這個。

「沒學過也無妨，那咱們明日從基本功開始。剛練的時候，關節跟筋骨會有痠疼的感覺，但只要堅持兩天就能適應。到時身體柔韌了，生孩子時便能少受些苦，而且對產後恢復大有幫助。」

薛宸點頭。「嗯，如此便多謝女官了。不瞞妳說，我最近容易餓，不知是怎麼了，見到什麼都想吃，口味也變了不少，又不敢吃得太飽。我練了瑜伽後，每天能多吃些嗎？」

索娜女官笑了起來，道：「女人家懷孕自然是能吃的，夫人不必擔心，這是夫人疼愛小世子的反應，不想餓著小世子。您先和我練幾日，我瞧瞧您的情況然後再說行嗎？」

薛宸覺得索娜說的還真是有點道理。因為上一世掉了兩個孩子，這一世又三年無子，所以對肚裡的孩子特別珍惜，生怕他餓著。剛懷孕時，哪怕孕吐難受她也會忍著把東西吃下去，就算吃了吐，總能留些在肚子裡。

也許就是從那個時候開始，薛宸養成了好吃的習慣，比一般孕婦還會吃，她一直不懂為什麼，私下問過嬤嬤，聽說有些懷了雙生子的也未必比她能吃呢。如今聽了索娜女官的話，才明白過來。

「好，那女官今日先回去休息，明日一早我等妳過來。」

兩人說定後，索娜女官便出了主院，回到自己的小院子做準備。她雖然是來教授瑜伽，可也不是什麼都不用準備的。她會留意貴人們的身子，記下每天的差異，這樣才能幫她們調整，達到最好的效果。

這些事情聽起來簡單，但做起來就比較麻煩了。她會說流利的漢語，卻不大會寫漢字。從前有桑花在，她的漢字寫得十分漂亮，可惜不是個省心的，如今留在青陽公主府，只怕也沒了活路。索娜不是不心疼她，但恨她不自愛，給青陽公主抓姦在床，就算她有心包庇也是無用。

尼彩只會配藥，對漢字也不大熟悉，索娜想了想，去了擎蒼院找長公主說明情況，希望長公主分配給她的幾個丫鬟中，最好能有個識文斷字的。這點小事長公主自然應允，當即讓貼身丫鬟蟬瑩安排下去。

這樣的配合和體恤，讓索娜不禁再次想起自己在青陽公主府的遭遇。同樣是替人做事、同樣是做奴才，誰不願意待在善良又體貼的主子手下？索娜替自己考慮著，她如今已經四十多歲，在宮裡待了大半輩子，若是到五十歲能出宮了，不知能不能來求求長公主，收她在身邊伺候，將來在衛國公府養老也是不錯的。

有了這份心思，索娜照顧薛宸時更打起十二分精神，半點不敢馬虎，事無鉅細，讓薛宸對她讚不絕口。

薛宸開始跟索娜學習瑜伽，她雖無舞蹈功底，但身子不算僵硬，即使很多動作不是那麼到位，卻也能做得出來。

別看只是幾個動作，真正做下來卻會汗流浹背。薛宸乾脆命人在水榭前的廊上鋪了厚厚的墊子，在外面和索娜練習，還能欣賞湖面的風景，心情跟著愉悅起來。

跟索娜學了十多天後，薛宸終於感受到瑜伽的好處，覺得關節似乎都被打通了，渾身暢快。連婁慶雲也察覺到妻子的變化，不說別的，晚上偶爾的親熱，薛宸的精力明顯比從前好了些，不再那麼懶洋洋，有時還主動配合，讓他樂得不行，直誇這瑜伽學得好、學得妙。

薛宸沒反應過來，還附和他。「是挺好的，我感覺身子好受多了。」

見婁慶雲一臉賊相地看著她，薛宸會過意，滿面緋紅，在他腰際的嫩肉上狠狠掐了一下。

婁慶雲不怕薛宸的粉拳，唯一的弱點就是腰；他不怕疼，卻怕癢。薛宸也是後來才知道的，從前她受了委屈只捶他的胸膛，現在學會了掐腰。婁慶雲又不敢掙扎，每每被薛宸下手欺負，直到他求饒薛宸才放過他。

第六十一章

這日，青陽公主聽完手下的稟報，氣得把手裡的杯子摔了，捏拳往桌上敲。「哼，還真是湊巧，我剛把人打發出去就被她撿回府裡。她兒媳是人，要宮裡照料，我兒媳就不是人了？」

稟報的嬤嬤是宮裡的，聽了青陽公主的話附和道：「就是，敢情長公主早盯著了，要不然怎麼您剛把索娜女官打發回宮她就去挖角了？」

這嬤嬤收了青陽公主的好處，自然處處替她說著違心話，哪是真不懂其中的道理。索娜女官是被青陽公主趕回宮的，還在皇后那邊告了她的狀，說她不會伺候云云。而長公主是在索娜女官回宮後才去請她的，並沒有和青陽公主公然搶人。按照正常的想法，青陽公主這氣生得委實荒謬了些，但嬤嬤吃人嘴軟、拿人手短，收了銀子就要審時度勢，知道怎麼說才能和金主站在同一邊，讓金主感受她的忠心。

果然，青陽公主一聽嬤嬤的話，當即怒得站起身。「沒錯，綏陽慣會耍性子，成天哭哭啼啼，就指望全天下人都寵著她。憑什麼好事全給她沾著了？來人吶，準備車馬，隨我去衛國公府將那個吃裡扒外的領回來！」

外面伺候的人領命去了，不一會兒便將車馬準備好，來請公主上車。

青陽公主心裡憋著氣，自覺有理，就算今日大動干戈，也要把索娜搶回來，再和那奴婢算算吃裡扒外的帳！好好教教她什麼叫做忠心不二！

綏陽長公主正讓蟬瑩給她染指甲，聽見外頭嘈雜的聲音，門房的守衛匆忙跑來，到了她院外跪下稟報。「長公主，青陽公主駕到，咱們攔不住啊！」

蟬瑩趕緊替長公主把染好的手指擦了擦，剩下的染汁放到一邊。長公主走出去問道：「怎麼回事？」

她還沒反應過來，便聽見垂花門外響起一道聲音——

「大姊什麼記性，竟然連我都不記得了嗎？」

隨著聲音傳入，有人穿著青色裙子、踩著一雙寶藍面繡鞋走了進來，往上看，青陽公主一身華麗服飾，敷著厚厚的粉，但依然掩蓋不住疲憊和憔悴。她從不相信什麼保養之術，向來放縱，所以她的容貌看起來已是四十開外的模樣，反而是年齡最大的長公主依舊像雙十少女般青春動人。

青陽公主暗恨在心，每見綏陽長公主一次心中對她的恨就多一點。當初她不就是憑著這張臉得到了父皇的寵愛，讓她嫁給婁戰，半輩子被那個男人寵著、愛著，哪裡知道自己的悲苦。千挑萬選了個俊俏男人，誰知卻是個繡花枕頭，還是個不知廉恥、忘恩負義的繡花枕頭，別說和婁戰比了，連一般人家的夫君都不如。

她冷臉走入，身後跟著兩個丫鬟，氣勢逼人。衛國公府的守衛知道她的身分，不敢碰她，只能圍著，不讓她的人過去衝撞長公主。

長公主也是一愣，她的確很久沒見到這個妹子了，原以為兩人間已經有了默契，只要不惹事，不見也罷，總不能一天到晚爭吵，損了皇家顏面。像這樣明火執仗地找上門來，是從沒有過的。

長公主本就是好性子，迎了上去。「原來是青陽啊。今兒怎麼有空來我這裡？」

青陽公主不想和她廢話，冷哼一聲。「我為什麼來，難道長公主不知道嗎？自己做了什麼事，自己知道！」

長公主有些不解，但也明白青陽來意不善，被她的氣勢所逼，不禁往後退了兩步。

蟬瑩見狀，立刻擋到長公主身前，讓青陽公主不能再靠近自家公主。剛才她已經讓另一個丫鬟蟬香去喊少夫人了，在少夫人來之前，她一定要保護好公主。

「青陽，妳在說什麼呀？我做了什麼事，讓妳這樣氣勢洶洶地找上門來？」

長公主有些累了，無論她說什麼、做什麼，這個妹妹都會帶著一股莫名的敵意，好像她搶了她的東西、虧欠她似的，有時候氣得莫名其妙，不問清楚根本不知道她在想什麼。

「哼，還裝模作樣。索娜是不是在妳府裡？妳不知道她是我請回去給我兒媳安胎的嗎？竟然把她搶過來！我今兒是來帶她回去的。」

長公主聽了只覺哭笑不得。「妹妹，妳誤會了，我是進宮請索娜女官的，內務府也有登記，怎會有搶奪之說呢？」

「胡說！明明是我先請的，那日我不過讓她回宮拿些東西，居然就被妳鑽了空。哼，其他的我不多說了，快把人交出來，否則可別怪我大鬧你們國公府！」

兩人在這邊爭辯，長公主雖然軟弱，可也不會就這麼把兒媳要用的人讓出去；青陽公主雖然強勢，卻無法靠近長公主半步，周圍全是國公府的守衛，她身前站的又是會武功的貼身侍婢，青陽公主只能和她吵，不敢真的動手。

薛宸正在墊子上做著索娜女官教的動作，有些難，索娜女官便站在她身後幫著，卻聽水榭那頭傳來一聲驚呼。「少夫人，不好了、不好了！」

來的是長公主身邊的貼身丫鬟蟬香，她和蟬瑩是姊妹，兩人從小便在長公主身邊伺候。

索娜扶起薛宸，薛宸挺著肚子，接過夏珠遞來的汗巾擦了擦額間的汗珠。練了一個時辰，果然通體舒暢了些。

蟬香穿過九曲迴廊，跑到薛宸面前跪下，急道：「少夫人快隨我去擎蒼院吧，青陽公主上門生事，府裡沒人敢動她，不知會不會傷了長公主。」

薛宸一聽，問道：「青陽公主怎麼能闖進來？沒人攔她嗎？」把汗巾遞給夏珠，又鬆了鬆肩膀的筋骨。

蟬香回道：「她是公主啊！誰敢攔她？要碰到她一丁點，都是殺頭的大罪。國公和世子都不在家，只能來請少夫人了。」

薛宸穿好外衣，放下纂兒重新綰了髮髻，便帶著夏珠、蘇苑及滄瀾苑的侍衛們往擎蒼院走去。

長公主被青陽公主逼得節節敗退，青陽公主咄咄逼人，不給她說話的餘地，就在她快要撐不下去時，終於等來了救星。

薛宸走進來的聲勢頗為浩大，兩個丫鬟外加十幾個侍衛，侍衛為首那人其貌不揚但孔武健碩，看著便不好對付。

青陽公主是第一次瞧見薛宸，在她隆起的肚子上看了一眼便知道了她的身分，她就是衛國公府的嫡長孫媳，一個好運得令人髮指的女人。

薛宸走到長公主跟前福了福身，道：「母親，兒媳不知有貴客上門，來晚了，還請母親見諒。」轉過去，看著青陽公主，落落大方地對她屈膝行禮。「見過二姨母。」

青陽公主蹙起眉頭。「哼，誰是妳二姨母，真是沒規矩！連我的封號是什麼都不知道嗎？」

對長公主，青陽公主尚且敢逼迫，何況是面對薛宸這個黃毛丫頭呢，說話自然更是不客氣。反正她是公主，這裡唯一有資格攆她和碰她的只有綏陽長公主。可長公主的性子軟得跟豆腐似的，遇事只會哭，讓她強硬起來簡直比登天還難。

薛宸從容一笑，道：「我自然知道二姨母的封號，不過想著咱們是一家人，喊姨母顯得親熱些。既然姨母不喜歡，那我喊您青陽公主便是。」

青陽公主冷哼一聲。「虧妳還知道我是誰。還不快快跪下行禮？」

薛宸又笑了。「禮已經行過了。我敬您是長輩，尊稱您一聲青陽公主，但論身分，我未必低於您。我是朝廷親封的一品誥命夫人，若像奴婢一樣給二品的公主行大禮，實在有違祖制和規矩，請青陽公主見諒。」

按皇家制度，因登基的是長公主的嫡親弟弟，所以只有長公主是加一品，其他非嫡系公主全是二品，這是不爭的鐵例。

青陽公主從未見過敢當面嘲笑她品級的人，平日裡又不是沒見過那些誥命夫人，不管是什麼身分，哪個見了她不是恭敬行禮？不看品級，就是看她公主的身分也該如此。

她正要和薛宸大吵，卻聽薛宸雲淡風輕地說道：「不知公主上門所為何事？若是有事，還請說事；若是沒事，那就請回。我的婆母不待見您，想必冰雪聰明的您也看出來了，說完了趕緊回去吧，免得待在這裡討人嫌。」

「妳、妳放肆！好，我不和妳計較這個了。我今日來的目的已經和她說過了，我來要人！妳肚裡懷的是金疙瘩，我兒媳懷的難道是廢鐵不成？趕緊把索娜給我交出來！我……」

薛宸沒等她說完便接過話頭，遊刃有餘地和她說理。「公主真是好笑，什麼叫金疙瘩和廢鐵呀？就算您嫌棄自己兒媳，也不是這麼個說法，要是讓她聽見了得多傷心啊？至於索娜女官，我覺得她伺候得非常好，不想把她讓給您的兒媳，不好意思，您請回吧。若您覺得咱們仗勢欺人，搶了您府上的人，大可去宮裡參我們一本，如果皇上和皇后娘娘判了國公府的錯，那時，我定當親自將人送去公主府給您賠罪。」

青陽公主真的氣瘋了，從沒遇過這樣胡攪蠻纏、油鹽不進的人，不懼怕她的身分也罷了，態度還這樣囂張，果真和她的婆母一樣，是被男人寵壞了嗎？她抬起手就想賞薛宸一巴掌。打了她，頂多被皇上訓斥兩句，她畢竟是皇上的姊姊，再訓斥也有限，因此沒有多想，就要打下去。

沒想到薛宸居然不怕，不僅沒有閃躲，還衝到青陽公主面前，扠著腰，挺起肚子，冷聲怒道：「公主是要打我們國公府的嫡長孫嗎？沒了王法不成？妳貴為公主，囂張跋扈，毆打懷有身孕的一品誥命夫人，我就不信，天下還沒個說理的地方了！打呀！他就在我肚子裡，有本事妳就打！我等著！」

一句「國公府的嫡長孫」讓青陽公主猶豫了，抬起的手微微顫抖，卻始終沒有放下。她有些怕了，不為別的，只因為薛宸那句話——她懷了國公府的嫡長孫。若她動手打薛宸，就算告到皇上面前也沒什麼，皇上不會為了一個外人辦她。可是若她打了薛宸，傷了國公府的根苗，那便不是能撇乾淨的事了。

她又看了薛宸挺起的肚子一眼，即使心中再怎麼想對那肚子踹上一腳，可終究還有一絲理智。今日她上門鬧事，也知道自己並沒有十足的道理，不過想趁著婁戰不在家時來尋尋長公主的晦氣，料想長公主不敢和她怎麼樣，只能忍氣吞聲由著她撒潑。

可是她怎麼樣也沒想到，長公主那麼綿軟的人居然娶了個這樣凶悍不怕事的兒媳，敢用肚子來威脅她，就是料定了她不敢對她的肚子下手……

青陽公主不得不承認，薛宸的確料對了，她是不敢！她不敢因為這樣沒有理由的闖入在國公府鬧出不可收拾的事來。

青陽公主揚起的手終於放下，盯著薛宸看了好一會兒，才咬牙切齒地對身後和她一同來生事的隨從道：「我們走。」

見青陽公主一行人離開後，薛宸才走到長公主面前。「娘，沒事了。」扶她去了內間。

長公主憂心地回頭瞧了青陽公主離開的方向一眼，坐到貴妃榻上，說道：「唉，只怕她是記恨上妳了。」

薛宸笑了笑，扶著腰坐下來，並沒有任何與人針鋒相對後的激動。其實根本沒什麼好激動的，她身在國公府，周圍全是侍衛，嚴洛東和顧超他們只離她兩步之遠，就算青陽公主不被震懾住，也不擔心那巴掌真能落到她臉上。

「記恨就記恨唄。她都找上門來了，根本不想跟咱們和平共處，咱們又何必對她客氣呢？

「您也瞧見了，是她對您出言不遜，對我更加沒有禮貌，還想對我動手。她仗的是公主身分，就算真打了我，國公府也不能把她如何，鬧到皇上面前最多是訓斥，所以肆無忌憚。

「但是我挺著肚子，她就要好好想想後果了。萬一那巴掌往我臉上招呼，我倒下了，這就不只是她與我之間的小打小鬧，而是公主府謀害國公府子嗣的問題，因此她才退回去。」

薛宸一句一句和長公主解釋剛才的行為，長公主聽了，臉上的擔憂卻沒有減少。

「我知道您替我擔心，怕她今後記恨我，可是您別忘了，就算我沒和她針鋒相對，她也不會善待我，有機會仍然會找我麻煩的。既然如此，咱們何必忍氣吞聲呢？這裡是國公府，府中女眷就有三個品級超過她，若這樣還被她上門欺負，將來咱們的女眷出門可就要被人恥笑，說咱們是沒用的人。為了一個無端生事的女人，咱們平白擔上這個名聲卻是為什麼呢？」

長公主看著自家兒媳，點了點頭。「妳說的道理我能明白，但我實在不想把事情鬧大。妳還年輕，不知道她的脾氣。也不知我和她前世有什麼恩仇，她看我哪裡都不順眼。從前我還有意和她化解恩怨，可她根本不領情，與我的關係反而變得更加惡劣。」

薛宸見長公主苦惱，便上前安撫道：「母親，既然您都努力了，她不領情，就別去貼她的冷臉了。她不稀罕咱們，咱們還不見得稀罕她呢。」

「唉。」長公主嘆了口氣，然後抬頭叮嚀薛宸。「總之，今後無論妳去哪裡都要小心些，我會讓慶哥兒再給妳派些護衛。千萬牢記，妳現在不比以往，以前單打獨鬥，就是吃點虧也不會出大事，可現在肚裡懷著孩子呢，行動上總是沒有一般人靈活，一定不能落單，知道嗎？」

對於青陽公主的手段長公主還是很懼怕的，在她手中吃了不知多少虧。先帝在時，她希望一家和睦，便處處忍讓，除非是大事否則不會驚動先帝。等到弟弟登基，她更不想為了姊妹間的嫌隙去煩他，所以，和青陽的關係便一天天惡化。國公爺替她收拾幾次，可能也警告過青陽了，這幾年還算安分，可沒想到今天又找上門來了。雖然是親姊妹，不該這麼說，但長公主不得不承認，青陽真是陰魂不散。

薛宸又安撫長公主幾句後，便讓蟬瑩伺候她休息。這是長公主的習慣，一旦受到驚嚇就想睡一會兒，薛宸明白，等她躺下後才離開擎蒼院。

回到滄瀾苑，薛宸並沒有接著練瑜伽，而是讓府裡的十幾個管事和大總管全到這裡來。

薛宸撐著腰在廳中走動，等了一會兒，管事和大總管們便來到滄瀾苑的院中站好，等她說話。

薛宸站在廊下，早有丫鬟搬來一張大交椅，夏珠和蘇苑站在她的身後。

薛宸坐下，舒了一口氣，沒和那些人賣關子，直接說道：「今日國公府被人硬闖了，你們也都知道這事，覺得慚愧嗎？咱們家是什麼地方？是衛國公府！不說別的，咱們府中高手如雲、侍衛成百，怎會讓人闖進來？當然了，你們可能會說，來的是公主，是金枝玉葉，不能阻擋她，怕被她報復，想著只要保護好主子，就沒你們什麼事了。這個想法，我在此告誡諸位，今後最好藏進肚子裡。

「這個家是國公府，除了皇上、太子，任何人都無權直闖，你們覺得把事情推給主子處理就行了，但有沒有想過你們的職責到底是什麼？難道真只是負責看個門、算個帳嗎？就算你們今天真得罪了青陽公主，但盡忠職守，青陽公主要報復你們，也得看看國公爺和世子爺答不答應。」

管事們左右看了看，卻沒有一個人敢交頭接耳。

大總管走上前，面露慚愧，對薛宸道：「少夫人教訓的是，今日之事的確是我等疏忽，從前沒遇見過這種事，今日才退縮了。但少夫人放心，聽了少夫人這番話，咱們已經明白今後要怎麼做。咱們是守護這個家的人，若不戰而敗，將來如何保護主子們的安全呢？」

大總管是薛宸嫁進來後新升上來的，從前跟隨婁戰出生入死，因此行事、說話頗有軍人作風和口吻。後來他在戰場上受了重傷，不能再動武，婁戰愛惜人才，便聘請他到國公府做管家。

薛宸見他聽明白這番話的意思，便點點頭。「是，就是這個理。我不懂打仗，但聽大總管說了之後，覺得治家和治軍有相通之處，大總管從前在軍中，自然懂得比我們多些。今日之事，我不希望再發生第二次！」

大總管鄭重承諾。「絕對不會。請少夫人放心。」

薛宸說完，不多耽擱，讓管事們全下去了，然後起身回屋。

夏珠扶住薛宸，道：「少夫人說起話來無人不服，可威風了。」

薛宸看她一眼，笑了笑。「我可不是耍威風，是教他們今後該如何行事。遇見身分高貴的人，他們有些懼怕，這是人之常情，雖然如此，也不能聽之任之。」

蘇苑也覺得薛宸說的話很有道理，連連稱讚。「就是就是，少夫人說得太對了，我也覺得國公府就這麼讓青陽公主闖了進來，實在有點……說不過去。咱們若是文官家也罷了，偏偏國公和世子都是武將，沒有這點魄力可不行。」

薛宸處理完事情便回到水榭，讓索娜繼續教她剛才沒做完的動作。這種瑜伽實在很好，她不過練了十幾天，身子骨明顯舒泰了許多，縱然腹間有些重，卻不覺得累，效果顯著。

她當然知道，索娜突然回宮，又被他們請來，其中必和婁慶雲脫不開關係。青陽公主不識貨，那是她自己蠢，若薛宸也不識貨，把索娜讓給她，便和她一樣蠢了。本來就是青陽公主的問題，自己不識貨將人趕走，如今看她們把索娜請回來又眼紅妒忌，想再搶回去，還真以為大家都得慣著她了。

索娜不知道前院發生了什麼事，依舊專心致志地教薛宸練習，在心中感嘆，薛宸真和她從前教過的任何一位貴人不一樣。

從前她教的那些貴人，練習不過是做做樣子，別說勤勉了，就是每天做一遍她們都嫌累，根本不願付出太多力氣，還有諸多藉口。像青陽公主的兒媳馮氏吧，每天就往椅子上一坐，然後讓她練給她看，說是等她看會了再練。她是在馮氏懷孕兩個月時去青陽公主府的，如今馮氏的身孕都已經八個月了，真正跟著她練習的工夫還沒有比世子夫人跟她練的這十幾天要多。

不管身分怎麼樣，教授貴人時也要貴人配合努力才能達到最好的效果。索娜可以肯定，世子夫人這樣勤勉地練下來，不說多，生產時即能減輕一半的痛苦，如果產後還繼續練習，對恢復也很有助益。這些是索娜沒有和其他人說過的，因為貴人們生完孩子，從沒問過她後面的問題，就把她送回御姬所，等待下一個懷孕的貴人。

第六十二章

婁慶雲提早回來，直奔滄瀾苑，正遇見薛宸練完瑜伽，從水榭回主院，額前還貼著汗濕的髮。

薛宸看到婁慶雲，便站在門口等他。

婁慶雲走近後，二話不說就把薛宸抱在懷中，身旁的丫鬟們全低下頭去不敢看。

薛宸沒想到他突然這樣，也很不好意思，推搡著他。「哎呀，你做什麼，我身上都是汗。」

婁慶雲像是沒聽見似的，一把將薛宸橫抱而起，薛宸嚇得用雙手摟住他的脖子，夫妻倆進了主屋。夏珠讓院子裡的僕婢全退了出去，只要世子和夫人進房，院子裡都不會留人伺候，只有她和蘇苑，還有衾鳳、枕鴛這四個大丫鬟輪流守著。

夏珠替薛宸和婁慶雲關上房門，她和蘇苑在廊下守著。如果可以，她們還希望耳朵也能自覺一點，只聽該聽的聲音，不聽不該聽的。有些聲音，聽著實在有些不好意思。

婁慶雲把薛宸抱進屋子放在羅漢床上，然後上上下下、仔仔細細地打量起她，緊張地問道：「妳有沒有哪裡不舒服？」

薛宸莫名其妙地看著他。「我什麼時候說不舒服了？」

婁慶雲鬆了口氣。「妳呀！府裡這麼多侍衛，難道是養著吃乾飯的嗎？妳只管讓他們趕人，若是有事，自有我給妳擔著，何必自己上前與她爭執。青陽公主從來就不是省油的燈，她鬧起來，對我娘也敢動手的。」

薛宸笑了笑，果然是因為這件事。從羅漢床上放下雙腳，然後才抬頭說道：「我還以為什麼事呢。怎麼，青陽公主不是省油的燈，我就是省油的燈了？你看她今天凶神惡煞的，可到最後，她敢對我動手嗎？」

「她當然不敢！要是她今天敢對妳動手，我晚上就去燒了她的公主府，打得她滿地找牙！」

薛宸被婁慶雲的話逗笑了，剛練完瑜伽的她，臉上自帶一股媚態，兩頰紅撲撲的，眉眼如彎月般漂亮，不經意間流露的風情才是最撩人的。

只見薛宸似嗔似怨地橫了說混話的婁慶雲一眼，卻也不反駁他，伸出手指佯裝要戳他的腰際。婁慶雲嚇了一跳，手指還沒碰到他的腰，便連忙用手護住，看得她捧腹大笑起來。

婁慶雲雖然不知道妻子突然笑什麼，但知道她高興了，忍了一會兒，也跟著笑。

笑著笑著，薛宸的表情突然僵了僵，原本撐在羅漢床沿的手覆到肚子上，眉頭一蹙，另一隻手對著婁慶雲伸去。

婁慶雲見狀，收起笑容，抓著她的手緊張問道：「怎麼了？哪裡不舒服？」

薛宸低頭看了看肚子，突然覺得又好了，不安的瞳眸看了看婁慶雲。「他……剛才好像……動了動。」說得有些不確定。

婁慶雲不懂地看著她。「嗯?誰動?」

薛宸沒有回答，直接低下頭看著自己的肚子。婁慶雲湊過去看，乾脆蹲下來，正對薛宸圓潤的肚子，伸手在上面摸了摸。

不知是不是感應到什麼，婁慶雲大手碰到的地方突然又動了，薛宸嚇得叫喚起來。「啊，他又動了!」

婁慶雲貼著薛宸肚皮的掌心也感覺到一絲微動，見薛宸一副快哭的表情也懵了，頓時緊張起來，拉開房門衝出去，大喊道:「快，快把李嬤嬤找來!去喊太醫!」

婁慶雲突然開門，嚇了兩個丫鬟一跳，又聽見他這樣慌張的呼喊，也嚇壞了，急忙領命往外跑去。

夏珠去找李嬤嬤，蘇苑去太夫人院子報信，兩人同走了一路，眼神交會，心中便有了計較，然後分頭喊人去了。

李嬤嬤就住在滄瀾苑，比較容易找，沒一會兒夏珠便見到正指導丫鬟給薛宸做產褥的李嬤嬤。

李嬤嬤見夏珠臉色蒼白地跑來，趕緊迎了出去。「怎麼了?」

夏珠抓著李嬤嬤的手就往主院拉去，一路上對她說道:「我也不知道怎麼回事，世子和夫人進房不久，世子便慌張地跑了出來，要找妳和太醫。我猜著，兩人是……」

夏珠是姑娘，不好意思說全，但憑這些話李嬤嬤便能明白她想說什麼了。世子和夫人進了房，兩人年輕氣盛，一不小心就鬧在一起，許是世子沒有控制力道，讓夫人胎動……越想越害怕，簡直是奔跑著往主院去了。

到了主院，看見薛宸坐在正對著門的羅漢床上，婁慶雲跪在薛宸面前，神色緊張，雙手捧著她的肚子，又是聽、又是看，薛宸也是滿臉疑惑，但兩人衣著整齊，並不像是匆匆穿衣的樣子，李嬤嬤懸著的心才稍微放下了一點。

婁慶雲聽見身後有人走入，發現是李嬤嬤，趕緊站起來讓位。

李嬤嬤開口問道：「到底怎麼了?少夫人哪裡不舒服?」看薛宸似乎並沒有不舒服的樣子，李嬤嬤走過去摸了摸她的胎，摸了好幾遍，才直起身子道：「這……也沒什麼事啊。」

薛宸沒有說話，婁慶雲便像個炮仗似的連番吐道：「剛才我分明感覺到他動了，無緣無故地怎麼會動呢？」

「……」

李嬤嬤從沒有一刻像現在這樣，覺得這個素有文、武曲星下凡之稱的衛國公世子……腦子可能不像傳說中說得那麼好吧。

她的語氣有些無力。「世子，這是胎動啊。孩子活在母親肚子裡，當然會動。」

婁慶雲：「……」

薛宸：「……」

夫妻倆呆愣愣地看著李嬤嬤。

可不等這對夫妻意識到自己的錯誤，院外又傳來太夫人和長公主焦急的聲音。只聽太夫人人未到，聲先來──

「我怎麼交代的？讓你們看好了！怎麼會鬧出這事來呢？慶哥兒從小就蠻橫，現在居然還不消停，要是我的重孫有個三長兩短，我……看我把他逐出家門去！」

屋裡的人面面相覷，尤其是僵硬了身體的夫妻倆，簡直連想死的心都有了。這下丟人丟大了……

太夫人和長公主在眾丫鬟和嬤嬤的簇擁下走入房內，見李嬤嬤沒事人似的站著行禮，薛宸和婁慶雲一臉尷尬，太夫人才稍微放心些，也許兩人鬧歸鬧卻沒傷著孩子，否則李嬤嬤也不會這麼鎮定了。

李嬤嬤上前在太夫人耳邊說了幾句話，太夫人才看向蘇苑。

李嬤嬤的話，蘇苑站在太夫人身旁也聽見了。所以說，世子和夫人不是瞎鬧動了胎氣，而是發現第一次胎動嗎？

蘇苑簡直想撲上去掐死婁慶雲。他剛才那不顧一切衝出來的樣子，說話又說不清楚，害得她和夏珠完全誤會了。但有些事，錯了就是錯了，兩個丫鬟連忙跪下，不敢狡辯。

她和夏珠都是太夫人身邊的金嬤嬤親手調教出來的，從小在國公府長大，辦事素來以牢靠出名。可是今天，她和夏珠簡直要被這對沒有常識的夫妻給害死了。只是胎動一下，國公府上上下下就全被驚動了。

太夫人也沒想到兩個挺聰明的孩子居然犯了這樣一個錯誤，想罵他們興師動眾，害她擔心一場，但看見他們羞得要鑽入地下的樣子，最終還是很厚道地沒有開口，只鬆了口氣，說道：「沒事就好、沒事就好。」為了不讓夫妻倆尷尬，便帶人回了松鶴院。

長公主一路提心吊膽地趕來，甚至懷疑是不是索娜女官教的瑜伽出了問題，還想著一會兒就把她送回宮裡什麼的……唉，沒想到竟是這樣一件烏龍事。遂張口說了一句。「兩個人看著挺聰明的，怎麼……」

後面的話沒有說出來，但已經讓薛宸和婁慶雲備感羞恥了。

唉，他們倆只要有一個腦子清楚點就不會惹出這麼一樁笑話。雖然薛宸活了兩世，上一世還懷過兩個孩子，但沒熬過三個月就沒了，根本來不及感受胎動。而平日裡，李嬤嬤教她的全是怎麼保養、怎麼生產的事，也沒提過胎動呀……

至於婁慶雲，雖然他活了這麼多年，卻從沒有過孩子，也是頭一回當爹，哪會想到竟然是這個。畢竟之前的五個多月都是很太平的嘛！

兩人實在鼓不起勇氣面對眾人的目光，婁慶雲站在羅漢床前的腳踏上，讓薛宸把臉埋在他的腹間，背對著所有人替她擋著臉。

直到這些人全出去了，兩人才緩緩放鬆身子，互相交換了兩個埋怨的小眼神後，才不約而同地捧腹大笑起來。

婁慶雲彎下身摸了摸薛宸的肚子。「這大概還真是個小子，才多點大，就搞得全家雞飛狗跳，生出來肯定是個不省心的。」

薛宸把身子偏到一邊去，不讓兒子聽他親爹的埋怨，推了婁慶雲一把。「你才不省心呢！要不是你出去瞎吼，李嬤嬤和太夫人會過來嗎？對了，還喊了太醫，這下連太醫院都曉得咱們這事，不知道外頭得怎麼笑話我們呢？你可別怪到我兒子身上，他好著呢。」

婁慶雲站起身，看著薛宸護短的樣子有些吃味。「我似乎能預想到我今後在家裡是什麼地位了……」

薛宸：「……」

青陽公主鎩羽而歸，下了馬車，登上公主府的臺階，看見公主府的朱紅大門時突然不想進去了，停下腳步，身後眾人亦不敢向前。

青陽公主轉過身，看了看衛國公府的方向，暗自恨得牙癢癢，心中為今日的退縮感到不甘。綏陽長公主軟了一輩子，這時候居然有了個凶悍的兒媳，哼！

想起自家大兒媳那溫吞的性子，三棍子打不出個悶屁來，剛嫁進來時她還覺得這性子不錯，好拿捏，可如今瞧見薛宸，又覺得自家兒媳委實太過老實，若是跟薛宸對上必然討不到什麼好。別說她了，連自己也一時大意，栽在那個小蹄子身上。

青陽公主越想越生氣，看什麼都不順眼，抬腳就踢了朱紅大門一腳，嚇得身後伺候的人連大聲喘氣都不敢。

鳴湘是青陽公主的心腹，只有她敢在青陽公主生氣時上前勸慰。「公主不必生氣，咱們回去重整旗鼓，定要叫那人好看。」

鳴湘從小伺候青陽公主，後來公主嫁了駙馬，出宮開府，她便跟了過來。青陽公主寵信她，讓她做了公主府主院的管事媳婦，嫁給府中管事。在公主府裡，除了公主和公子、小姐們，連駙馬都未必有他們夫妻倆在府中的體面。

剛才她隨青陽公主去了衛國公府，目睹一切，自然知道青陽公主此刻在生什麼氣，出口即說中了青陽公主的心事。

青陽公主深吸一口氣，跨入了門檻，心中對鳴湘所言很是贊同。沒錯，若是綏陽和薛宸以為這件事這麼完了，那就太天真了。她好歹是個公主，是金枝玉葉，一輩子輸給綏陽也罷了，那薛宸算是什麼東西？不過是運氣好嫁到衛國公府，婁家給她請了個一品誥命的頭銜，這頭銜才剛焐熱，居然就敢和她這個公主叫板，若是不讓她好看，未免太憋屈了！

回了主院，得知駙馬早上就出門，到現在還沒回來，青陽公主又是一肚子氣，連男寵那裡都沒有去，直接回房，把鳴湘和另一個心腹王二家的喊入內。

一番討論後，王二家的說道：「若公主只是想把人要回來，打一打衛國公府的臉面，奴婢倒是有辦法。索娜女官不是還有個徒弟在咱們府裡嗎？只要把她的徒弟擒到衛國公府去，當著眾人的面要人。就說那賤婢勾引侯爺，被審問後，說出還有同夥，便是索娜女官的另一個徒弟。衛國公府再強勢，也不能阻止公主處理自己的家務事吧？」

青陽公主聽了，頓時有了主意，想了一會兒問道：「那賤婢還活著？」記得那日將索娜趕出門後，便吩咐後院務必好好懲戒那膽敢勾引駙馬的賤婢，不許她痛快地死，要慢慢地折磨。

王二家的回答道：「看著還有一口氣。若公主同意這個法子，我待會兒就請大夫回來給她瞧瞧，保下她這兩天的性命。」

青陽公主點點頭。「就這麼辦，派人過去看牢了她，咱們明天再去衛國公府。這回，定要叫他們好看！」

鳴湘有些憂心，從旁說道：「公主，這樣做的話，外頭不就知道咱們府裡最近出的事嗎？侯爺今後沒法做人了。」

王二家的一直視鳴湘為勁敵，見她當著公主的面否認自己的方法，不禁出言諷刺。「喲，我還不知鳴湘居然這樣替侯爺著想，莫不是也動了什麼齷齪心思吧？公主可要瞧清楚了。」

青陽公主瞥了鳴湘一眼，鳴湘立刻嚇得跪下來，連聲保證道：「公主明鑑，奴婢若有異心，天打五雷轟。不過想著侯爺與公主終究是夫妻，若侯爺名聲受損，只怕連累公主，才有此一說。公主千萬不要聽人挑撥離間。」

王二家的還想再上前刺她兩句，青陽公主開口了。「起來吧。不該妳操心的事就別瞎操心了。他是他、我是我，我是金枝玉葉，連侯爺這個位置都是我給他的。他的名聲沒了，是他咎由自取，與我何干？」青陽公主還是很看重鳴湘這個管家娘子，沒有受王二家的挑撥。畢竟鳴湘是從小在她身邊伺候的，忠心自不必說。

鳴湘聽了青陽公主的話，便不再說話了。想想，她的確是瞎操心了，這麼多年侯爺早已沒有名聲可言，多一次這樣的事也不足為奇。

主僕三人商議完，便分頭去做該做的事了。

晚上婁戰回府，聽說青陽公主鬧上門來，也連夜將府中的管事和大總管喊去訓話。大總管把薛宸的話告訴婁戰後，婁戰便讓大夥兒按照少夫人說的去做，今後絕不可再發生這樣的事。

然後又把窩在房裡守著媳婦兒肚子、不肯離開的婁慶雲喊過來，父子倆在書房裡說話，直到夜深才放婁慶雲回房。

鑑於夫妻倆今天搞了個大烏龍，婁慶雲今晚對親熱的事沒多大興致，反而對薛宸的肚子感興趣得很，動不動便湊過去對她的肚子說話，內容無非就是——

「喂，小子，我是你爹，動一下給我瞧瞧？動不動？不動打你喔！喂，別以為我開玩笑。咦，你睡著了？」

薛宸被他弄得不勝其煩，遂強行拉好衣服，背對著他躺下睡覺。

婁慶雲不死心，從後面摟住她，把手放在她的肚子上，生怕錯過孩子下一回動的時候。

薛宸雖然也很想再感受一下小生命的動靜，卻不像婁慶雲硬要打擾他睡覺。比起動給他們看，她更希望孩子能睡好。動不動就看他的心情吧，她不急。

第二天一早薛宸醒來時，發現婁慶雲已經趴在她的肚子上不知聽了多久，推了推他的腦袋，簡直懷疑他是不是一夜都沒睡。雖然有點傻氣，卻讓她滿心感動。

如果不是要去應卯，婁慶雲真想待在家裡，守著媳婦兒和她的肚子。

婁慶雲依依不捨地出門後，薛宸正要去水榭找索娜女官練習，卻見大總管急匆匆地趕來，邊跑邊道：「少夫人，門外又鬧起來了！雖然侍衛擋著，可青陽公主的人在門前叫罵，也不是事啊！」

索娜女官聽是青陽公主，便看向薛宸，道：「少夫人，青陽公主是不是來要我出去的？」

薛宸搖搖頭，讓夏珠將她剛剛除下的罩衫穿回去。「什麼要不要的，妳和她的事早已了結，她就是來也要不走妳，放心。」

經過這幾日的相處，薛宸知道索娜女官並不喜歡青陽公主，所以說什麼也不可能將她推出去的。

大總管看了看索娜女官，道：「少夫人，青陽公主今日還帶了一個重傷的女子上門，說是索娜女官的徒弟，叫做桑花，說她……」飛快瞥了索娜女官一眼，才低聲說道：「說她勾引了威遠侯，被抓姦在床，經過幾天的審訊，供出了與她一同勾引侯爺之人，便是索娜女官的徒弟尼彩姑娘。」

索娜女官聽了，連連搖手。「不不不，不會是尼彩的，我可以用我的生命保證！」

薛宸對她遞去安撫的目光，道：「女官不用想太多，這事和妳沒關係，青陽公主是來找國公府的麻煩。妳儘管安心地待在這裡，我沒生產前妳哪兒都不能去。」

索娜女官看著眼前漂亮得像是從畫中走出來的女子，若說從前在她身上只看見尊貴和努力，那麼現在，她還在她身上看到了擔當。這種無條件信任她的人，她已經很久很久沒有遇到了，她的乾娘是一個、薛宸是一個，她們都是這世上最獨特的女子，有自己的想法、有自己的責任和擔當，無論出了什麼事，只要問心無愧，就能安心待在她們身後等待事情解決，不用擔心被誤會或者被拋棄。

她已經四十多歲，出宮就是這幾年的事，沒有受過寵幸的宮中女子，二十五歲放一批，五十歲放一批，她不想再待在宮中了。她很喜歡衛國公府，多年來的經驗告訴她，衛國公世子夫人薛宸是個能夠跟隨的主子，更別說還有那樣好性子的綏陽長公主在背後撐著。

薛宸安撫完索娜女官便回了滄瀾苑，並不打算親自出面處理這件事。昨日面對青陽公主，不過是沾她沒有反應過來的光她才小勝一籌。可今天不同，她既然帶著人上門鬧，便說明已經有了計劃，她出門應對就會正中她的下懷。

今天可不能自己出去冒險了，但她也不會這樣無聲無息。的確要有人出頭，只不過，不是她罷了。

青陽公主昨天在國公府吃過一次虧，再加上今天就是上門生事的，自然要多帶些人手。她雖然是公主，手上沒有兵，但府裡的護衛也不少，今日帶了二十個人上門，卻沒想到居然連國公府的大門都進不去了。

鳴湘和一個面無表情的管事爭吵，可那管事顛來倒去就只有一句話：對不起，不能進去。而他身後，有兩排像山一樣壯的護衛守著，讓青陽公主想硬闖都闖不了，只好讓人在門外叫囂，說的無非是些詆毀衛國公府的話，說他們包庇通姦之人，仗勢欺人，連道理都不講了云云。

對於這樣的鬧事，青陽公主素來不怕丟臉，畢竟她有過很多次當街擰著駙馬耳朵回公主府的經歷，和在街上被人指指點點相比，如今這樣的場面簡直可以用平靜來形容了。

她坐在一張太師椅上，身旁有人伺候著，說是叫囂，卻不用她親自上陣，反正她的本意就是想讓衛國公府難堪，若只在他們府裡鬧事情還傳不出來呢！

可是，無論她的人怎麼喊、怎麼罵，衛國公府的人就是毫無動靜。鬧了一會兒，青陽公主覺得沒什麼意思，兩個婆子架著的桑花已經快不行了，再不能讓衛國公府派人出來應對，很可能撐不到她找人算帳的時候。於是喊來侍衛首領，在他耳邊說了幾句話。

然後，嗚湘看向青陽公主，暗自點頭。

等她們準備好，青陽公主便發號施令。「給我闖！你們都是代替本公主做事的，若有人敢出手阻攔，等於是打在我身上，我定不會善罷甘休！闖！」

嗚湘得了她的命令，領著侍衛們往裡面衝，兩邊的人打了起來。衛國公府的護衛聽了青陽公主的話，無法真的和她動手，遂硬扛著不讓他們入內，被拳打腳踢也不還手，堅守在自己的崗位上。

青陽公主見久攻不下，急了，站起來叫道：「真是好大的膽子！不過是些奴才，竟敢擋本公主的去路，等我奏明皇上，要你們一個個人頭落地！」

也許是她的威脅太過厲害，幾個國公府的侍衛有些動搖，左右看了兩眼。

大總管守在最前面，喝道：「咱們是國公府的人，旁人說什麼都與我們無關！給我挺住，誰要退一步，我才要他全家好看！」

門房的侍衛堅持抵擋著，此時，近百名護衛自門內魚貫而出，為首之人便是冷面冷眼的嚴洛東，身後跟著今日休沐、來找他消遣的廖簽。兩人只是往前一站，即有一夫當關、萬夫莫開的架勢。有人上前攻擊，還沒打到人就被廖簽一腳踢得老遠，伏趴在地上狂吐鮮血。

青陽公主的人被這一手嚇壞了，原本還拚死往前湊的人全停住了動作，面面相覷，拳頭怎麼也不敢再揮下去。

廖簽不管不顧，抓起一個青陽公主的侍衛一拳砸在對方的鼻頭上。他是錦衣衛百戶，手底下的功夫可是跟高手練過，豈是青陽公主府中那些莽夫可以比的？瞬間跟踢白菜似的，一腳一個把人踢下去，甚至沒要嚴洛東出手，就將膽敢闖上臺階的侍衛們全收拾了。

青陽公主瞧見自己的人潰不成軍，當即怒了，一拍椅子的扶手，站起來指著廖簽罵道：「好個狗奴才，竟然敢打我的人！你不想活了嗎?!」

說著，青陽公主不管不顧，親自衝上臺階來到廖簽和嚴洛東面前，看著他們冷冷說道：「哼，衛國公府好大的威風，我倒要看看，我今日想進去，誰敢攔我！你有本事連我一起打出去，我讓你滿門抄斬！」

廖簽剛要說話，便聽到不遠處傳來一陣紛沓的馬蹄聲，衛國公婁戰橫眉從馬背上跳下來，看著國公府門前一片狼藉，心中便有了數。

青陽公主瞧見他，似乎有些心虛，當即低下了頭，等婁戰走到她面前時才敢抬頭看他，卻依舊不敢說話。

婁戰蹙眉咬牙，盯著青陽公主看了一會兒才冷冷說了聲。「給我滾！」

青陽公主沒想到，兩人這麼多年沒見面，他對自己說的居然是這樣一句不留情面的話，當即來了脾氣，指著婁戰道：「婁戰，你一定會為你今天的行為後悔！」

婁戰不想與她多費口舌，斜睨她一眼，說道：「幾年前，我警告過妳，今後不要出現在衛國公府一步，妳是不是忘記了？那我今日就再提醒妳一回。」

青陽公主只覺顏面無存，從第一次相遇開始，這個男人便沒給過她面子，可偏偏就是他這剛毅的模樣吸引了她這麼多年，讓她這把年紀了還對他念念不忘，還在為此生沒有得到他而遺憾。

青陽公主不想與婁戰正面對峙，一咬牙，轉身下了臺階。走了兩步又停下來，狠狠瞥了婁戰一眼，才憤然拂袖，帶著她的人坐上馬車離開衛國公府。

婁戰回身瞧瞧英勇負傷的大總管等人，又看向廖簽和嚴洛東。他之前見過嚴洛東，知道他是薛宸的護衛頭領，沒說什麼，便盯著廖簽。

廖簽頭皮發麻，嘿嘿一笑，對婁戰說：「參見國公，我今兒不是來府上惹事的，我是來找……」

婁戰不等他說完便伸手阻止他。「我知道。不用說了，今日我還得謝謝你。」

廖簽受寵若驚地連連搖頭。「哪裡哪裡，這是我應該做的。國公爺千萬別跟我客氣。」

廖簽是個有眼力勁的人，今日他出手幫衛國公府，其實是想讓衛國公府的貴人們在心裡記上一筆，若能因此得到衛國公的賞識，對他今後的升遷自然只有好處沒有壞處。至於青陽公主，雖然是金枝玉葉，但與有實權的衛國公相比實在不值一提。廖簽自問審時度勢比旁人精明些，這就是他看得透澈的地方了。

婁戰沒有說話，只點了點頭，表示他記下了廖簽這個人情，轉身走入府中。

廖簽瞧著他的背影，恭恭敬敬地送他進門，等他離開後，才在臉上露出一個大大的笑容。

他直起身，正好看見嚴洛東的目光，嘿嘿一笑，說道：「嚴大哥，你從前就是不會這個，要會這個，估計早升到錦衣衛指揮使的位置了。」

嚴洛東不置可否地聳聳肩，沒說什麼，也進門去。

廖簽心情好，想起之前帶來的兩罈燒刀子還沒喝，就跟著嚴洛東一起入內了。

第六十三章

薛宸在擎蒼院中等消息，看見婁戰臉色不大好地走了進來。

薛宸站起來請安，婁戰揮揮手讓她不必多禮。

長公主拉著薛宸坐下，她已經聽到消息，知道青陽又上門鬧了，心中五味雜陳，對婁戰問道：「她……走了？」

婁戰撫了撫她的面頰以示安慰，才看向薛宸。「接下來要怎麼做？」

毫無疑問，婁戰是薛宸派人請回來的。婁戰知道薛宸心中有了計較，乾脆不動腦子了，直接問她。

薛宸想了想，對婁戰說：「青陽公主在咱們這兒吃了虧，下一步大概就是入宮找皇上告狀了，定會把責任全推到咱們身上來。父親什麼都不用做，我待會兒讓大總管把府中受傷的人和傷勢記下來，等到皇上傳您入宮時就把那單子帶著，別忘了跟青陽公主要錢賠償就是。」

婁戰想了想，便明白薛宸的意思了，勾唇對長公主笑道：「瞧見沒有，妳這兒媳腦子轉得可真快，我都要被人告到宮裡去了，她還惦記著讓我替她要銀子回來。」

不等長公主開口，婁戰便對薛宸說：「妳放心，這銀子，我準替妳討回來！」哼，敢到國公府門前鬧事，要是又到皇上面前倒打一耙，還用得著對她客氣嗎？

薛宸知道，婁戰這麼說就是贊成她的意思了。不過，若青陽公主真如她所猜測那般，那她告的無非是國公府仗勢欺人，連她這個金枝玉葉都不放在眼中，繼而生出衛國公府藐視皇族之罪名。

說實在的，如果薛宸是青陽公主，一定不會去丟人現眼。衛國公府這四個字就相當於「如日中天」，她一個不是皇上嫡親姊姊的公主，哪來的自信覺得皇上一定會顧及她，繼而打壓婁家這種股肱之臣？以為衛國公是她從前告的那些名不見經傳的人嗎？青陽公主注定是告不成的。既然她不會成功，總得有一方成功，她上門鬧事，打傷了衛國公府的人，難道什麼罪責都不用擔？笑話！

薛宸說完這些，正要告退，卻又被婁戰喊住了。「妳不會就是因為這個才喊我回來吧？」

這句話的聲調很輕、很慢，薛宸倒是聽懂了，對婁戰咧嘴一笑，扶著肚子道：「父親明鑑，這事唯有國公親自出面才有力度。其他人……不行！」

這種槍打出頭鳥的事情，當然不能讓她的親親夫君去做，反正衛國公又不是她的男人，使喚起來自然是不心疼的。

若換作婁慶雲，她可捨不得他接手這件尷尬事，到時被青陽公主以不尊長輩的罪名再糾纏一回，那就沒意思了。

事情果真如薛宸所料那般，青陽公主從婁家離開後即去了宮中哭訴。第二天，皇上就召了婁戰入宮。

薛宸倒是不擔心，該吃就吃、該練就練，絲毫不受影響，而長公主卻在松鶴院中焦急地踱步。

太夫人眼前被她晃悠得難受，放下佛經說道：「哎喲，妳別轉了，轉得我頭疼。」

長公主聽到太夫人和她說話，趕忙走過來，坐在太夫人旁邊的杌子上，問道：「太夫人，您說皇上會不會為難國公呀？」

太夫人嘆了口氣。「不會的，妳就別瞎想了。」

剛把長公主娶回來時，太夫人很慶幸兒媳是個好的，雖然性子軟些，但勝在身分高、脾氣好、容易相處，唯獨在遇事的時候才顯出不足來。

見她還是擔心，太夫人想起了同為公主的青陽，自家兒媳比青陽可不知道要好了多少倍，思及此，決定對兒媳好點，解釋道：「妳夫君怎麼說也是衛國公，皇上怎麼可能因為青陽公主告一狀就為難他？今日喊他入宮，定是有其他事，妳別瞎操心了，和我一起看佛經定定神吧。」

聽了太夫人的話，長公主便接過她手中的佛經，有一下沒一下地翻著。

剛看一會兒，薛宸便走了進來。剛剛有過活動，臉色看起來好得很，如今她的動作比從前更加索利，一手扶著肚子，由金嬤嬤親自攙著跨入門檻，向太夫人和長公主請安後，被長公主扶到座位上坐下。

「妳挺個肚子就別走動了，有什麼事叫人來喊我便是。」

薛宸笑了笑。「這不是剛聽說了好消息，就等不及來告訴太夫人和母親嘛。」

太夫人瞧著她，笑問：「哦？什麼好消息值得妳親自跑一趟？」

薛宸把剛才婁慶雲派人來傳的話，一五一十告訴了太夫人和長公主。

今早婁戰被喊入宮中後，幾乎是一面倒地贏了青陽公主。不僅當著皇上的面拆她的臺，還當眾讓她賠償衛國公府受傷的二十多人，一共是八百兩銀子。

青陽公主從來沒想過有一天會被皇上這樣毫不留情地打臉，就算之前她和長公主鬧彆扭時，皇上都盡可能地化解，所以她有恃無恐，以為這次皇上也會給她面子。但這回皇上竟徹底偏向了衛國公府，不僅當面訓斥青陽公主，還勒令她定要把那八百兩盡數賠給衛國公府才行。

誰也不會以為權傾朝野的衛國公婁戰會缺那八百兩銀子，可誰都不能否認，這確實是收拾青陽公主最好的方法，這下誰都知道，青陽公主不僅丟了人還丟了錢。

其實，這才是薛宸要讓婁戰去處理這件事的道理。如果是長公主或她出面，這件事永遠只是後宅爭鬥；如果是婁慶雲出面，不管怎麼說青陽公主都是他的長輩，皇上總不能因為一個晚輩而訓斥長輩吧，這點人倫上的臉面還是要給的。

但婁戰就不同了，他的身分高貴，是戰功赫赫的衛國公。青陽公主鬧到衛國公府門前，那就說明她是一點面子都沒有替婁戰留，因此，就算婁戰和她計較這些，也不會有人說他小器。人家都打上門了，他還龜縮不出，才會叫人笑話。

薛宸說完這些，看著長公主的表情就知道從前她一定沒反擊過青陽公主，哪怕青陽公主對她做的事情比這次還要過分，也不曾想到進宮哭訴。

太夫人聽了，一拍案几，喜形於色。「好！好！哈哈哈，這事痛快！」

從前兒媳被青陽公主欺壓的事，太夫人不是不知道，但知道歸知道，兒媳不硬起來反抗，她做長輩的能幫她一次也幫不了她一生。回回被青陽公主氣完，還得回頭被自己兒媳氣一次，真是恨鐵不成鋼啊。

薛宸見太夫人樂得眉眼似乎都在笑了，想著婁慶雲派人回來傳話時，她也高興了好一會兒呢，原本想稍微休息，可禁不住就過來報喜了。

這事不僅僅打了青陽公主的臉，還能讓全京城的世家看看皇上心裡到底是偏著誰。

這讓薛宸更加確定，上一世婁家三房的崛起完全是因為大房沒落、讓皇上失望才如此。若婁家大房有個撐得起來的，哪怕沒有婁慶雲這樣出色，平步青雲的機會未必有婁玉蘇的分。

晚上婁慶雲回來，衣裳都沒換就拉著薛宸進了屋，趴在她肚子上期待胎動。奈何今兒薛宸都沒有感覺到孩子動，畢竟才五個多月，動一回總要休息幾天的吧。

等不到兒子踢他，婁慶雲才失望地坐到一邊，倒杯茶喝了。「對了，三公主和婁玉蘇的婚期訂在明年三月。」

薛宸正在繫衣裳，聽他這麼說愣了一下。「是嗎？這就訂下來了？我上回聽說時日子還不確定，府裡也沒收到帖子。」

婁慶雲坐在躺椅上，搖了搖。「三房都分出去了，不就是怕咱們沾了他們的光，怎麼可能還發帖子給我們？我也是今兒上朝時聽說的。」

薛宸穿好衣服，來到婁慶雲身旁。「沾什麼光呀？我從前是不知道，自從瞧了青陽公主的做派，真不覺得她們有什麼光可以沾的，別到時生了災禍，回來尋我們幫忙就好了。」

婁慶雲被薛宸的通透話逗笑了，連連點頭。「說得沒錯！就三公主那脾性，我敢打包票她和婁玉蘇過不下去的。那丫頭花花腸子多著呢，婁玉蘇今後有的是苦頭吃。」

薛宸也覺得如此，加了一句。「對，跟威遠侯似的。」

威遠侯被人戴了一頂又一頂的綠帽子，偏偏他娶的是公主，罵不得、打不得，更加休不得，只得受著。雖不見得三公主也是這樣的品性，可是從三公主一開始喜歡婁兆雲，不過和婁玉蘇見了兩面就立刻看上他這點，即能看出不少端倪。婁玉蘇今後的日子，怕是不好過啊！

「對了，今兒皇上替咱們壓制了青陽公主，不過也言明兩家不能再這麼鬧下去，實在有損皇家威嚴，讓咱們尋個機會講和。妳覺得這事該怎麼辦？」

皇上的意思婁慶雲明白，有些事情不能做得太絕。雖說婁家簡在帝心，可青陽畢竟是公主，婁家這樣不給面子，也是有那麼點錯，所以皇上才對婁戰說了要兩家冰釋前嫌的話。

薛宸想了想，接過婁慶雲喝完的茶杯放到旁邊的茶几上。「眼前不是有個現成的機會嗎，青陽公主的大兒媳馮氏下個月就要生了，若想重修舊好，孩子的洗三禮多送些便是。到時若二嬸或三嬸有空，去公主府坐坐，不就全了皇上的這份提點之恩嘛。」

婁慶雲嘆了口氣。「唉，這事其實不是咱們一頭熱便能辦的，還得看青陽公主肯不肯和咱們修好。她那個人睚眥必報、心胸狹窄，平日裡就算沒惹她，瞧不順眼了，還得被她惦記著算計兩回呢。這回咱們送上門去，真不知道會不會給她抓著不放。」

薛宸也頗為擔心，這回青陽公主被婁家這樣打臉，別到時禮送過去卻直接原封不動地丟出來，那婁家便是自討沒趣了。

可皇上既然說了，就不容他們不理會，哪怕心裡還有委屈也得嚥下去，不能讓皇上覺得婁家不識抬舉。

婁慶雲見薛宸想著這件事，不想讓她費神，坐直了身牽著她的雙手說：「別想了，這事只能順其自然，咱們面子上做夠就行了。到時候如果青陽公主還是咄咄逼人、蠻不講理，我自有法子收拾她。」

薛宸被婁慶雲說得心裡暖暖的，雙手交握道：「瞧你說的，那告訴我，你有什麼法子對付她呀？我告訴你，我只是懷孕，又不是病了，這種事情還不至於讓我費神，你偏要攬過去。這麼管著我，等我生下孩子後要是變笨了，可饒不了你。」

婁慶雲嘿嘿一笑。「變笨就變笨了唄。我從前覺得找個厲害的媳婦兒才好，結果好是好，家裡料理得井井有條的，但那到底太累了。我娶妳回來是讓妳享福的，可妳成日為家務操勞，我看著不忍心。今後有什麼事，妳直接跟我說，我手底下人多，辦事牢靠，我來辦就好了。」

薛宸沒有說話，只靜靜地看著他，良久後，才道：「你對我這麼好，那我這輩子不就離不開你了？」

婁慶雲篤定地點頭。「當然！要不然妳想跑哪兒去？」

「……」

既然皇上有這個要求，那衛國公府於情於理都該做到。皇上之所以讓衛國公府這樣做，薛宸多少還是能想明白的。

一來，青陽公主到底是公主，而且是先帝在位時即出宮開府的公主，和長公主嫁進國公府的狀況不大一樣。認真來說，青陽公主到底是皇族，而衛國公府是臣。二來，青陽公主是右相左青柳的嫡外孫女，右相在朝中勢力頗大，如果一味偏幫衛國公府，很可能會讓右相的人盡數與衛國公府為難。因此，讓衛國公府主動與青陽公主府交好，並不單純是要衛國公府示弱，更多的還是保護的意思。

而正如她和婁慶雲說的那般，大約七月中旬馮氏就要生了，之後公主府總要辦洗三禮的，到時禮送得重些就是。畢竟皇上只要求衛國公府的態度，表現出來後，效果就不是他們能控制的，不管是東西被摔出門或者其他反應，那都是青陽公主和皇上之間的事情了。

薛繡和魏芷靜來探望薛宸，覺得薛宸練的瑜伽很有趣。挺著肚子的薛宸像是抱個西瓜在動，雖然有點滑稽，但兩人都不可否認薛宸的動作確實很靈活。

在囡囡之後薛繡又生了個兒子出來，取名童童，如今的她比從前要豐滿許多，整個人看著珠圓玉潤，跟著薛宸做了兩個動作就做不動了。魏芷靜倒是跟著做了好幾個動作才停下來。

她們坐在旁邊看著薛宸跟索娜練習，和她說話。「還是頭一回瞧見沒生之前就這麼折騰的呢。我懷孩子時，雙腿腫得厲害，每天只想在床上躺著。妳倒好，這麼動都沒事。」

薛宸一邊動、一邊回答薛繡。「現在我一天不折騰才不習慣呢。」

魏芷靜擦著汗，道：「哎呀，我肚子上沒肉，跟著練都有些吃力，妳怎麼跟沒事人一樣？」

索娜女官已經做到最後一個動作，薛宸跟著她練完後，便扶著肚子起身，接過夏珠遞來的汗巾，擦了汗，才走到魏芷靜身旁。

「一開始也不習慣，但我不是能吃嗎？要不練這個，就得天天繞著國公府走一圈，這一圈下來，還得帶著乾糧上路呢。如今練了這個，雖然吃得多，但除了肚子大，身上倒是沒怎麼長肉。我覺得瑜伽真的挺好，靜姐兒以後懷上就來跟我學，我教妳。繡姐兒嘛，我瞅著妳也該動動了，再胖下去元卿還抱得動妳嗎？」

其實薛繡沒有薛宸說的那樣胖，但比從前做姑娘時圓潤了不止兩圈，薛宸就是想調侃調侃她。

薛繡哪會不懂薛宸的意圖，橫了她一眼說道：「他才不嫌我胖呢，只有妳在這兒嫌我。要真瞧我礙眼，那我下回不來了。」

薛宸和魏芷靜相視一笑，魏芷靜立刻上前摟住薛繡的胳膊，道：「繡姊姊，妳快別生氣了，妳還不知道我姊姊嗎？就是刀子嘴、豆腐心，別提多稀罕妳了。」

薛繡被魏芷靜逗笑了。

「稀罕？我看是妳家唐飛稀罕妳吧。」

魏芷靜紅了臉，鬆開薛繡的胳膊。「哼，我好心好意安慰妳，妳倒好，居然把我扯進去了。」

薛宸見狀，一邊喝水一邊笑，薛繡就聯合魏芷靜把話題引到薛宸身上去。

「好了好了，咱們再稀罕也比不上妳姊姊稀罕，誰都說妳姊姊是京中運氣最好的女人！嫁給京城第一世子，受寵至今，世子別說妾侍了，連通房都沒有一個，只寵愛她一人呢。」

薛繡的話讓薛宸大大搖頭，來到魏芷靜身邊假裝和她耳語，用的卻是大家都能聽見的聲音。「哎，妳覺不覺得最近繡姐兒話多了？是跟元卿學的吧？真是在一起久了呢。」

魏芷靜沒答話，只是一味地笑，然後對薛宸點了點頭。薛繡看著她們，又想發怒又不好意思，滿面通紅的。

姊妹三人在水畔笑談了一會兒，薛繡才問了前陣子國公府被青陽公主鬧上門的事，薛宸便簡單地說了。

薛繡聽了，道：「我婆母與青陽公主似乎走得挺近，上回我還瞧見她從公主府裡帶了些賞賜回來呢。這事，我也是聽她說的，青陽公主似乎對婁家依舊不忿。」

薛宸沒指望青陽公主會對婁家改觀，那刁蠻任性的個性若憑婁家一次示好就改變，她也不叫青陽了。

「管她忿不忿的，反正我們做足了面子，她不給是她的事。妳沒事時讓元卿去勸勸妳婆母，讓她少往青陽公主府跑，青陽公主可不是個好的，別落不著什麼好還揹上黑鍋就慘了。」

薛繡有些為難，嘆了口氣。「唉，自從楚姨娘的事後，我婆母對我更加看不順眼了，哪裡會聽我勸說呀。」

「沒讓妳勸，不是說讓元卿勸嗎？我看那之後他像變了個人似的，對妳應該不錯吧？憑他的本事，自然能周旋在妳和他母親之間。」

在元卿把薛繡接回府中後，薛宸曾派人偷偷打聽，得知元卿算是改邪歸正，打發府中所有妾侍和通房，專寵薛繡，而這正是元夫人越來越不待見薛繡的原因，覺得是薛繡給自家兒子吹了枕邊風，讓兒子做出這件事。

那是薛繡這回給她生了個孫子她才稍微收斂些，如果這一胎還是個閨女，那薛繡的日子估計又得難過。幸好現在有了元卿背後的支持，薛繡在元家的日子已比從前好了不止一點。

提起丈夫，薛繡滿臉幸福，想著自己說的話他應該會聽一些吧，然後又是滿心歡喜。薛宸和魏芷靜看了，忍不住在一旁偷笑。

薛宸留她們在府中待到夜幕降臨才肯讓她們回去。若不是因為薛繡和魏芷靜都有家室，薛宸真想把她們留在府中住幾天，陪她說說話、解解悶。但她知道不能為了一己之私害她們和相公分離，還是讓她們回去了。

這回她們來，也給薛宸帶了韓鈺的消息。自從韓鈺嫁給王韜後就甚少和她們來往，從前那麼活潑的性子，也被婚姻拘著不自由了。

王韜對她倒是不錯，可最讓韓鈺受不了的是王韜有個視兄長為寶貝的親妹子，見不得王韜對韓鈺好，每每都要吃醋，然後到韓鈺的婆母面前告狀，惹得韓鈺實在有些頭疼。

幸好王韜得了個外放滇南的機會，再過幾個月小夫妻倆就要一同去任上。到時候，韓鈺的日子便好過多了。

薛宸好久沒瞧見韓鈺，便讓薛繡帶話，讓韓鈺走之前務必來看看她，薛繡答應了。

她們離開後，薛宸在書房裡看了一會兒帳。婁慶雲給她帶了酸糕回來，薛宸美美地吃了好幾塊，然後才心滿意足地被婁慶雲拉入了內間。

在婁慶雲堅持不懈的守候下，薛宸腹中的寶貝終於再次向他爹打招呼了。

那時，婁慶雲的頭正好從薛宸肚皮上挪開，薛宸要穿衣服，就在那瞬間，肚子突然動了。

薛宸嚇得不敢動，與之前那次小打小鬧相比，這回的胎動可是實打實的、能用眼睛看見的。婁慶雲激動得忘了起身，虔誠地跪在薛宸面前盯著肚子，好半晌說不出話來。

就在他要開口的時候，肚子又動了一下，不過這次的動靜倒是比較小。

婁慶雲的興奮之情難以言喻，伸出一根手指抵住了薛宸的肚子，肚裡的小寶貝似乎感覺到父親的觸碰，又動了兩下，可把婁慶雲給樂壞了，指著肚子好激動地說：「動了動了，他動了！他知道他爹在碰他！喂，寶寶，我是爹爹，你要聽見爹爹說話，就再動一下。」

也不知是真聽得懂還是碰巧，肚子居然又動了好幾下。

爺兒倆高興了，卻苦了薛宸。孩子動，她也得跟著動；他不動時，她才能稍微緩過氣來。

「兒子今天似乎很高興啊。」薛宸辛苦歸辛苦，可能這樣分明地感受兒子的力氣，感覺還是很幸福。

最重要的是，孩子他爹簡直要樂瘋了。

在孩子安靜之後，婁慶雲仍堅持趴在肚皮上側耳傾聽，好像這麼做就能讓兒子感覺到他。

薛宸又好氣、又好笑，最後堅持不想再露著肚子了，婁慶雲才肯歇下。

第六十四章

六月中旬，原本應該七月初降生的孩子提前出來了。青陽公主的兒媳馮氏給她生下了一個白白胖胖的孫女，六斤一兩，算是挺重的。

據說馮氏痛了兩天才把孩子生出來，青陽公主為了她，破例大罵索娜的瑜伽沒有一點用。殊不知馮氏練習時根本心不在焉，索娜在公主府待了大半年，可馮氏真正學的時日卻沒幾天，多半是在看索娜示範。青陽公主把索娜趕回宮裡後，馮氏更是放縱自己，成天躺著，總以身子重為藉口，拒絕一切活動。

太醫說，馮氏這樣的生法很是危險，若真有什麼問題，大人和小孩可能都保不住。幸虧馮氏命大，除了有些出血外，其他還好，孩子也是健健康康的。

這是青陽公主的第一個孫女，洗三禮這天，登門拜訪的人絡繹不絕。薛宸原本想讓二夫人韓氏去一趟，可韓氏不巧回了娘家侍疾，長公主便說要親自上門。薛宸不放心，跟太夫人說要陪她去，太夫人想著，反正只是上門送禮，有這麼多人在不會出什麼事，便同意了。

長公主親自駕到，讓青陽公主府中喧鬧一片，眾人紛紛交頭接耳。大家都知道上個月皇上才幫著衛國公府打壓青陽公主，照理說兩家應該是水火不容，可如今看來似乎不像啊！

薛宸跟在長公主身側，隆起的肚子也很引人注意，不過她的行動並不似一般孕婦遲緩，扶腰走來，竟還頗有一番韻味，依舊美得叫人過目難忘。

於情於禮，青陽公主都該親自迎出門的，但臉色不大好看就是。長公主仁厚，不介意這個，薛宸更無所謂，根本不在意青陽公主臉上是什麼樣子。不過瞧她這副模樣，想來皇上應該也告訴過她要她和衛國公府和解。

三人面和心不和地走入公主府，長公主自然被奉為上賓，薛宸跟隨其後，只要不是長公主答不上來的問題，她便樂得靜靜坐著，除了肚子有些餓之外，其他倒是還好。

與眾位夫人寒暄後，長公主提出要去看看孩子。青陽公主雖不願，卻沒有阻止的理由，更何況今天是她孫女的洗三禮，怎麼也不想在眾人面前鬧出事來，便領著長公主和薛宸去了後院。

馮氏的房裡，薛宸懷孕不能抱孩子，長公主倒是很喜歡，抱著輕如紙片的小丫頭誇了好幾句。馮氏雖然高興，但暗地瞧了瞧自家婆母的臉色，不敢當著長公主的面道謝。

馮氏十分嬌小，看著像是江南女子，生得不是頂美，卻勝在有氣質，從她能和青陽公主這樣脾性的人相處便知道，多少也有點自己的能耐，最起碼不是莽撞之人。

這會兒青陽公主對兒媳也是少見的寬容，接過孩子時小心翼翼地，生怕弄傷了軟軟的小姑娘，讓薛宸心中頓時柔軟起來，不知是不是因為肚裡也懷著一個，特別容易為母子親情感動。

青陽公主瞧見薛宸正盯著她看，這才收起溫柔的表情，把孩子交給乳母餵奶。馮氏則乖乖地躺在床上扮演聽話又體貼的兒媳，在長公主和青陽公主不自在地話家常時適時插兩句嘴，既緩和了氣氛，又替青陽公主減少一些尷尬。

「真沒想到長公主會親自來。不瞞妳說，上回鬧過之後，皇上私下找我說了很多話。我也不是故意要去鬧國公府的，當時發生了那些事，我才一時氣急了。從前算是我不懂事，還請長公主大人有大量，不要與我計較。」

長公主受寵若驚地看著青陽公主，自從她回宮之後，印象中的青陽從沒有這樣和和和氣氣地跟她說過話，說得最多的就是「妳搶了我的一切」、「我恨妳」等等。

青陽公主似乎也察覺出長公主的異樣表情，有些彆扭，輕咳一聲又道——

「今日是洗三禮，一個月後我要給這孩子辦滿月酒。到時長公主若是有空便來賞光，可好？」

長公主連連點頭。「好好好，我一定到。」

得到長公主的首肯，青陽公主才勉強對她們笑了笑，外面有人來請她，便先離開了，交代馮氏陪長公主說話。

馮氏瞧了瞧薛宸的肚子，問道：「少夫人這是幾個月了？」

薛宸回答。「快七個月了。」

「哦，那也快了呢。」馮氏似乎對薛宸的肚子很感興趣，一直盯著。薛宸被她看得有些不自在，便將衣襟拉攏了些。

馮氏這才收回目光，垂眸道：「哎喲，真是不好意思，我這身子太乏累了，才說了一會兒話眼皮子就累得要合起來了。若長公主和少夫人不嫌清冷，這院子東邊有座涼亭，景色很好，又沒有外人出入，可以去賞玩一番，也省得應對外面那一大群客人。」

長公主見馮氏確實想睡的樣子，便體貼地站起身。「妳累了就快睡吧，別招呼我們了。我們自己出去轉轉便是。」

本來她們送了禮就想走的，是怕青陽公主不給面子，落了衛國公府的臉。但沒想到青陽公主不僅對她們客客氣氣，還領她們來看孩子。長公主心中鬆了口氣，覺得必是皇上和青陽說了什麼讓她回心轉意的話，所以今日才會這樣和善。

姊妹和睦相處的感覺實在太好，走出馮氏的院子後薛宸便說要回去，長公主卻難得清醒了一回，道：「此時外面全是賓客，咱們剛來就走難免落人口實。既然要冰釋前嫌，那咱們不妨多留一會兒，也算是給青陽面子了。」

說完這些，長公主便往東邊廊下走去。薛宸知道她這是想去馮氏說的亭子，雖然心中覺得有些不妥，可又說不出哪裡不對勁，只能跟著長公主過去。

後院的東南角確實有座八角飛簷的涼亭，亭子三面環水，下方是一片湖泊，波光瀲灩，風景確實優美。

長公主平日待在國公府中看慣了美景，這裡在她看來最多只能算是秀麗，不過亭子的造型倒是很別緻的。

薛宸看了湖面一會兒，就坐在石凳上，問夏珠有沒有帶吃的。夏珠知道薛宸容易餓，早準備好一些容易食用的糕點，用小瓷罐裝著，以備薛宸的不時之需。

薛宸打開瓷罐，瞧見裡面的糕點，嘴饞了，可是光吃糕點不喝水也不行。之所以來青陽公主府還讓夏珠帶著糕點，其實就是信不過公主府，這時即便有茶擱在她面前她也不敢喝。

夏珠想了想，道：「咱們車上倒是有水，不過，奴婢若去拿，被公主府的人瞧見，會不會……又鬧出事來？」

自己去車上取水，這不等於告訴所有人她們不敢吃公主府的食物嗎？今天她們是來冰釋前嫌，可不是來找事的。

薛宸瞧了瞧長公主，道：「算了，我再忍忍，一會兒回去再吃吧。」

長公主聽見，心疼道：「這怎麼行呢？要不妳們先去車上等我，我在亭子裡坐一會兒，等青陽忙完，我和她說一聲就去找妳們，可好？」

薛宸揉了揉肚子，確實開始餓了，這種感覺她再熟悉不過，如果不吃東西，不用片刻就會變成絞人心窩的餓，那滋味可難受了，便點點頭。

薛宸想讓夏珠留下伺候長公主，可長公主說她有蟬瑩和蟬香，不用夏珠，就讓夏珠扶著薛宸走了。

薛宸挺著肚子，從容不迫地和諸位夫人、小姐打招呼，以身子重為由推掉了筵席，往大門走去。

走出大門，薛宸上了自家馬車，喝了水、吃上糕點，別提多滿足了，肚裡的孩子也似乎感覺到幸福，手舞足蹈動了動。薛宸撫著肚子，若是婁慶雲在，定然又會大驚小怪，一驚一乍，那樣子別提多傻了。

此時，兩個工匠經過薛宸的馬車，對話傳了進來。

「真不知道搞什麼，把咱們喊來又不讓修，這要出點什麼事又得怪到咱們身上來。」

「……」

夏珠再給薛宸倒了杯水，見薛宸沒有接過去，便抬頭看了看，只見薛宸盯著車簾一動不動。

夏珠嚇壞了，放下杯子，和蘇苑對視一眼，蘇苑問道：「少夫人在看什麼？這大概是公主府哪兒壞了，要工匠上門修理，結果遇上小小姐的洗三禮，才進不去吧。」

薛宸依舊盯著車簾，連眼皮都沒眨一下，突然從馬車裡站起身。馬車是加高加大的，所以沒有什麼晃動。

薛宸臉色大變，蹙眉指著夏珠吩咐道：「妳下車去亭子裡找長公主，快把她帶回來，就說我難受。」

見夏珠和蘇苑不動，薛宸急了，拿起茶杯摔下，大聲喝道：「還愣著幹麼！快去呀！」

因為聲音太大，薛宸感覺肚子有些不舒服，摀著肚皮安撫了一會兒才好些，又對夏珠猛地揮了揮手，夏珠這才反應過來，手足無措地下了馬車。這樣發脾氣的薛宸她們還是第一次看見，雖然不知道發生了什麼事，依然半刻也不敢耽擱，夏珠往亭子裡飛奔而去，蘇苑扶著薛宸下馬車，也急急走向公主府。

自懷孕以來，薛宸從沒有一刻似此時這般心焦，期盼自己的猜測是錯誤的。可是剛才在馮氏的屋子裡，她盯著自己肚子的目光實在太詭異了，涼亭也是她建議去的，不知是青陽公主授意還是她自己的意思。反正薛宸就是覺得奇怪，卻沒有多想。

今日她和長公主出行，婁家派了四、五十個護衛跟隨，見薛宸焦急往前，嚴洛東上來問道：「夫人，要跟隨嗎？」

薛宸略想了想，對他道：「都跟進來，出事了。」

嚴洛東聽了，立即招呼所有護衛隨薛宸入內。薛宸往前疾行，幸好這些日子以來她活動得多，此時竟不覺得累，直奔馮氏的後院。

青陽公主府的賓客嚇壞了，怎麼也沒想到薛宸會這樣堂而皇之地帶人直闖，府裡的僕人知道她的身分，不敢多加阻攔，趕緊跑去稟報。

薛宸走到後院，還沒進去就被青陽公主喝住了，罵道：「混帳！妳以為這裡是你們婁家後院嗎？帶這麼多人進來想幹什麼？」

此刻薛宸心亂如麻，不想和青陽公主多說，卻沒有正當理由強行闖入，畢竟一切都只是她的猜測。但這也太過剛好了，青陽公主本來親自招待長公主，但中途離開，然後由馮氏開口，引她們去湖上涼亭……心中一涼，所有的猜測彷彿有了結果般，讓她不得不往最壞的方向去想。

青陽公主說什麼都不讓他們進後院，擋在拱門前，好像後院真有什麼見不得人的事情。

「讓開！長公主在裡面，我去找她！」

薛宸吼完這句，就瞥見夏珠全身濕漉漉地往拱門跑來，模樣狼狽不堪，見她臉上沒有悲戚只有憤慨，懸著的心稍微放下一點，乾脆給嚴洛東遞了個眼色，嚴洛東便領著侍衛們強行闖入了後院。

薛宸扶腰往前走，迎上夏珠，夏珠看看被侍衛們阻攔的青陽公主，低聲在薛宸耳邊說了幾句話，薛宸便點點頭，蹙眉表示了解，讓她去辦。

夏珠走後，薛宸喊來嚴洛東，在他耳旁叮囑幾句。嚴洛東意外地看了看她，然後鄭重地點頭，也下去了。

薛宸掃了青陽公主一眼，跟在夏珠身後往裡面走去。

長公主果然如她所料想的那般，落水了。

剛才夏珠在她耳邊說，她趕到時正好看見長公主落水，蟬瑩和蟬香急忙下去，但兩人水性不好，夏珠會水，趕緊跳下河救人，沒一會兒便把長公主救上岸，一番拍打後，長公主肚中的水已經吐了出來，但可能因為害怕，又暈了過去。

蟬瑩和蟬香把自己的外衫除下蓋在長公主身上，看見薛宸時簡直要哭了。

薛宸過去探長公主的鼻息，確定無事，心才定了下來。

青陽公主也進來了，尖銳的聲音道：「喲，這是怎麼了？哎呀，這亭子的欄杆鬆了，靠著肯定要掉下去的。我不是讓人來修了嗎？去把管家給我找來，我要問問他這到底是怎麼回事？」

薛宸喝住那人。「怎麼回事？還請公主去問問少夫人，是她讓我們到這裡來的。」

青陽公主眼皮一垂，道：「是她啊？這就難怪了。亭子是前幾天壞的，她在生孩子，哪裡知道這事。幸好長公主沒出什麼事，改日我攜禮上門給長公主壓驚謝罪。來人吶，快取褥子來！還請世子夫人陪著長公主在咱們院裡休息一下了。」

薛宸深吸一口氣，壓下內心的憤怒，知道此時糾纏無益，青陽公主既然這樣算計，一定想好了對策，遂冷言拒絕青陽公主的邀請。「不勞煩公主，我們有馬車。」

青陽公主聽了，沒有多留，點頭道：「既然你們不肯留下，我再留也沒什麼意思。來人，送長公主和世子夫人出去。」

薛宸看了她一眼。「不必，我們自己走。」

夏珠揹起長公主，蟬瑩和蟬香守護在側；蘇苑扶著薛宸在前面領路。嚴洛東帶侍衛圍著她們，既阻擋了賓客們的探究目光，又保護到她們的安全。

一行人從容不迫地走出青陽公主府，上馬車後，直奔衛國公府。

門房瞧見長公主和少夫人的馬車這麼快就回來，連忙下石階牽馬。

大總管迎出來，薛宸率先下車，對他道：「開車門，馬車直接進府。去回稟太夫人，長公主落水，讓她請太醫來。」

薛宸的吩咐言簡意賅，大總管一聽就懂，看著她的臉色不敢多問，趕緊命人打開馬車出入的門，讓馬車直接駛入府中，又親自去擎蒼院向太夫人稟報薛宸的話。

太夫人正在唸佛，聽說長公主落水忙站了起來，沒有多問，立刻讓金嬤嬤拿著她的帖子去請太醫，然後便往擎蒼院趕去。

長公主躺在床上依然昏迷著，她這輩子太過順遂，哪裡吃過這等苦頭，實在嚇壞了。

薛宸在旁替她擦拭額上的水珠，太夫人湊過來，坐在床沿看了看，問薛宸道：「這是怎麼了？好端端地去送禮，怎地就落水了呢？」

薛宸把帕子交給蟬瑩，讓她們下去，才把當時的情況一五一十說了出來。

太夫人聽後勃然大怒，站起身，負手在屋子裡轉圈。「真是欺人太甚！青陽真以為咱們國公府無人了嗎？居然敢算計到長公主頭上。我現在就進宮稟報，聽聽皇上怎麼說！」說著便要出門。

薛宸拉住她。「太夫人莫氣，這事不能這麼辦。雖然是在青陽公主府出的事，可咱們沒有證據呀！青陽公主早早就離開了，馮氏又在屋裡，她們大可推說自己不知情，就是皇上也拿她們沒辦法。沒有證據，再英明的官也沒法判案。

「更何況，我不覺得青陽公主只是單純想害母親。她們倆雖有這麼多年的恩怨，可也沒見青陽公主對母親下過這種死手。如果不是我恰巧肚子餓了，定會和母親一起留在亭中，那時可就不是只有母親落水了。我腹中有孩子，遇害的可能……其實更大。」

聽薛宸說到這裡，太夫人懵了，坐在太師椅上，看著薛宸的肚子心中的恨意更濃。如果說剛才她的激動是因為心疼長公主，可現在她不只是心疼了，甚至連親手剮了青陽的心都有了。嫁入國公府後，她還是第一次對人動了殺機。

薛宸見太夫人冷靜下來才放下心。

此時，婁戰和婁慶雲收到消息也趕回府中，婁戰瞧見長公主昏迷不醒，趕緊過來探視，薛宸便給他讓位。

婁慶雲扶著她，薛宸將今日之事告訴他們，婁戰和太夫人的反應差不多，站起來就要去找青陽公主，但婁慶雲比較冷靜，以和薛宸同樣的理由拉住了婁戰。

「這也不能做，那也不能做，難不成你娘就白白被她陷害不成？」婁戰氣極了，皇上剛和他提起要兩家冰釋前嫌，今日就出了這樣的事情，很明顯，青陽公主根本沒有悔意，甚至還利用了婁家的鬆懈來對付他們，何等卑鄙！

婁慶雲冷靜地分析道：「爹，您想想，若咱們貿然去宮中，皇上會如何決斷？就算他相信我們，可沒有證據同樣治不了她的罪。況且辰光說得對，青陽公主的目標不一定就是娘，很可能是辰光和她肚裡的孩子。而這個孩子對她來說又有什麼妨礙呢？您再好好想想，這背後會是誰的手筆，誰更希望這孩子生不出來？」

薛宸倒是沒有想到這一點，只覺得青陽公主的真正目的是害她和孩子，長公主只是附帶，卻未曾想過青陽為什麼要這麼做。正如婁慶雲說的，這個孩子對青陽公主而言沒有任何意義，但對二皇子黨來說卻意義重大。

衛國公府是太子黨的中流砥柱，薛宸若能為婁家生下兒子，就是嫡長子，婁家大房後繼有人，對二皇子黨的打擊肯定極大。對青陽而言，這只是個孩子，但對婁家而言，這是他們期盼了很久很久的希望，若能因此讓婁家消沈下去就太好了。

想通這個道理，薛宸覺得後背發涼，腳步忍不住後退，靠上婁慶雲溫暖的胸膛。倚著他，她才感覺稍微緩過來，蹙起眉頭緊咬牙關。

動誰都可以，就是不能動她的孩子，誰也不能！

青陽公主從側門出來，坐上一輛低調的馬車往東行駛而去，轉入一條小巷，停在一座宅邸的後門前。

她下車後，在門上敲出三長兩短的聲音，便有人來開門。小廝帶她進去，經過一條水廊來到內院，聽見琴音繚繞，悠遠動人。

她環視一眼，看見拱形西窗前坐著一名彈琴的女子，長得不見得多美麗，但自有一種靈秀氣質，見了青陽公主也不起身，繼續用纖纖十指撥動琴弦。

青陽公主似乎很習慣她這樣的反應，逕自走過去在琴前站定，問道：「怎麼只有妳在？外公呢？」

那女子清雅一笑，煞是動人。「這是我的別院，他怎會在這兒？有什麼話，妳與我說也是一樣的。相爺吩咐妳的事情做好了嗎？」

青陽公主聽了，雙手攏在袖中捏了捏。眼前這女子名叫柳煙，是右相左青柳最寵愛的外室，據說左青柳曾欲娶她為妻，只是她不願做人續弦，只說做外室自由，便一直以此身分自居。她從十三歲就跟著左青柳，也是那一年，青陽公主的外祖母去世。

起初，青陽公主和所有人一樣輕視柳煙，覺得她不過是以色事人，用不了幾年就會被厭棄。可是到現在，外祖母已經去世七、八年，柳煙依舊待在左青柳身邊，寵愛不斷、逍遙快活。誰都知道右相金屋藏嬌，而柳煙的外貌也確實符合一個「嬌」字，但熟悉右相之人便曉得，這柳煙可不是個簡單的角色。

像這回，讓青陽公主算計長公主和薛宸的事，根本不是右相的意思，而是柳煙的主意，奈何右相不反對，她便只能照做。如今沒害到薛宸，卻害了長公主，看薛宸離開時的表情，青陽公主知道薛宸定然不會善罷甘休，畢竟這回惹上的是整個衛國公府，並且是在皇上和她談過以後。

「沒害到薛宸，長公主卻著了道，這事鬧起來肯定不小，接下來該怎麼辦？」

柳煙從琴案後走出，體態纖細，雖不婀娜，卻自有一股出塵的韻味，頗為動人。只見她軟軟地靠在貴妃榻上，像個天真無邪的小女孩般瞧著青陽公主，風馬牛不相及地問了句。「對了，妳的駙馬呢？這些天在做什麼呀？」

青陽公主沒想到柳煙會突然問起駙馬，愣了愣才蹙眉道：「妳問他做什麼？我問妳這件事接下來該怎麼辦？是妳讓我對她們動手的，總不能袖手旁觀吧？」

柳煙揚眉，嘆了口氣。「是我讓妳動手的，可妳不是搞錯了對象嗎？我要的是衛國公世子夫人的命、要的是她腹中孩兒的命，妳卻差點要了長公主的命，我怎麼知道妳該如何收場？」

青陽立刻炸毛了。「喂，妳當初讓我做的時候可不是這麼說的。別和我玩這套，相爺知道這些事嗎？妳就不怕我去他面前把妳的底給揭了？」

柳煙微微一笑。「開個玩笑，妳這麼激動做什麼？還拿相爺來威脅我。這有什麼用呢？妳又不是不知道，他最聽我的話了……」

青陽公主的臉色很臭，但也不能否認柳煙說的的確是事實。左青柳已經六十歲了，卻對這個小他四十歲的女子情深義重，她說一句話，抵得上旁人說一百句、一千句。

見青陽公主不再和她抬槓，柳煙這才揮揮手，道：「我要是妳啊，現在就趕緊回去，今兒不是妳兒媳的洗三禮嗎？妳這個主人不在府裡，少不得又要惹出閒話來。還是那句話，回去看好妳的駙馬。長公主這事，我晚上會和相爺說一聲，妳就放心好了。」

得了柳煙這句承諾，青陽公主一刻都不想待在這座美輪美奐、甚至比她的公主府還要精緻漂亮的宅院裡，坐上馬車離開了。

柳煙看著青陽公主急急離去的身影，收起了笑容，冷哼一聲。「蠢東西。」

留著，也只會扯後腿罷了。

院子裡，薛宸將一朵枝頭的花剪下來，嚴洛東在後面稟報。「那宅子在城東煙花巷，有不少護衛暗中守著，全是一等一的高手，無法靠近。青陽公主的車進了巷子後，約莫兩刻鐘就出來了。」

把花枝放在一旁的銀製托盤上，薛宸抬眼想了想，問道：「那是誰的宅子？」

嚴洛東自然是打探過的，回道：「是一個名叫孫東的人登記在官府的，可我覺得住在裡面的未必是他，應該是個化名。真正住在宅子裡的人，身分不明。」

薛宸又剪下一朵花，送到鼻下輕嗅，腦中飛快轉著。

她早就猜到，這回的事一定不是青陽公主的主意，她沒這個膽子。他們離開公主府後，她不顧府中正在辦洗三禮，居然急著出門見人，便證明她是受人指使的。而連青陽公主的身分都要親自上門，那就說明宅子裡住的定是比她身分高之人。右相不會那麼閒，大白天的就在宅子裡等她，思前想後，薛宸的腦中便生出個影子。

上一世的事情她多少還記得一些，右相是在太子登基七年後去世的，身上被羅列了近三百條罪狀。他和一家老小被送往刑場行刑時，認識他的人都避之唯恐不及，唯有一女子高唱哀歌送他到刑場，餵他最後一頓飯。這個女子便是傳聞中右相最寵愛的外室，因名字不在族譜上，故抄家時未在被捕之列。

那名女子，似乎也叫什麼柳……薛宸記不清了，只記得柳字，因為右相名中也有柳字，當時還意外了一下呢。

如果青陽公主見的是那個外室，一切就能說得通。幕後之人的目標既然是她和她肚裡的孩子，定然與右相有所牽連。

薛宸看著手中盛放的花，嫩黃色的花蕊上還沾著殘存的露珠。回身把花放在托盤上，對嚴洛東招了招手。

嚴洛東上前聽命，薛宸側身，用只有兩人聽見的聲音對他吩咐了幾句。

嚴洛東聽完，點頭表示明白，便退了下去。

第六十五章

夜裡，躺在床鋪上，薛宸怎樣都睡不著。白天那種後怕讓她不敢入睡，也不敢想像如果真被她們算計了，自己現在會是什麼光景。

婁慶雲摟著她，讓她枕在自己的肩膀上，右手有一下、沒一下地撫著她的後背安慰著。今天真是嚇壞所有人了，從沒有這樣一刻讓婁慶雲感覺到如此慶幸，不是慶幸掉下水的是母親，而是慶幸薛宸沒有掉下去。一個懷孕的女人落水是什麼後果，不用想都知道。

「妳放心吧。我不會放過他們的。」

薛宸抬頭看婁慶雲，見他雖然神色如常，但黑亮的眸中卻盛滿了心疼和狠辣。難得沒有開口勸阻，在婁慶雲的肩窩處蹭了蹭。「好，一定不要放過他們！」

婁慶雲還是第一次聽見薛宸用這樣陰沈的語氣說話，頓時明白她的感受，手撫到她高高隆起的小腹上，像是發誓般在她的頭頂低聲說：「我一定不會放過，一定。」

說完這話，薛宸的肚子突然動了幾下。夫妻倆愣住了，在這個略感悲傷的時候，孩子似乎感覺到父母的不對勁，在肚子裡抗議了。

薛宸的眼眶突然紅了，若今天踏錯一步，這個小生命也許就要離她而去了。

婁慶雲見她哭泣，連忙坐直身子，爬到她身前替她擦乾眼淚，小聲哄道：「乖乖，不哭了。兒子，快動動，和你娘說別哭了，多大點事，儘管交給我，我一定不會饒了她。」

薛宸看他緊張的樣子，終於破涕為笑，而孩子似乎聽懂了父親的話，又在薛宸肚裡踹了兩下，把母親悲傷的情緒又擠走了些，對婁慶雲道：「不饒她有什麼用，她又不是幕後主使。」

薛宸說的是真心話，可婁慶雲卻回道：「不是她主使的又怎麼樣？她既然敢對你們動手，就要承擔後果。這件事妳不用管，我原本已經準備好和她動手，偏偏皇上放了話，好些事情不能做。這回不同了，是她先挑起紛爭的。那些原本不能做的事要繼續做下去，才能讓她知道什麼叫做真正的後悔！」

薛宸想了想，也覺得不能就這麼放過青陽公主，可依舊有些擔心。「她背後之人一定會救她，咱們得將這個考慮進去。」

婁慶雲點頭。「放心吧，我明白。其實妳不必想太多，青陽公主對她背後之人而言並不是個多麼重要的角色，如果咱們鐵了心要動她，那人不見得會傾力幫她。她只是顆棋子，誰也不會為了一顆棋子而動搖自身的力量。若那人出手，損其一翼，正好讓他元氣大傷；若是他不出手，那更好了，青陽公主會落得什麼下場還不是隨我們拿捏嗎？」

薛宸見他胸有成竹的樣子，便沒再多問什麼了。

在這種危急關頭，薛宸感覺到自己明顯的變化，尤其是在她懷了身孕後，婁慶雲似乎一夜就長大了，主動擔起保護他們娘兒倆的責任，她也變得依賴他。這種轉變，沒有她預想中的不安，婁慶雲給她十足的安全感，在他的羽翼下，似乎並不是一件叫人不放心的事情；相反地，她安心極了。

這日，薛宸和薛繡一同去看望快要離京的韓鈺。

幾天前薛繡就跟韓鈺約好在芙蓉園相見。韓鈺早早便在雅室中等候，見兩人連袂而來，高興地迎上前，托著薛宸的手反覆瞧她的肚子。

薛宸把她的手拍開，道：「妳這個沒良心的，現在知道稀罕了？不給妳看，這麼久，居然都沒來看我?!」

韓鈺成親前的性子跳脫，和薛宸投緣，三天兩頭跑去薛家和薛宸玩耍，可是成親後卻變得老成持重，像個真正的閨秀般，大門不出、二門不邁，連走親訪友都是跟著夫家的腳步。

聽薛宸埋怨，韓鈺也有些委屈。「哎呀，好姊姊，妳就別跟我計較了。我的情況想必繡姊姊都跟妳說過了。王韜和公爹對我還好，就是我那婆母實在太講規矩了，又正派得厲害，不喜歡府中之人攀附權貴，在她眼裡你們都是權貴呢！平日，只要我在府中稍微放縱些，她立刻就把我娘喊去，連我娘一起教訓。妳說，這樣的她我敢忤逆嗎？不是連帶把我娘往火坑裡推嘛。」

韓鈺說得在情在理，薛宸也不再開她玩笑了，三人坐下，薛繡去旁邊選糕點，不過也只是選了幾樣，因薛宸的丫鬟夏珠和蘇苑從衛國公府中親自帶了茶點過來。韓鈺沒瞧過這陣仗，正要笑話薛宸講究，卻被薛繡制止，在她耳邊說了幾句，韓鈺明白了，然後便主動幫著夏珠她們擺放。

薛繡忍不住打趣她。「看吧，鈺姐兒的婆母對她嚴厲也不是沒有好處的。從前的鈺姐兒哪有這份體貼呀？」

薛宸抿唇笑了笑，附和似的對薛繡點點頭。「好像是真的呢。」

「可不是。」自從解決了和元卿的問題後，薛繡容光煥發，舉手投足間更添柔婉嬌媚。

韓鈺輕輕打了她一下，埋怨道：「什麼呀！繡姊姊就知道打趣我。妳當年和姊夫鬧彆扭時我可從沒有笑話過妳。」

薛繡不在乎被她揭瘡疤，想來是完全好了。回道：「咱倆這事可不一樣。將來若是妳家王韜要納妾，我再和妳講講經法。」

薛宸看著她們倆鬥嘴，有種回到做姑娘時的感覺，無憂無慮，只要操心明天穿什麼衣裳、戴什麼首飾、見什麼朋友，哪裡需要顧及相公的三心二意、婆母的嚴厲苛責，還有操持後院之事。想來，當姑娘的日子便是女人一輩子最開心的時候了。

這一點，薛宸上一世沒有悟出來，因為做姑娘時就過得不輕鬆，等到成親，更像被一座山壓在肩頭，壓得她連喘氣都覺得困難。

說起要離京的事，韓鈺好像沒什麼不捨，事實上她是巴不得呢！言語間淨是對外放地的憧憬。

「聽說滇南那地方四季如春，沒有寒冬酷暑，氣候宜人，湖光山色美不勝收。等我和王韜安頓下來，就給妳們寫信，要是那裡好我再邀妳們來玩耍，那時宸姊姊的孩子出生了，繡姊姊帶著囡囡和童童去，我一定好好招呼你們。」

薛宸和薛繡對視一眼，紛紛搖頭說道：「眼看就要分別了，妳倒像個沒事人一樣，虧得我和宸姐兒還想著怎麼安慰妳呢！」

韓鈺在王家困得太難受了，難得出來一回，又是跟自家姊妹說話，因此特別放鬆，直言不諱道：「說實話，我巴不得和王韜出去呢。妳們不了解我婆母，她實在太講規矩了，一口飯得吃多少米、咀嚼幾回、喝水要喝幾分、每日吃多少菜、每日吃多少肉，皆有定例，連行走的步子大小都有要求，甚至每月我和王韜同房幾回她都要管。我真的快要瘋了！要不是看在王韜還算老實心疼人的分上，才懶得和她過下去呢。」

聽韓鈺這麼說，薛繡跟薛宸似乎可以想像得出來韓鈺在王家過的是什麼樣的日子。韓鈺的性子直爽，從小自由慣了，哪裡受過這麼多規矩。薛繡甚至拿自己的婆母對比起來，元夫人雖然重男輕女得厲害，卻不是個太嚴厲的人，不會連這些生活瑣事都控制在手中。

原本她們是想見見韓鈺，順便開導開導她，沒想到某人根本不需要開導。既然如此，她們也沒什麼好說的，送上離別禮物，祝韓鈺一路平安了。

長公主落水後，青陽公主果真如她所說那般攜禮上門探望，這回沒帶人明火執仗地闖入，而是規規矩矩透過門房傳話進來的。長公主自然沒有出來見她，還是薛宸挺著肚子出來應付了兩句。

青陽公主說不過薛宸，心裡雖然討厭這丫頭無禮，但也知道在這個節骨眼上不能再和婁家鬧出更大的事來，甚至心裡還有點感激婁家，沒在當天就把這件事捅去宮裡讓皇上知道，要不然，就算她想好開脫的說詞，也保不齊皇上信她的話，就算表面上信了，心裡也會有疙瘩。謀害長公主的罪名可是和其他後宅爭鬥的事情不一樣，更別說長公主還是皇上的親姊姊，皇上怎麼著也會給親姊姊撐腰。

就是因為婁家似乎不想把事情鬧大，也許是覺得他們沒有確切的證據。不管是什麼原因，青陽公主都為此鬆了口氣，以至於今天送來的禮物都是高級的，和薛宸說話時的態度也比從前軟了不知多少倍。

薛宸淡淡的，問什麼便答什麼，不說話時就在那裡喝茶吃東西。青陽公主知道自己不受歡迎，想著既然已經送了東西上門，她們就算心裡有氣也該消了，更何況，這件事情的定義就是意外，誰家裡都會發生點意外什麼的，其實仔細想想，有什麼呢？不過就是亭子年久失修，讓客人栽入湖中，最後不也沒什麼事嘛！

她過來探望送禮已是給婁家天大的臉面，不過是看在皇上的面子上她才這般紆尊降貴。若那天害到的是薛宸，只怕這個時候右相都要親自接見她了，她才不會上門探望呢！

青陽公主要告辭，薛宸只讓門外剛留頭的小丫鬟送她出去，連身邊的貼身大丫鬟都沒捨得派。青陽公主氣得直捏拳，鼻孔冒煙地走出了衛國公府。

青陽公主以為這件事就這樣了了，一個月後，照常辦滿月酒，也給衛國公府送了帖子，不管他們來不來，把禮數做到就得了。

婁家倒是沒有徹底駁了她的臉面，派二夫人韓氏和三夫人包氏前去，託長公主和薛宸的福，兩人去了公主府受到了空前的禮遇。

青陽公主脾氣好的時候也能做到八面玲瓏，不過，和她說話的夫人們得懂得察言觀色才行，要不然若是在言語上刺痛這位，下場也不會太好就是。

工部侍郎夫人在眾夫人面前隨口對青陽公主問了句。「公主的面首呢？怎麼不見他們出來陪伴？」

顯然，這個工部侍郎夫人不是個多聰明的女人，公主養面首的事情她們私下隨便怎麼說都成，可搬上檯面來問，不就是光明正大地指責公主給駙馬戴了綠帽嗎？還指望公主給她什麼好臉色瞧。

青陽公主剛才還堆著的笑容驟然隱下，冷冷瞥著那夫人，撫了撫鬢角道：「怎麼，侍郎夫人對他們有興趣？要不要把他們喊過來當眾伺候伺候妳啊？」

這位夫人是個小戶千金，知道自己說錯了話，本來不敢再開口的，沒想到青陽公主的回應竟這般無禮，當即變了臉色，瞪青陽一眼。「我們可是正經的良家女子，哪裡比得上公主風流。不好意思，我還想著給我家大人守貞呢！」轉身就走。

青陽公主想把她抓回來罵一頓，卻被周圍的夫人給拉住了，氣惱坐下，一拍桌子喝道：「下回不許和她多來往！什麼東西！」

夫人們哪會不知道青陽公主的品行，只是表面上附和她兩句，根本沒往心裡去，若非她的身分，就這德行哪配和她們這些正經的嫡夫人相提並論。就因為她是公主，到處勾三搭四，還以為自己多有道理了，總想著用公主的頭銜壓人，壓得旁人不敢說話，哪裡想過旁人到底對她是個什麼看法。

說實在的，像青陽公主這種不守婦道的女人，她們真沒把她當正經人看待，就像是那種風塵女子，不過比她們出身高些，有權自己挑男人罷了，誰會把這樣的女子當作深交的對象。

青陽公主倒是不覺得眾夫人敷衍她，以為自己在她們中間多有威信，又說了幾句諷刺侍郎夫人的話。正要起身去招呼其他貴夫人，王二家的卻急急忙忙跑了過來在她耳邊嘀咕了一句，讓她勃然大怒。

王二家的滿臉焦急，不知道該怎麼辦才好了，用只有兩人能聽到的聲音對青陽公主說：「公主，不好了，世子和侯爺在少夫人房裡打起來了，世子還說要殺了侯爺呢！」

青陽公主站起身，怒道：「妳說什麼？」

王二家的急道：「公主，您快去瞧瞧吧，奴婢覺得世子不像是開玩笑的啊！」

旁邊有位夫人最會看眼色，趕忙站起來安慰青陽公主。「公主，是不是出了什麼事？您快去瞧瞧吧，可別耽擱了。」

青陽公主看看她，什麼也沒說，跟著王二家的匆匆走了。

等她離開後，幾位夫人頓時來了精神，湊在一起七嘴八舌的說起話來。

「哎，我剛才聽說是世子和侯爺出了事，世子要殺侯爺呢！」有人離得近，聽見了王二家的和青陽說的話。

「世子和駙馬能出什麼事啊？我看駙馬和她那幾個面首出事還差不多。被戴了這麼多年的綠帽子，要是我呀，早把那些男寵殺了，還留著他們在府裡礙眼?!」

「不過我聽說這位駙馬也不老實，原本是官家少爺，但不學無術，做了便宜侯爺，成天在外頭拈花惹草、鬥雞走狗，十足十的紈袴。」

「男人風流些沒什麼，可妳們誰瞧見女人風流了？還不是被她逼的。」

「妳們別說了，我瞧著後院必定出了大事，誰有辦法打聽到嗎？」

幾位夫人面面相覷，頓時沒了聲音。

青陽公主趕到後院時，世子趙勤正提著長劍追在駙馬身後，威遠侯一身狼狽，披頭散髮，衣服上被砍壞了好幾處，一個勁地叫罵。「臭小子，我是你親爹！你要殺我，小心天地難容！」

趙勤呸了一聲。「我呸！你也配！狗雜碎一樣的東西，我今日就殺了你，看看上天會不會響雷把我劈死！」

威遠侯狼狽不堪地躲避兒子手裡的劍，一個踉蹌，面門著地摔了個狗吃屎。面前停下一雙高底繡鞋，威遠侯抬頭，看見青陽公主陰沈的臉，頓時縮了縮腦袋。青陽公主瞧他全身綿軟、雙頰酡紅，定然是喝了酒或是吃了藥，神智不清得很。

威遠侯爬了過去，抱住青陽公主的腿，害怕地說：「妳來得正好，妳生的好兒子要殺我！」

青陽公主瞧見裙襬被威遠侯的手給抓髒了，抬腳把他踹了出去，嫌棄地撣了撣裙子，對趙勤道：「你發什麼瘋？今兒什麼日子，連自家閨女的滿月酒都想攪了不成？沒成算的東西！」

趙勤是青陽公主的長子，今年二十歲，容貌和性子完全承襲了威遠侯，俊俏有餘、陽剛不足，甚至有些軟弱。青陽公主雖然也看不慣，可到底是從自己肚子裡爬出來的，總不能像嫌棄駙馬似的嫌棄他。

趙勤欲言又止，憋紅了臉，青陽公主恨鐵不成鋼地說：「把劍收起來，給人瞧見像什麼樣子？」

孰料，趙勤卻是難得硬氣一回，指著威遠侯道：「不！今日我不殺了他才叫天理難容呢！您不知道他做了什麼事，別攔我！」說著就要往前去，被青陽公主身邊王二家的給攔住了。

這時，鳴湘從裡面跑出來，哭喊著道：「不好了，少夫人要上吊呢！」她剛才在房間裡看著少夫人，王二家的則去給青陽公主報信，現在少夫人鬧著要上吊，眼看要勸不住了，趕緊到門口喊人。

青陽蹙眉怒道：「這都怎麼了！這天下還有沒有太平日子了？全都給我進來，別在外頭丟人現眼！」

鬧成這樣，肯定出了大事！駙馬好色成性、兒子暴怒、兒媳要上吊，定是駙馬的行為不檢點了，若是讓旁人知道公爹占了兒媳的便宜，可不是什麼光彩的事，所以青陽公主的第一個反應就是要進屋。

誰知道趙勤卻是不肯，吼道：「誰敢攔著！今兒她不自己死了，我殺了這狗雜碎後也要她死在我手裡！」

青陽公主見狀，心中更加篤定了，對王二家的和鳴湘使了個眼色，兩人便上前拉住趙勤，往屋裡走去。

青陽公主走了兩步，發現威遠侯沒跟上，正偷偷摸摸往外挪步呢，對院子裡的護衛指了指，護衛就抓著駙馬的胳臂把他送進了房。

威遠侯一路罵罵咧咧。「撒開你們的狗爪！放肆！」

護衛們只聽青陽公主的話，推他進去後，將房裡其他丫鬟全領了出去，只留下鳴湘和王二家的伺候。兩個心腹也算是知情人，青陽公主就不避諱了。

青陽公主坐在主位上，瞧著滿臉淚痕、脖子上確實有一條紅印的兒媳，又看看雙眼正冒著火光的兒子，還有那個破罐子破摔的夫君。威遠侯被人從外面扯進來，乾脆盤腿抱胸坐在地上，背對著所有人。

看這種狀況，青陽公主哪裡還不明白發生了什麼事？兒媳剛生孩子，正是撩人的時候，駙馬瞧見她就撩撥了幾下，被兒子瞧見，覺得父親輕薄了他的妻子，動了怒，兒媳才羞憤地要上吊自殺。

青陽公主心中將發生的事情理清了，打算過了今日私下解決，罵駙馬幾句、打兩下就夠了，哪有兒子提劍殺老子的道理？更何況今兒還是孫女的滿月，府裡賓客多，這不是擺明惹事嘛！給人看了笑話，才是她最在意的。

「有什麼事就在房裡說清楚吧。勤兒，若你爹有對不住你媳婦兒的地方，我替他向你們賠罪了。」

趙勤臉色脹得通紅，指著威遠侯好一會兒，才憤憤地一跺腳，對青陽公主道：「娘，您不知道前因後果就別說話！今日我要不殺了這對姦夫淫婦，我、我枉為人！」

「混帳！」青陽公主大喝。「什麼叫枉為人？你爹縱然有失德的地方也還是你爹。你媳婦兒剛替你生了孩子，正是身子虛的時候，你要殺誰？還有理了！」

青陽公主不提孩子還好，一提孩子，趙勤的怒火又熊熊燃燒了。這回，他不想再顧及什麼，對青陽公主吼道：「娘！別提孩子了！那孩子……根本不是我的！若是我的孩子，怎麼會這麼早就出來？大夫說會足月生產，可卻整整提前了大半個月！那些日子我根本不在家，哪可能和她有孩子？

「而且，您知道他們剛才在屋裡做什麼嗎？您知道他們在床上說我什麼嗎？說我是龜孫兒！我被自己的親爹和女人戴了一頂這麼大的綠帽子，居然還高高興興地替他們的賤種操辦滿月酒！」

青陽公主的腦袋嗡嗡作響，愣在那裡好一會兒，才看向低頭哭泣的馮氏，見她領口敞開著，裡頭甚至連肚兜都沒穿，奶水溢出來染濕了胸前。她記得馮氏出月子，早上她派了嗚湘來替她洗澡洗頭，如今髮髻卻是蓬亂不堪的。

兒子的話像是錘子般敲在胸前，青陽公主難以置信地看了看坐在地上、依舊一臉無所謂的威遠侯，走過去，抓著他的前襟啪啪地就給了他兩巴掌！

威遠侯也不躲，就那麼讓她打，等青陽公主打累了，才吐出一口血水。

青陽指著他，怒道：「你、你還有沒有人性，如何能做出此等惡事？她是你兒媳啊！扒灰扒到自己兒子頭上，你還有沒有良心？虎毒還不食子呢，你連畜牲都不如！」

威遠侯被她打得滿臉指甲印子，頭髮亂成了雞窩，冷冷掃了公主一眼，道：「我畜牲不如？是啊，我就是畜生，我就讓兒子戴了綠帽子，怎麼樣？還不是跟妳學的。妳不讓我納妾，自己卻養了那麼多小白臉，還公然養在府裡。妳寂寞空虛受不了，我也一樣，府裡的丫鬟玩不夠，兒媳在床上可不知比妳要風騷多少。」

威遠侯已經毫無廉恥之心了。這些髒話從前他在房裡和青陽公主說過，只是被她鎮壓後不敢再說。可沒想到他早不犯病、晚不犯病，偏偏在這件事上犯了，還在兒子面前用這樣的污言穢語說她，青陽公主怎麼可能忍受？又抬腳踢了他的面門。

威遠侯滿臉是血，卻一副豁出去的樣子，依舊滿不在乎地說：「怎麼？受不了我說實話了？我告訴妳，就妳這樣子，若是擱在尋常人家早被休了！妳以為外面的人捧著妳是真瞧得起妳嗎？我呸！她們怎麼在背後說我，就會在背後怎麼說妳！

「妳知道她們怎麼說妳嗎？說妳風流、說妳不貞！我是個男人，妳有沒有考慮過我的感受？我變成今天這樣全是被妳逼的！怎麼樣？這府裡就沒有我沒碰過的女人！妳以為妳身邊的鳴湘是乾淨的？哼，不也是被我破了身才嫁給管事？妳問問鳴湘還記得侯爺嗎？比她的夫君強吧？」

鳴湘臉色死灰，趕忙跪下，青陽公主難以置信地瞧著她，有種被身邊所有人背叛的感覺。駙馬偷了兒媳，孫女變庶女，給兒子戴綠帽的竟然是他爹，怪不得他要提劍殺人了！

威遠侯那些話像是刀子般剜著她的心，青陽公主忍下喉嚨的一口甜腥，拿起案几上的劍，走到威遠侯面前，卻是不殺他，而是一劍刺入他的雙腿間，頓時血流如注。

威遠侯摀著雙腿間的指縫滲出鮮血，慘叫突破天際，撕裂眾人的耳朵，連前院都能聽見這聲哀嚎，紛紛停下手裡的動作往聲音的方向望去。

青陽公主看了看手裡染血的長劍，怨憤地盯著這個讓她鬱悶了一輩子的男人，看著他痛苦的表情，突然覺得自己解脫了！

鳴湘被侯爺一句話徹底毀了，王二家的發現自己的機會來了，上前諂媚道：「公主，接下來咱們該怎麼辦？」

青陽公主把長劍移到鳴湘和馮氏身前，嚇得兩人不住搖頭發抖。

鳴湘連連磕頭。

「公主，我是被逼迫的，侯爺不許我說，我也不敢說，怕說了之後您就不要我了。公主，我錯了，看在我伺候您這麼多年的分上，您原諒我，不要殺我！」

馮氏則是羞憤地說不出話來，肩膀顫抖，無聲哭泣，這時才深深感到後悔。當初侯爺纏上她，她沒有立刻拒絕就已經錯了，沒想到當時的錯誤居然造成如今的後果！悔不當初也晚了。世子不知從何處得知她和公爹的事，今天早晨故意說自己出門了，引得公爹來她房中。公爹本就是個混帳，不顧她才剛出月子就要摟著她強行辦事，還說出那些話來，被偷偷藏在內室的世子聽到了。

馮氏知道，這下不僅僅是自己顏面無存，連她的家族都會受到牽連，遂起了輕生的念頭，一頭撞在桌角上暈死過去。

王二家的過去看了看她，回頭對青陽公主道：「公主，沒死，昏過去了。」

青陽公主把手裡的劍拋下，對王二家的說：「今日之事，一個字都不許傳出去。給鳴湘和馮氏灌啞藥，嗚湘賣掉，馮氏還給馮家。妳隨我出去安撫賓客，若是讓人知曉今日之事，妳知道後果的。」

王二家的縮了縮，立刻點頭。「是。請公主放心，奴婢定會將此事處理乾淨。」

第六十六章

正當賓客們紛紛往慘叫聲的源頭看去時，外面走入了一隊官兵，為首的是京兆尹，只見他面上明顯帶著緊張，卻又不得不往前帶人闖入了公主府。

公主府的管家迎上來詢問來意，京兆尹深吸一口氣，將醞釀了一路的話大聲問了出來。

「世子去京兆府報案，說是老婆偷人，孩子是他爹的，讓我們進來拿人！」

說出這話，京兆尹內心七上八下的，這叫什麼事啊！這一嗓子嚎出來，今後就和青陽公主府槓上，算是得罪青陽公主了。

想起公主的凶殘，京兆尹便覺得頭皮發麻。可是，逼他前來的那一方比青陽公主還要凶殘呢！

衛國公府世子婁慶雲、大理寺卿婁大人，大理寺是三法司之首，連刑部都要聽他的調遣，何況他這麼一個小小的京兆尹呢？前途捏在人家手中啊！得罪了青陽公主，最多以後被她打打罵罵；可是得罪了大理寺，等於親手毀了自己的前程，孰輕孰重，他還是分得清的。

所以，當婁慶雲找到他，讓他在這個時候上門吼一嗓子，他的心情是複雜的。

果然，隨著這聲嚎叫，賓客間幾乎炸開了！

什麼什麼，兒媳婦偷了公爹，還生了孩子?!

這閨女變妹子，孫女變庶女……這、這真是好一齣大戲啊！

賓客們不厚道地笑了，想起青陽公主平日的囂張，這就叫做現世報，來得太快了！

後院的慘叫還在繼續，但京兆尹可沒那個膽量直接闖入公主府的後院，只在院前守著，裝作沒有聽見。

管家急得滿頭大汗，之前他媳婦兒派人跟他報信，說是後院出了大事，侯爺偷了少夫人，世子去京兆尹告狀，京兆尹找上門來了。傻子也知道世子怎麼可能去找京兆尹，發生這種事，他藏著掖著還來不及，怎麼可能去告狀讓京兆尹來處理？分明是被人陷害，故意把這件事報給京兆府，為的就是不讓青陽公主私下處置，要鬧上公堂，天下皆知啊！

最近青陽公主府得罪了誰，眾人心中明鏡似的知曉。上回長公主好心好意來給孩子送洗三禮卻莫名其妙落水，婁家沒說什麼，就在大家以為婁家認栽時，滿月酒這日，賓客盈門，這千古醜事卻爆了出來，青陽公主府這回是丟人丟到家了。

大家在心中暗嘆衛國公府的手段，既能辦事又能忍，明的不來來暗的，還暗得叫人無話可說。公主府本就有這個把柄被人握著，明面上又將自己撇得一乾二淨，可卻能讓大家清楚地知道青陽公主府到底得罪了誰！

青陽公主面如死灰，從裡面走出來，王二家的衝到管家面前一把推開他給公主開路。管家差點被她推得摔倒在地，想罵她，可回頭看了看，自己的媳婦鳴湘沒有跟出來，心道不妙，沒敢當著公主的面給王二家的難看，只狠狠瞪了她一眼。

王二家的哪還有空去管他，如今正是她頂替鳴湘、成為公主頭號心腹的關鍵時刻。鳴湘都被她扳倒了，何況是個管家呢？志得意滿得很。

「誰讓你們過來的？」青陽公主逕自走到京兆尹面前忍著怒火問道。

京兆尹頭皮發麻，好想告訴她是誰讓他過來的，但就算說了，自己和青陽公主府的梁子也已經結下了，所以，他選擇不說，沈著應對。

「公主明鑑，自然是有府上之人拜託本府過來，否則這麼大的事情外人如何知道呢？」

不愧是京兆尹，幾句話就把這事給撇乾淨。有人通報，他才來公主府的。這種私密的事，沒有人報案，他一個外人又如何知道？

青陽公主的臉色陰沈得可怕，指甲掐得陷入肉裡，可她卻好像不知道疼，咬牙切齒地對京兆尹道：「沒有人拜託你過來，帶著你的人滾出去——」

公主的怒吼響徹雲霄，京兆尹擦了擦面上被她噴到的口水，拱手道：「哦，既然府上沒人報案，那本府告辭了。」

反正他來的目的就是不讓青陽公主隱藏這事，現在大家都知道了，他沒有留下來的必要，臉上堆著笑，一副完成任務的輕鬆模樣，不等青陽公主反應，便麻溜地帶著身後的官差，怎麼來的就怎麼出去了。

京兆尹一走，賓客們又交頭接耳起來，完全沒發現主人越來越青的臉色。

青陽公主招來府中護衛，讓他們把客人趕出府，不想再看到這些人對她指指點點的樣子。正如駙馬所言，這些人表面上對她恭敬，可背地裡卻在說她的是非，她是公主，就算有幾個面首又怎麼樣？這些酸婦沒有這本事、沒有這權力、沒有這身分，只好在背地裡嚼舌根，這樣的人還有什麼好相交的？這些人要看她笑話，她偏不讓她們看，全趕出去！趕出去——

今日來公主府參加滿月酒的都是京城勛貴，從沒有上門作客卻被主人趕出來的經驗，青陽公主的舉動真是徹底讓賓客們反感了。

衛國公府的三房夫人包氏振臂一呼。「這種骯髒不潔的地方，咱們還不屑待著呢！用得著叫人趕我們嗎？今後別說是公主府有事，就是八抬大轎請我們我們都不來！哼，各位夫人，我們自己走，省得晦氣！」

包氏的話讓其他夫人感同身受，剛才大家只是感覺被侮辱，愣著沒反應過來，她一聲吼，將夫人們的怒氣激起來了，紛紛對青陽公主遞去鄙視的目光。自己家做了醜事，居然還敢這麼囂張！

不知是哪位夫人應了一句。「三夫人說得對！今後這種骯髒之地，就是請我們來我們都不來了！」

這句話一出，果然引起夫人們的附和，一陣喧鬧中，青陽公主氣壞了，搶過護衛手裡的劍，對著那些只會說風涼話的夫人砍過去。這種時候，她們不僅不想著安慰她，還一個個這樣奚落她。她可是公主啊！是金枝玉葉！憑什麼要受這些愚蠢的婦人謾罵？

因為青陽公主的瘋癲之舉，賓客撤離得更加快速了。瞬間，之前還滿座的院中變得一片狼藉，杯盤散碎一地，好像遭了劫般。

青陽公主再也忍不住，一口老血噴了出來。

包氏和韓氏特意坐在馬車裡，看著賓客們上車離去，直到公主府門前沒有一輛馬車後，才讓人把馬車緩緩駛出巷子。

包氏一路上都在捧腹大笑，韓氏比較正經些，卻也沒忍住，笑了好幾回。

今日她們奉命前來公主府參加滿月酒，上回洗三時，長公主被莫名其妙算計落水，來到這裡，她們原本是忐忑不安的，心想著什麼都不吃、哪兒都不去，混到酒席散了就回家。哪裡知曉居然讓她們看到了這場好戲，之前的憋屈和鬱悶一掃而空，有種惡有惡報的爽快感。回去一定要添油加醋地告訴太夫人，讓她也高興高興！

在韓氏和包氏回來之前，薛宸就已經得知了青陽公主府發生的事情。

她接過夏珠遞來的汗巾，擦了汗之後，才挺著肚子靠到旁邊的欄杆上。最近肚子實在太大了，饒是練了這麼多個月，現在每天只能做到從前的一半，就是她不累，也怕因為太過伸展而擠著孩子。

「你早知道這事？」薛宸對被隔在屏風外的嚴洛東問道。

嚴洛東回答。「是，世子已派我去查，只是一直沒派上用場，但這回用上了。威遠侯世子那兒，也是世子派人告知的，並沒有留下蛛絲馬跡。不過屬下認為，就算不留下痕跡，所有人也知道這事是誰背後指使的。」

薛宸喝口茶，笑了。婁慶雲真是壞，明明讓所有人知道是他指使的，最後卻沒有任何證據，這些事是威遠侯和馮氏自作自受，事實勝於雄辯，他們就是想解釋都沒辦法，因為事情已經被威遠侯世子挑開了，而他在這個關鍵時刻請了京兆尹去公主府，等同於告訴天下人，就算青陽公主想把事情瞞下去，也沒機會了。

嚴洛東退下後，薛宸便聽說韓氏和包氏回來了，太夫人讓她派個丫鬟去聽事，怕她累著。薛宸倒是不覺得多累，吃些東西，換了身衣裳，才去了松鶴院。

太夫人見她過來，忙讓金嬤嬤給她在身邊看座。薛宸向太夫人和公主行過禮，就坐在椅子上。金嬤嬤知道她怕熱，又叫人搬了幾個冰盆進來放在她身旁。

太夫人摸了摸薛宸的肚皮，眉眼俱笑，等到韓氏和包氏將青陽公主府發生的事情全說出來後，臉上現出了狐疑，長公主則滿是震驚，只有薛宸笑得很平靜。

太夫人看了薛宸一眼，便知事情肯定和這對小夫妻有關係。長公主難以置信地問道：「這事屬實嗎？會不會冤枉了他們？我瞧著馮氏並不像這種女子呀！」

韓氏和包氏分別坐到長公主的兩邊，道：「公主，您就是心地太善良，這事是威遠侯世子親自發現的，還能有假？我聽說啊，青陽公主都氣得把威遠侯的……」

她們雖是婦人，但韓氏實在沒辦法大聲把事情說出來，便湊近長公主耳旁告訴她，威遠侯被廢了，那一聲聲的慘叫，太嚇人了。

長公主摀住嘴，瞪大眼睛看著韓氏，竟是嚇呆了的樣子。韓氏暗嘆了口氣，好在今日是她和包氏去青陽公主府，要是長公主去，肯定又嚇壞了。

太夫人藉著摸薛宸肚子，對她低聲問道：「妳幹的，還是慶哥兒幹的？」

薛宸微微一笑，用帕子掩住唇，同樣小聲地回道：「他幹的，很妥帖，太夫人請放心。」

太夫人直起身子，想了想說道：「我有什麼不放心的，就是明火執仗地上門掀了她老窩我也敢，何況是這背地裡下手的事？再說了，是他們咎由自取，怪得了誰？」

薛宸莞爾一笑，裝模作樣地對太夫人甩了甩帕子。「太夫人英明，妾身代替夫君謝過。」

太夫人瞧她這樣，完全就是一副幸災樂禍的樣子，無奈地搖搖頭，在她額頭上點了點，警告道：「妳回去帶話給他，下回這種事情得先跟我商量著辦，沒準還能有其他法子。」

薛宸：「……」

太夫人這是嫌下手下得輕了。

晚上，婁慶雲陪薛宸吃了晚飯，在院子裡散步。

薛宸問他。「這件事，皇上那兒怎麼解釋？」既然婁慶雲不在乎別人猜到是他，那他一定早想好了怎麼應付皇上的責問。

只見他兩手一攤，道：「哪用解釋啊？原本就是威遠侯惹出來的事，不過是被人發現，暴露出來，又不是我栽贓給他的。皇上日理萬機，不會在意這些事情，就算知道了，也只會把青陽公主喊進宮訓斥，跟咱們可沒什麼關係。」

事實上，婁慶雲在長公主落水後就進宮見皇上知會了幾句。皇上心裡已有了準備，知道這事時也就不那麼意外了。

薛宸知道他辦事牢靠得很，便不再過問了。

婁慶雲捏著薛宸的胳膊，奇道：「哎，索娜女官那套瑜伽還真管用，今日范文超的妻子去後衙找他，她也懷孕了，但身子水腫得不行，范文超每天都跟太醫院要方子治，卻不怎麼見效，只要一按皮膚就陷下去，可我瞧著妳倒是挺好。」

薛宸由他捏著手，另一隻手扶著後腰。索娜女官說過，就算不是真的吃力，但只要走路還是扶著後腰比較好，薛宸便養成了這個習慣。聽了婁慶雲的話，便笑了。「聽你的口氣似乎挺遺憾的？不水腫才好呢。我聽說那些水腫的婦人，連走路都覺得腿腳脹。興許是動得多了，我倒是還好。」

盛夏的晚風拂在薛宸臉上，依舊帶著一絲白日的暑氣，不過，最熱的時候她已經撐過去了，現在的熱根本不值一提。

婁慶雲低頭瞧了瞧她的肚子，又瞧著她眼底的青色，知道她這些日子辛苦，尤其是躺著的時候，總是輾轉，找不到好位置睡覺，但白日裡又不敢多睡。呼出一口氣，道：「還有一個月，一個月後，就得出來見面了。」

薛宸聽他感慨，也不答話，儘管她做足了準備，月分越大卻越緊張，擔心得厲害。她想要個兒子，想替婁慶雲延續婁家的香火，又怕生的不是兒子，還怕生產時會不會發生意外什麼的。但她沒和旁人提過，包括婁慶雲，她也從來沒對他表露這些擔憂。

女人生孩子，自古以來就是過一道鬼門關，有命喝雞湯、沒命見閻王，這是鄉裡說慣的俚語，並不是沒有道理的。只不過，再多的擔心也會有真正到來的那一天。

似乎感受到母親還沒有準備好，原本應該九月中旬出生的孩子，一直拖到九月二十六都沒發動。請太醫來看，太醫也很納悶，說是一切都好，但就是比旁的孩子慢些。

婁慶雲擔心，讓太醫在府裡住下，每天早晚幫薛宸把三次脈注意著。薛宸倒是好吃好睡，這些天尤其好吃，嘴巴幾乎沒停過。

九月二十八晚上，薛宸吃了半隻燒雞、兩個白麵饅頭，還喝了一碗甜棗湯，吃了幾樣素菜，才心滿意足地去睡。

原本一切好好的，但睡下沒多久薛宸就醒了，婁慶雲以為她是被肚子壓得難受，起床替她翻身，像前段日子每天晚上做的那樣。

翻了兩回，薛宸就覺得不對勁了，掙扎著靠坐起來，摀著肚子露出疑惑的神情。「肚子脹脹的，像要解手……可又不大像……好像有什麼在往下墜。」

這些天婁慶雲也沒有好好睡覺，眸裡滿是血絲，聽薛宸這麼說，眼睛突然亮了，看著她問道：「那、那妳覺得疼不疼？」

薛宸感受了一會兒，才緩緩對婁慶雲說：「也不是很疼，但……總覺得不對。你去喊李嬤嬤來瞧瞧吧，這時太醫已經睡下了，若是李嬤嬤看了不行，再喊太醫。」

婁慶雲哪裡還顧得到這些，下了床，鞋只穿了一半就匆匆開門往外跑。夏珠和蘇苑在碧紗櫥中聽到動靜，披著衣裳出來，夏珠跟著婁慶雲去，蘇苑則來到薛宸身邊伺候。

薛宸怎麼躺都不舒服，這種感覺來得很快，剛才還只是隱隱地疼，可現在感覺有些分明了，這時她才確定——的確要生了！

李嬤嬤跟著婁慶雲進來，夏珠轉去喊太醫。李嬤嬤讓薛宸躺在床上，看了一會兒才緊張地說：「快準備，少夫人這是要生了。」

這句話讓蘇苑和婁慶雲慌張了，婁慶雲在原地手忙腳亂地轉圈，卻不知道自己能做什麼。

薛宸的額上開始有汗珠滴下，肚子疼得難受，但還忍得住。府裡早已準備好產房，就在主院東南方，薛宸被扶著坐上竹轎，抬到產房去。

產房燭火通明，幾個穩婆收到消息已經候著了。

薛宸躺到產床上，肚子開始疼得厲害。李嬤嬤告訴她，現在能別喊就別喊，要儲存力氣，若現在就把力氣喊沒了，待會兒生產便難熬了。

薛宸點點頭，夏珠請的太醫終於來了，床上的帳子已經放下，只露出薛宸的手腕。

太醫坐在一旁把了脈，道：「時候到了，足月生，少夫人身體康健，應該不成問題。我先去開些方子預備起來，妳在這裡盯著，有情況到外室喊我。」

李嬤嬤也是宮裡出來的，和太醫們配合過好多次，聽說薛宸身體康健，不成問題，懸著的心稍稍放下。太醫出去後，她便掀開床帳，爬上巨大的產床。這是大戶人家為生孩子時特製的大床，比尋常床鋪要大了三、四倍，足以同時容納好幾個穩婆入內。

產房內並沒有太多聲音，婁慶雲在門外守著，心中焦急得厲害。

太夫人和長公主進了產房，和太醫守在外室。

婁慶雲也想進去，卻被女人們攔在外頭，說是不吉利。趴在門框上，想聽聽裡面的動靜，可是除了腳步聲和嬤嬤、丫鬟們的說話聲之外，聽不見薛宸的聲音。

婁慶雲擔心地敲門。「辰光，妳醒著嗎？妳怎麼不出聲呀！」

他雖是第一次經歷女人生孩子，可再怎麼沒經驗也知道女人生孩子有多痛苦。從前聽大理寺的同僚說過，有人的妻子生了一天一夜，嗓子都嚎乾了。生孩子哪會是這樣靜悄悄呢，不由他不擔心啊！

一聲聲呼喚代表了他的擔心，沒等到薛宸的聲音，卻傳來李嬤嬤敲窗戶的斥責。「別吵了，生孩子呢。」

「……」

碰了一鼻子灰，婁慶雲不敢出聲打擾了，在廊下焦急等著。大概半個時辰後，薛宸開始奮力喊叫，婁慶雲又趴到窗戶旁，恨不得進去代她受罪，不知不覺，眼眶就濕潤了起來。

薛宸在裡面用力，已經管不了其他事情，只管閉著眼睛聽李嬤嬤的號令。陣痛一次強過一次，和肚子相比，下身撕裂的痛楚已經沒多少了。她現在唯一想做的就是快把孩子生下來，聽說孩子不能在肚裡憋得太久，容易出事。她寧可自己出事，也不會想讓孩子出事的。

夏珠不斷給薛宸餵參湯，就算再怎麼嚥不下去，薛宸都堅持著喝。現在還好，待會兒力竭後，就要靠此時服下的參湯來吊氣。

最猛烈的一次陣痛後，薛宸覺得身子像被人劈成兩半似的，下墜感讓她疼得簡直喊不出聲音來了。

李嬤嬤驚喜的喊叫在她耳邊響起。「看見頭了！少夫人，用力——」

薛宸聽說已經看見孩子的頭，頓時像是被鼓舞士氣的將士，拚盡全力也要打贏這場仗。在幾十個回合的努力後，突然感覺身子裡被抽空了，肚子瞬間塌了下去。

薛宸緩過氣，對一旁的夏珠問道：「孩子是不是……出來了……」

夏珠連連點頭，目光不住關切李嬤嬤手中那個血淋淋的孩子，被李嬤嬤頭下腳上拎著，在屁股上啪啪打了兩下。

洪亮的哭聲響徹產房，傳到了屋外。

太夫人和長公主趕緊進來，瞧見孩子被放到溫熱的水中清洗，一雙小拳頭緊緊攥著，眼睛還沒睜開，張著嘴就知道大哭，哇啦哇啦的精神十足。

太夫人瞥向孩子的一對小胖腿，瞧見小小的把子，摀著嘴感動得要哭了。長公主也一樣，她是最傳統的女人，覺得兒子就是女人的命，兒媳懷孕後，雖然沒說想要孫子，怕兒媳操心，自己卻暗暗祈禱了好多回。如今，這實打實的幸福出現在她面前，讓她如何能不激動呢？

長公主和太夫人手握著手，目光卻是一刻都不肯離開那只顧閉著眼睛、哇哇哭泣的孩子。

婁慶雲在屋外聽見孩子的哭聲，覺得快得有些意外，以為生孩子都要像他同僚的女人一樣生個一、兩天，但不過兩個時辰，薛宸居然就生下了孩子，叫他喜出望外。

他守到門邊等著，裡面便傳來報訊聲。「恭喜世子，是個白白胖胖的小公子！有七斤八兩呢。」

婁慶雲只覺耳朵裡嗡嗡的，李嬤嬤的聲音像是從遙遠的地方傳來似的，愣了一會兒，對裡面問道：「少夫人怎麼樣？她沒事吧？」

李嬤嬤立刻回答。「少夫人好得很，世子放心。」

至此，婁慶雲的心才鬆懈地放回肚子裡，停了一會兒後，又開始貼著窗戶聽房裡的動靜。雖然只能聽見屋裡忙碌的聲音和孩子的哭聲，但他依舊堅持著，彎著腰趴在那裡守了好些時候。

第六十七章

婁戰也從外頭趕回來，聽說孩子生下來了，高興得當場賞了全府。

他走到產房，看見自家兒子像隻壁虎似的貼著牆壁，看樣子已經貼了很久，姿勢都有些僵硬了，便走過去拍拍他。

婁慶雲嚇了一跳，反應過來後，一臉不耐，好像婁戰打擾了他聽聲音似的。

婁戰學著他的樣子，貼在窗前聽了一會兒，對孫子洪亮的哭聲很滿意。

「光這一點就比你強了。你生出來時跟貓兒叫似的，一點都不像個男子漢，我就怕你長成娘娘腔的樣子去。」

婁慶雲沒空和他抬槓，白了他一眼，然後繼續聽牆角。

孩子洗乾淨了，裹上襁褓，被李嬤嬤抱著給親爹、親爺爺瞧上一眼。孩子的小臉還皺著，跟隻猴子似的，饒是如此婁慶雲也覺得兒子好看，瞧著他一個勁兒地傻笑，想摸摸他，卻被李嬤嬤拍開了。

「少夫人精神好得很，說要親自餵奶，等小公子吃飽了再抱過來給世子和國公瞧。」

婁戰聽說孫子要吃奶，趕緊點頭，婁慶雲卻說：「餵奶就讓乳母餵吧，少夫人剛使了這麼大勁兒，累著呢。」

李嬤嬤看著婁慶雲心疼薛宸的樣子，不禁笑了。

「世子放心，少夫人的身子好得很。生孩子最費的就是體力，耗時越長，消耗的體力越大，少夫人才生了這麼一會兒，雖然也累，但應該還撐得住。」

婁慶雲還想再說什麼，李嬤嬤已經把孩子抱進去了。

薛宸按照嬤嬤們的指導，側躺在軟枕上。她沒見過其他女人生孩子，不過，就她今日的經驗而言，生孩子似乎並不是很痛苦。

除了剛剛發動和陣痛最猛烈的時候有些難受，其餘時間她根本顧不上難受，只想著要用力，等用的力氣夠了，孩子自然就生下來了，並沒有讓她吃什麼過多的苦頭，跟李嬤嬤她們說的很不一樣。

不知身子是被索娜女官的瑜伽給打開了，還是瞧見兒子內心太過興奮，此時薛宸的精神好得很，別說餵奶這麼輕鬆的活兒了，就是讓她下地大概也沒什麼要緊。

太醫院早給她算了預產的日子，在預產前半個月，嬤嬤們便開始順帶著幫她做些推奶的動作，就是為了在孩子生下來後給他喝娘親的第一口奶，這對孩子是極好的。

薛宸牢牢記著這些，等到奶略微出來後，就讓人把孩子抱過來，輕輕托在手上，那感覺別提多幸福了。唯一可惜的是孩子長得有些……呃，不大好看。不過，和他的健康相比，薛宸對他的長相就沒那麼在意了，反正不管好看不好看，總歸是她生的，是她和婁慶雲的孩子。

小小的孩子似乎聞到了奶味，像是小鳥般噘著嘴湊過來了。薛宸覺得有些疼，別看孩子剛生下來，可吃奶的力氣卻是不小，也虧得他力氣大，才能自己吃上了。

李嬤嬤等人在旁看著，嘖嘖稱奇。

「哎喲，瞧瞧小公子，跟生出來好幾天的孩子似的，這力氣可不小啊！到底是個公子爺，就是不一樣。」

薛宸忍著胸前的刺痛，聽李嬤嬤她們這麼說，心裡也是美滋滋的，低頭在似乎還帶著香氣的孩子額上親了兩下，彷彿怎麼親都不夠似的。這種感覺實在太奇妙了，兒子在她的肚裡待了近十個月，朝夕相處，現在他出來了，她反而覺得有些捨不得了。

這小子忒能吃，吃了一邊，似乎還不是很飽，咂吧著小嘴想在旁邊找吃的。薛宸只好讓李嬤嬤幫著，把孩子換到另一邊讓他吃去。

孩子又吃了一會兒，終於吃飽了，打個飽嗝，睡了過去。可一會兒工夫後，又開始扭動身子，卻是不哭，喉嚨裡發出嚶嚶的聲音。

李嬤嬤把襁褓解開瞧了瞧，房裡眾人就笑開了，小公子這是做了好事，自己不痛快了。

太夫人彷彿一個從未見過這些事的孩子，從頭到尾仔細瞧著，連李嬤嬤替孩子換尿布、洗屁股，她都要湊過去看。

李嬤嬤怕她嫌髒，說道：「哎喲，太夫人快過去，這裡我們來處理就成了。」

太夫人卻是不以為意。「嗐，過去什麼呀！又不是沒見過，妳們要忙不過來，我搭把手都沒問題。」

房裡又是一陣歡聲笑語。

等產房裡收拾好，婁慶雲才被允許進來。薛宸已經睡了，他俯下身子在她額頭上親了一下，這才走到另一邊去看孩子。當乳母把小小的孩子交到他手上時，他整顆心都軟了。

他今年已經二十六了，若是其他家的男人，這個年紀孩子早已成堆，但他到今日就只有這一個，說不感動是騙人的。低頭親了親兒子，柔軟的觸感讓他傻笑起來。抱了一會兒後，寶寶好像不大舒服，就把他放下來交由乳母照料。

婁慶雲回過頭，正好瞧見薛宸半睜著雙眼盯著他看，便走過去在床邊坐下，問道：「感覺怎麼樣？累不累？」

薛宸笑著搖搖頭，夫妻倆的雙手交握在一起。

薛宸問他。「孩子的名字，你想了嗎？」

之前不知道孩子是男孩還是女孩，所以一直沒有定下來，如今孩子出生，總不能一直寶寶的喊吧。

婁慶雲早做好了準備，從懷中取出一張紙，上面寫了密密麻麻十幾個名字，送到薛宸面前給她看。

「這孩子的大名大概輪不到我們取，咱們給他取個小字。我覺得這幾個都挺好，妳看看，要是妳喜歡別的，我們再商量。」

薛宸知道婁慶雲的話是什麼意思。他是公主之子，他的孩子理當也是皇室血脈，是可以求皇上賜名的。由於皇上對婁家的寵信，相信他十分願意給婁家嫡長孫取名，所以，薛宸和婁慶雲只能退而求其次，給孩子取個易喚的小名過過癮。

薛宸一眼就相中了「荀」字，婁慶雲也覺得好，點頭附和。「荀字不錯。」

「那就叫荀哥兒？」薛宸抬頭看婁慶雲。

婁慶雲哪裡會說不好，自然是百般應承，把孩子抱過來放到薛宸身旁，夫妻倆湊在一起看他，一會兒摸摸他的襁褓、一會兒摸摸他的小手，還不時喊他的名字——荀哥兒。

在荀哥兒出生第二天，宮裡送來御賜之名，叫做天寶，可見皇上也等這孩子好些年頭了。這個名字的意義特別不一樣，因為年前出生的皇嫡長孫名叫天賜，名字這樣相近，可見皇上對這孩子的重視。

就在這片祥和中，孩子的名字總算定了下來。

洗三禮時來的賓客不少，但荀哥兒並沒有露面，只在後院見了幾個親近些的，例如薛家人，薛繡還帶來韓鈺臨走前準備好的禮物。

薛宸的身子恢復得很快，不過兩天就能下床走動。原本嬤嬤們怎麼都不肯，還是索娜女官堅持，才讓薛宸下地走了走。

索娜女官說，生了孩子臥床休養一個月不下地是錯誤的，可以休息，但也不能一味躺在床上，凡事以「不累」為標準就行了。薛宸覺得自己生產能這樣順利，完全歸功於索娜女官教授的瑜伽，若不是堅持和她練習，必定不能這樣痛快地生下荀哥兒，所以對索娜女官的話很是信服。

再說了，她確實沒感覺哪裡不舒服，總是躺著腰還會痠呢。反正她也不出門，就在房裡走動走動。因為她精神不錯，所以荀哥兒的餵養工作她便主動承擔過來，原本想著荀哥兒的食量大，她供不上，但索娜女官讓她堅持，結果堅持了兩天，奶量居然就上去了，荀哥兒一頓不吃她便脹得厲害，到了晚上要麼擠掉，要麼還得麻煩某人……

不過，某人倒是十分樂意就是了。

一個月的月子，說長也不長，說不長也長。不長是因為薛宸可以下地行走，吃很多東西；長是因為不能洗澡、不能洗頭、不能吹風，對愛乾淨的薛宸來說，遠比不能讓她吃東西還要難受。幸好，隔兩日索娜女官就會用她特製的香乳給她通髮、擦身，讓薛宸身上始終能保持清爽。

這個月裡，薛宸每天吃很多東西，但消耗得卻比懷孕時還要快。荀哥兒的食量特別大，還沒滿月就能吃尋常孩子三到四個月的量。薛宸吃得快、脹得快，荀哥兒吃得飽飽，二十天後，皮膚就漸漸白了起來。

到滿月那天，居然就長成了名副其實的小白胖子，眼睛烏溜溜的，誰抱他都不哭，豎頭豎腦地盯著人看。遇見故意用鈴鐺什麼逗他的，就循著聲音找，嘴裡還發出咿咿呀呀的聲音，粉團子似的，可得人疼了。

不過，他似乎可以分辨薛宸的氣味，只要薛宸在場他就能聞到，然後轉頭往她那邊湊。薛宸試了好幾回，走到左邊，又走到右邊，荀哥兒等不到他娘，便哇的大哭出聲，只要薛宸一接手就不哭了，然後小腦袋直接往薛宸的胸口蹭去，弄得薛宸尷尬得要命。

薛繡是過來人，出言調侃。「喲，這麼點兒大就只跟娘要奶吃啦？」一屋子女眷全笑了起來，饒是這麼大聲，也沒讓荀哥兒放棄往他娘胸口拱，薛宸只好把他抱到內間餵奶。誰知這小子吃飽了就睡，把一屋子特意趕來看他的客人全撂下了。

年底時，婁兆雲和李家大小姐李夢瑩成了親。

自從大行臺家的蘇小姐去年嫁給太子後，李小姐就和婁兆雲走動起來，六月訂親，十一月嫁娶。

那時薛宸正在補月子。索娜女官說，雖然可以在房裡行走，但頭三個月最好還是不要出門，在院子裡補月子。索娜女官每天給她做調理身子的藥膳，還教她縮宮的方法。薛宸學學這個、學學那個，再餵餵荀哥兒，倒也不覺得無聊，只是沒能幫上兆哥兒的忙，但韓氏也沒怪罪她就是了。

李夢瑩是京中出名的才女，一手琴藝十分了得，生得容貌周正，雖不說美豔，卻氣質出眾，談吐得體、禮數周全。薛宸沒想到，性子那樣跳脫的婁兆雲居然會喜歡李夢瑩這樣規矩的女子，興許這就是旁人說的緣分吧。

李夢瑩對薛宸也頗有好感。之前在婁家的別院中，三公主對上蘇家大小姐，那時她們還不知道蘇大小姐會成為太子妃，都懼怕三公主的權勢，不敢伸出援手，只有薛宸站了出來。李夢瑩因此極是敬佩薛宸，再加上婁兆雲對婁慶雲的信服，夫妻倆便下定決心要好好跟著大房，畢竟大房和二房才是太夫人的嫡親，走得近些是應該的。

家裡多了個新媳婦，薛宸又被荀哥兒纏著吃奶，這個年她過得可舒坦了，什麼事太夫人都替她料理得好好的，長公主也樂得分擔，知道薛宸如今可吃力了，她的大胖孫兒一天要吃那麼多奶呢。她是親眼見著的，那小胖子被媳婦兒餵得嘴刁了，除了他娘的奶，哪個乳母的都不吃。為了讓兒媳不那麼累，長公主今年可真是做了不少事，幸好有兆哥兒媳婦幫忙，總算忙妥當了。

去年薛宸因為懷孕，所以正月初一被特赦無須入宮，今年有荀哥兒在，依舊沒法入宮。皇上和皇后膝下也有個嫡出的幼孫，因此長公主向皇后開口時，皇后立刻就答應了，囑咐薛宸好好養著，還送了好些補品讓長公主帶回來。

今年過年衛國公府委實歡樂，因為有荀哥兒，大房罕見地熱鬧起來。

過了年，就是二月了，荀哥兒越長越大，模樣越來越得人疼愛了。大大的黑眼珠看著人，似乎能看穿人心般，就是不怎麼愛哭，也不怎麼愛笑。才四個月大的小屁孩居然就知道吃醋，對薛宸的占有慾連他爹都無法阻擋。

在他的世界裡，娘親只能抱他一個，他也只給娘親抱。薛宸不抱，他就寧願自己待在大床上或小車裡看球球，也不要其他人抱。吃奶只吃娘親的，別人餵什麼都往外吐。

最鬱悶的是晚上，婁慶雲想著讓他跟乳母睡，這樣薛宸就不用起來照看孩子，睡個安穩覺，夫妻倆也能稍稍親近親近。可是這小子好像看穿了他的心思，第一晚被乳母抱走後就一直在碧紗櫥裡哭，哭聲震天響，淒慘得像是誰要殺他似的。

薛宸哪裡捨得兒子這樣哭呀，把他抱回身邊，對婁慶雲說：「你說，你跟個孩子置什麼氣呀？他才這麼點大，晚上還得要我餵才成。若是你覺得吵了，就去別間房睡。」

婁慶雲委屈地看著自家媳婦，差點哭出來了。有了兒子，媳婦兒就不疼他了！

而荀哥兒被薛宸抱到手裡晃了晃後，也不哭了，趴在薛宸肩膀上得意地啃手指，大眼睛瞪著一臉鬱悶的婁慶雲，一副「我勝利了」的樣子。

婁慶雲哭笑不得，見他可愛，就對薛宸道：「我不要！妳懷孕十個月我都沒去，現在生了才去，傻了不是？來，我來抱他，妳去睡會兒。」

薛宸哪會不懂他疼愛的心思，剛才只是擔心兒子才那麼說他的，如今他主動釋懷，她就笑了，把兒子送到他手中。

誰知道，婁慶雲才抱過去，震天哭聲又響起來了，在安靜的夜裡特別突兀。

薛宸連忙接了過來，不用她哄，只要到了她手裡，荀哥兒便不哭了，照常咂吧咂吧吃手指。

婁慶雲瞧見，鬱悶極了。

荀哥兒吃著吃著覺得手指沒味兒，腦袋往薛宸的胸口拱。如今他的小手有點力氣了，就伸手往薛宸的前襟摸去。

這下婁慶雲可忍不了了，湊到旁邊佯作大怒地說：「小子，手往哪裡放？拿開！」

誰知道他的威脅根本沒有任何作用，荀哥兒只覺得他那邊有點動靜，看了他一眼，然後繼續拍拍薛宸的胸，嘴裡咿咿呀呀的，似乎真要說話一樣。

薛宸被這對父子逗笑了，抓著兒子軟乎乎的小胖手對婁慶雲道：「好了，你怎麼也跟個孩子似的？去給我弄點宵夜來，待會兒他一吃，我又得餓了。」

婁慶雲委屈兮兮地看著薛宸，薛宸安撫地在他臉上拍了拍。「乖，快去嘛。」

「唉……」

婁慶雲不由嘆了口氣，無奈想道，家裡多了個和他爭媳婦兒的小混蛋，而且這個小混蛋不費吹灰之力就完全俘獲媳婦兒的心。今後要讓媳婦兒像從前那樣對他，可謂難上加難啊！

李夢瑩穿著鵝黃色的褙子，外頭罩著狐狸毛披肩，襯著一張臉華美許多。她過來看荀哥兒，荀哥兒卻在睡覺，薛宸便一邊照看孩子、一邊陪她在內間說話。

見薛宸打量她，李夢瑩有些不好意思，就要把披肩取下來。「唉，這個是夫君硬讓我披著的，說外頭冷。我出來後覺得也沒多冷，他就會騙我。」

薛宸笑著按住她的手。「別取了，怪麻煩的，我是覺得妳頭上還得再添些東西。衾鳳，去把我那對粉晶石的鴛鴦金釵取來。」

轉過頭，對李夢瑩說道：「那釵子是我初入府時太夫人賞的。我一直沒機會戴，眼看著年紀大了，孩子都生了，便是要戴也戴不出去了，還是給妳吧。」

說起年齡，不過是薛宸的客套話。李夢瑩今年十七，薛宸只比她大了兩歲。

薛宸說完，衾鳳已把東西送過來，是一只檀木的鏤空盒子，單這盒子便價值連城。打開盒蓋，裡頭放著一對金釵，釵頭為鴛鴦戲水，鴛鴦的眼睛看著璀璨動人，竟是幾顆難得的粉晶。

李夢瑩瞧著，驚訝地望向薛宸。

「這樣貴重？可使不得！」

薛宸把盒子合上，送到她手中。

「哪裡使不得了，若是妳不戴，這家裡可沒人能戴了。三房的哥兒還小，媳婦兒更是沒影子的事，妳戴最合適不過了。休要與我客氣，我們可是親妯娌，國公與二老爺都是太夫人的嫡子，還有什麼好分別的嘛。」

李夢瑩聽到這裡，盯著薛宸看了一會兒，沒再說什麼，將東西捏在手裡，臉上帶著羞澀。

她的父親司徒李大人是個清廉的官，素有清貴之名。薛家也自稱清貴，但是和李大人相比可真是對不起這個詞。薛宸知道，李夢瑩的手中定然沒有多少閒錢。其實二夫人韓氏曾私下告訴薛宸，若不是婁兆雲盯她盯得緊，李大人未必會把女兒嫁入國公府，他更欣賞的是書香門第，哪怕是寒門子弟，只要學問好、人品正，李大人都是願意的。

李夢瑩也明白，薛宸是在替她充門面。她家雖不說家徒四壁，但為清貴之名所擾，處事和用物皆是寡淡無味。她爹清廉得近乎病態，俸祿一半用來贍養宛平老家的老人，另一半才作府上開銷。家裡姊妹多，她是長女，自小便知手頭緊迫的苦楚，才堅持要嫁給婁兆雲，不說別的，就說婁兆雲送她的東西，都是她沒有見過的。她想過好日子，不想再被清貴之名困住，看書又不能填飽肚子。

薛宸看著她失神，也不打擾她，讓她靜一靜。李夢瑩定然是願意嫁給婁兆雲的，但瞧她的嫁妝，清一色是書畫之流。李大人是先帝時的狀元，寫的書畫自然不會差到哪裡去，可說是有價無市的稀罕物，但薛宸真沒見過有誰家嫁女兒只出書畫的，才斷定李夢瑩手裡沒有閒錢。

今後都是一家人，薛宸不介意多幫襯著李夢瑩，畢竟她已經是婁家媳婦，衣裳穿出去、首飾戴出去，全是給人看的。在府裡簡單些倒沒什麼，若是出門，還是要打扮起來才行。

李夢瑩坐了好一會兒，荀哥兒都沒有醒，想著還要回去侍奉婆母，便告辭了，說等荀哥兒醒著時再來瞧他。

薛宸送她到垂花門前目送她離開。轉身後喚夏珠來身前吩咐道：「去跟帳房說一聲，二少夫人的月例翻倍。無須告訴她旁人多少。」

夏珠替薛宸代管著府中事宜，聽薛宸這麼說，便知少夫人是想多幫襯二少夫人了。大房、二房不分家，國公和二老爺都是太夫人的親兒子，少夫人多照顧些也沒什麼，便點點頭，拿著薛宸的副牌去了。

第六十八章

荀哥兒長得飛快，眼看六個月了，結實的腿腳和胖胖的手臂讓他看起來像個小佛爺似的，穿著一身鮮亮顏色的小襖，粉嘟嘟的臉別提多可愛了。

唯一的缺點就是——太黏薛宸了。

兩、三個月時，他就對薛宸有著空前的占有慾，但小手沒什麼力氣。現在不同了，只要他在薛宸手上，誰要靠近薛宸，小胖手就招呼上去，要麼推、要麼打，總之就是不肯旁人碰到薛宸，包括他的親爹也不行。

如今婁慶雲面對這小子，多半是在調整心情。他真沒想到兒子怎麼會是這種性子？天生就像土匪強盜，凶悍得不得了，還不會說話，卻學會用動物似的低吼聲警告「侵犯領地」的人，聲音低淺低淺的，雖沒什麼威懾力，可大家看著好玩。

只有婁慶雲深深被他所擾，眼看媳婦兒生完六個月了，身上的惡露清得差不多，每天按照索娜女官教她的法子練習，肚子快恢復成從前的樣子，兼之少了青澀，多了風韻，每天看得見吃不著，讓他都快愁死了。

再加上兒子這脾氣，弄得他只能晚上趁兒子睡著了，才摟著親親媳婦躲在被子裡來幾回，又不敢鬧得太大，怕吵醒孩子。這段日子以來，他憋得比薛宸懷孕時還痛苦，每天一副慾求不滿的樣子，有時看著薛宸妖嬈的身段、豔麗的容顏，幾乎想不管不顧，劫了她往別院去。

但他也明白，如果真的這樣做，媳婦兒很可能一年半載都不理他。於是乎，似乎只有「忍耐」這條路了。

薛宸知道婁慶雲憋屈，其實，她自己又何嘗不是呢？

晚上在被窩裡兩人親熱了一回，薛宸撫著他的臉頰說：「再忍忍，等荀哥兒再大些，能自己睡就好了。」

婁慶雲趴在薛宸身上喘息，有些失望。「唉，那還要好久啊。這小子睡得這麼沈，就是把他放到乳母那裡去他也不知道吧。」

薛宸推開他，探頭看了看熟睡的兒子，橫了婁慶雲一眼。「你又不是沒試過，他眼睛一睜開，要是瞧不見我，哭得那叫肝腸寸斷。」

婁慶雲扯過床邊準備好的乾淨棉巾替薛宸清潔身子，然後才整理自己。「妳呀，就是慣著他！他哭了妳就來，今後得改掉才行。」

薛宸快快地穿上褻褲，笑了笑，爬到床的外側睡下。幸好他們的床大，就算三個人平躺、每人一條被子都不嫌擠。荀哥兒睡前瘋得很，但只要睡著了便是雷打不動，怎麼鬧都不會醒。

薛宸俯身在兒子臉頰上親了一下，才下床去把燭火吹熄了。躺下後，感覺脖子下擱著一條長臂，也不讓他拿開，就這麼枕在上頭，轉過身，藉著月光瞧著緊閉雙眼的婁慶雲。

其實何止婁慶雲不滿足啊，就是她……也有些不滿足的。

想著成親前三年兩人鬧出的動靜，她從一開始的不適應到後來的不夠，這都是婁慶雲的功勞。如今生了孩子，身子變得更加敏感。說實在的，像這樣躲在被窩裡草草了事，她也覺得很苦惱。可是沒辦法，孩子還小，又黏她黏得緊，她千盼萬盼就盼著這麼個寶貝，哪能不心疼他呀！

臉頰在婁慶雲的胳膊上蹭了蹭，薛宸小聲地說道：「荀哥兒如今只黏著我，寧願不被抱都不讓別人抱著。唯有索娜女官，她好像有什麼特殊的辦法，上個月回宮時我去送她，她一路抱著荀哥兒，荀哥兒竟然沒鬧。」

婁慶雲聽了，眼睛突然睜開，轉過身瞧著薛宸。「妳的意思是……」

薛宸見他反應過來，便不再賣關子，咬唇笑了笑。「其實，索娜女官回宮前拜託了我一件事。她如今四十好幾，等出宮的年分到了，託我和皇后說一聲，想來咱們府上。我應下了。」

婁慶雲越聽越高興，當即坐起來，嚇了薛宸一跳。只聽他語氣興奮地說：「既然要出來，何必等到五十歲呢？讓娘去說，明兒就讓她出宮，到府裡幫我們帶孩子，我保她養老。」

薛宸就知道他會這麼說，也笑了。「便是母親去開口，也沒辦法明天就來呀！總要交接吧。索娜女官的手藝教給了她的徒弟尼彩女官，可尼彩女官沒多少經驗，她還得再教些時候啊。不過，你讓母親先開口占著也好，若尼彩女官早些學會，索娜女官就能提前出宮。到時，你用荀哥兒奶娘的身分聘她入府，咱們給她養老，正好荀哥兒大了些，我也更放心。」

婁慶雲想了想，覺得這是最好的方法了。

兒子不肯接觸別人，連他這個親爹還得在他心情好得不能再好時才能從他娘手裡接過來小抱一會兒。如今好不容易遇到個能制伏他的，為了他的幸福、為了媳婦兒的幸福，婁慶雲說什麼也要把人給請進府裡。

嘿嘿……不用媳婦兒說，他也知道，從前她被他餵得那樣飽，空虛了這麼久，身子又變得那樣敏感，哪裡是這兩、三回能打發的？可他又沒法好好發揮，她憋著難過，他也不好受。

這麼說定後，索娜女官的事情便交給婁慶雲去辦，薛宸就不管了。

這日，薛宸想出門瞧瞧。

姚大已經派人和她說了幾回，她看中的那條街已經開張好幾個月，老闆居然一次都沒有來瞧過，實在太說不過去了。不過，薛宸是真的不擔心。自從她和盧家冰釋前嫌，舅舅盧周平知道她在做生意，便特意把盧家老字號的幾個管事派給她，有時候也會親自來替薛宸看著。

她這個舅舅，為人沒什麼魄力，但在做生意上頗有手段。姚大來報了幾次，說那條街能這麼快開張，盧周平的經營方法起了不小的作用，這個薛宸是知道的。只是那時她剛生產，因此沒能和舅舅討論，但舅舅的一些方法，她確實贊同。

盧周平把整條街劃分為好幾個區域，入口全是衣裳鋪子，中間是賣金銀首飾的，街角的一個區域設酒樓飯莊、小吃攤子，排序上便很好。更別說盧周平知道薛宸要生了，乾脆上來京城待了好幾個月，親自監管每家店鋪的裝修。有他坐鎮，薛宸自然高枕無憂。之前盧星和盧婉找上門時，薛宸可沒想到有一天盧家會來幫她做生意。

據姚大說那條街頗具規模，盧周平準備了好幾個名字讓薛宸挑，薛宸便選中一個——海市。古人有見繁華蜃樓，開在海上，人聲鼎沸，熱鬧非凡。

於是，這條街便叫海市街，連接如今的主道春熙街，可謂占盡得天獨厚的位置。開張後，除了第一個月尚未為人所知，在經過盧周平的活動後，生意慢慢好了起來。

上一回姚大來報，如今海市街經營得極好，有盧家做後盾，不管遇見什麼麻煩，老掌櫃們都能立刻解決。姚大雖然也做了一輩子生意，但向來聽薛宸吩咐，眼界和手段自沒有傳承幾百年生意經的盧家掌櫃厲害，完全心服口服了。

薛宸決定今天去海市街瞧瞧，好不容易把荀哥兒騙得睡著了，正想溜出去，可那小子卻好像知道親娘要撇下他自己出去玩，突然睜開眼，看不見薛宸就開始乾嚎，薛宸還沒坐上馬車便被夏珠喊了回去。

看見薛宸回來，小胖子哭得更厲害了，像是在控訴薛宸拋下他的行為。薛宸把他抱到手中後就怎麼也放不下了，最後看他也不會睡了，乾脆和長公主說了聲，戴上大大的帷帽，抱著這小子出門去了。

和其他孩子怕生不同，荀哥兒好像天生就不知道怕生這個詞是什麼意思。在薛宸手上，烏溜溜的大眼睛直盯著車窗外頭，嘴裡咿呀著像在和薛宸說話。薛宸也不冷落他，一路和他說個沒完，反正她戴著帷帽，車簾子掀著也無妨，指著沿路的東西說給荀哥兒聽。

一會兒，馬車就到了海市街。姚大和盧星親自到街口接她，薛宸下了車，瞧見海市街氣派非凡的招牌似乎聳入雲天似的，門柱上刷著朱漆，牌樓上的雕花精緻考究，海市街三個字更是氣勢萬鈞、筆畫蒼勁有力。

放眼望去，整條街萬頭攢動，每間店鋪門前掛著今日活動的彩旗。如此人流，薛宸不用進去瞧便知道這條街的生意如何了。

她看向旁邊的盧星道：「多虧了你們來幫我，要不然不知道什麼時候才能把海市街開出來呢。」雖然交給姚大等人去做也能把這條街開出來，但要這麼快就有如此規模幾乎是不可能的。唯盧家這樣具百年底蘊的行商家族才有相應的人力、物力，能做得這樣好。

盧星羞澀地嘿嘿一笑，一雙眼睛盯著荀哥兒。

薛宸見了，打趣他道：「要喜歡孩子呀，自己娶個媳婦兒生去。」

盧星雖然十九歲了，卻因繼母的關係直到今天還沒娶妻，說不急肯定是騙人的，頓時臉紅，埋怨地對薛宸喊了句。「表姊，妳怎麼這樣啊！」

薛宸聽見，藏在帷帽中的臉笑了起來。

姚大看看薛宸身後的排場，從前薛宸出門最多帶四、五個護衛，今天卻帶了足足二十來個，想必是小世子一同出門的關係。原本他想讓薛宸瞧瞧這條街的規模，到每家店露個面，但今兒帶著小世子怕是不能夠了。於是，他直接引著薛宸進了一家古玩鋪子，二樓有雅間，其中陳設一應俱全。

薛宸進了雅間便將帷帽除去，把荀哥兒放在軟榻上。荀哥兒生得壯實，六個多月就會坐著了，扶著一旁的茶几，看著挺穩，大眼睛盯著薛宸，等她料理好儀表，才對她伸手要她抱。

薛宸抱起他坐在自己腿上，夏珠擺上從府裡帶的點心和水，儼然已經成了一種習慣。但凡出門，夏珠和蘇苑都會事先準備好一應用具和吃食，堅決不讓薛宸吃到外面的東西。

她們這樣小心，薛宸也有點無奈，但知道她們是為了她好。如今她的肩上不僅僅是自己，還多了個孩子，半點都不能馬虎。

姚大讓薛宸在此稍事歇息，下去請各家掌櫃來見幕後大老闆。安排好時，薛宸正彎腰托著荀哥兒的肚子，讓他在軟榻上來回爬。小傢伙力氣大，不過教了一會兒便爬得像模像樣，估計再學個十來天就能自己爬了吧。一般孩子八個月才會，荀哥兒七個月就會了，想到這裡，薛宸心中別提多得意了。怕荀哥兒骨頭還嫩，沒讓他玩太久，抱著他轉了兩圈又親了好幾下，逗得荀哥兒咯咯直笑。

母子倆正玩得高興，姚大在外頭回稟，說是掌櫃們候在門外了，還請薛宸在內說幾句話，給他們一些示下。

於是，薛宸在房內端正了姿態，說了幾句話。其實哪用得著她示下，盧周平早提點過他們只要按照哪些方法去做就不會出大問題。更何況他們之間還有個共同點，這麼多店鋪其實全都是一家，根本沒有搶生意、占地頭的麻煩，所有店鋪互相扶持，比那些零散的店家要團結得多。這樣的經營方式的確不需要多叮囑什麼，但她這個幕後老闆總要說幾句激勵的話才行。

這些事情薛宸有經驗，說起來一套一套的。褒獎之餘，也讓外頭的掌櫃們知道她這個老闆不是好糊弄的外行。掌櫃們聽完，心悅誠服地走下樓梯，回到各自的店鋪。

薛宸想著，難得出來總要逛一逛，便讓夏珠去找嚴洛東。嚴洛東派人布防後來回薛宸，說是只能在金銀首飾這區走走，衣裳和吃食的地方人太多控制不了。薛宸只想逛逛，並不是要買衣服什麼的，便同意了嚴洛東的建議。

她戴上帷帽，抱著好像知道要去玩的荀哥兒下樓。樓下偌大的鋪子裡只有兩、三個客人，但對古玩鋪子來說已經算是人多了。

薛宸下了樓梯，正要出門，卻聽見身後有人喊她。「少夫人這就要走了？」聽聲音是個少女，宛若黃鸝，清脆靈動。

嚴洛東等護衛已經在旁蓄勢待發，薛宸回過身，看見一名同樣戴著帷帽的女子俏生生地站在那裡。從她的腰身和手來判斷，該是雙十年華，和她年紀差不多。

女子見薛宸轉過身，便緩緩走近，將帷帽掀開，露出清雅動人的臉。薛宸不認識她，遂沒打算露面，問道：「姑娘是在和我說話？」

照理說，她這個年紀不該還是姑娘，可偏偏就是姑娘打扮，分明告訴別人她還沒有出嫁。

薛宸說完，只見那女子莞爾一笑，露出潔白的牙齒，自帶一股傲氣。

「少夫人不認識我，我卻認識少夫人，特意在此等候。」

這番話讓薛宸身後的嚴洛東有些驚訝。特意在此等候薛宸？那說明她早知道薛宸會來這裡，她是怎麼知道薛宸行蹤的？一路上他並沒發覺有人跟隨啊！頓時對這姑娘的身分產生了十足的懷疑。

薛宸的想法和嚴洛東一樣，腦中飛快運轉，忽然靈光一閃，試探地說道：「原來是柳姑娘。」

女子似乎沒料到薛宸會猜到她是誰，臉上出現短暫的驚愕後立刻恢復了從容自信，乾脆把帷帽摘了交給身後的丫鬟。

薛宸這才瞧見她的全貌，清秀動人、氣質脫俗，居然真的是她——右相左青柳的外室，姓柳，名字……不詳。

柳煙款款來到薛宸面前，盈盈屈膝拜下。「民女柳煙，拜見世子夫人。世子夫人是如何得知我的身分？據我所知，妳派的人未能闖入我的宅子，不是嗎？」

柳煙一句話說出了之前薛宸派嚴洛東去調查她的事，可見她早已知道，只不過薛宸一直沒有出門，今天才來相見罷了。

此刻，兩人的內心皆是波濤洶湧。薛宸不知柳煙為何得知自己的行蹤，而柳煙也不知薛宸如何猜到她的身分，兩人互相打量。只是薛宸手中有孩子，並不想對她露出真容，依舊以帷帽示人，不然柳煙還真想瞧瞧這個冰雪聰明的世子夫人究竟生得何種模樣。

薛宸在帷帽後與她對視，荀哥兒趴在母親肩上啃手指，不時用手指去觸碰帷帽上的白紗，感覺很新奇的樣子。

聽柳煙毫不掩飾地指出她已經知道薛宸派人去調查她的事情，便知道嚴洛東說得不錯，那所宅子周圍的確有不少高手護衛，可見右相對她的看重和喜愛。柳煙看起來也並非無腦之輩，進退有度、舉止雍容，好像她的身分並不是個見不得光的外室，而是右相的正牌夫人。而事實上，就算右相的正室夫人健在，估計也不會像保護柳煙似的護著她。

她的護衛既然能察覺嚴洛東的刺探，便說明絕非泛泛之輩。一個外室有必要這樣嚴密地保護？只能說明，這個女人對右相十分重要。若不是上一世聽說右相有個姓柳的外室，現在柳煙突然出現在她面前，可真不知道是誰呢。這樣的人，如果對她有什麼迫害的心思，薛宸真不敢保證自己能不能全身而退。

儘管心中驚疑，但薛宸表面上還是很鎮定，對柳煙彎起唇角。既然柳煙已經知道她派嚴洛東去查她的事，也沒什麼好隱瞞的了。

「柳姑娘應該知道，我派人跟的不是妳，是妳身邊的人太過大意，才讓我知道妳的存在。我無意為難妳，相信柳姑娘能感覺得出來，我的人從未靠近妳的主院半步，還請柳姑娘見諒。」

柳煙突然笑出聲來，神態卻是從容不迫的。

薛宸納悶，這樣一名女子為何甘心做人外室？遑論她和右相的年齡差距幾乎都能做祖孫了。她到底是為了什麼？

「不是妳的人不靠近，而是靠不近吧……」柳煙掃了其貌不揚的嚴洛東一眼，似笑非笑地，然後把目光轉到薛宸身上。

薛宸絲毫沒有被人戳穿的尷尬，冷哼一聲。「哼，柳姑娘也太自信了些。」

柳煙婀娜挪步到嚴洛東面前，用那雙聰慧的眼眸將他上下打量了幾下，才道：「嚴洛東、嚴百戶，我竟不知，你還有這等本事？」一語道破嚴洛東的身分，沒有絲毫質疑，想必也調查過了。

薛宸毫不意外這個女人的本事，以為嚴洛東會被這女人的架勢震懾，沒想到他竟然還能挺住，往前行進一步，逼得柳煙後退一步，兩人才不至於撞上。

柳煙身後的兩個丫鬟雖然身形精瘦，但看其行走步伐定然也是武功高手。柳煙一退，她倆即上前守在柳煙身旁，防備地看著嚴洛東，而柳煙也為嚴洛東的無禮而冷了臉。

嚴洛東一本正經地說：「柳姑娘誤會了，嚴某不是進不去您的院子，而是不想進去。這天下沒有嚴某進不去的地方。柳姑娘想試試？」

喲喲喲喲，薛宸心中給她這個向來不苟言笑的侍衛長豎起大拇指。原以為嚴洛東是個古板的君子，沒想到逗起小姑娘來也是一套一套的嘛！看來柳煙剛才的一句話，讓嚴洛東感覺出自己的「專業」受到了挑釁，這才出言反擊。但不得不說……漂亮！

柳煙眼睛裡迸射出冷冽的光芒，隱下一絲狠意，這才從嚴洛東面前走過，回到薛宸面前。「少夫人今後可要多約束隨從了，再有下一回試探，可別怪我不客氣。」

薛宸曉得柳煙今日是來警告的，不會真對她做什麼，如果可以，她並不想和柳煙正面對上，理由和柳煙一樣。此時，柳煙探不清薛宸的實力，而薛宸更加弄不懂柳煙的本事，兩人隔山相望，全在雲山霧罩之間，看不真切，卻又分明知道對方的存在。

她微微一笑，回道：「前提是，柳姑娘不要再放縱人惹事，我自然不會管到柳姑娘頭上。若再有下回，我也不敢保證了。」

柳煙當然知道薛宸話中的意思。不用說了，青陽公主府最近發生的慘案都和眼前女人脫不開干係，據身邊的護衛回稟，並沒有察覺她的身分已經被人探了去，可見她對薛宸還是不了解的。沒有知己知彼前，她自然不會再輕舉妄動。這回折了青陽公主，就當是買個教訓，反正她對這個棋子本就沒抱什麼希望，不過是個試金石罷了。

柳煙沒有回答，而是退後兩步，對薛宸行完禮，便如一般客人那樣，在店裡挑了兩樣東西，直接付錢走人。與嚴洛東擦肩而過時，憤恨的眼神卻似有若無地飄了出來。

這姑娘……貌似天生喜歡大叔啊……不過，薛宸想了想右相的年紀，也許她還喜歡大爺。

柳煙離開後，薛宸本想直接回去了，柳煙的人能精準地查出她的行蹤並且守株待兔，足見其實力。剛才攤牌，兩個聰明的女人算是默默訂下今後互不干涉的約定。柳煙走了，她的護衛肯定也跟著她走，並不會影響薛宸逛鋪子。

嚴洛東雖然有些不贊同，但在收到薛宸那記「你是不是怕了」的眼神後隨即徹底改變主意，主動對薛宸道：「少夫人儘管逛，遠了不敢說，就這條街上，絕對安全。」

薛宸知道他是被柳煙刺激到了，也不戳破他，抱起荀哥兒往外頭走去。嚴洛東和顧超跟在她身後就近保護，其他人則到嚴洛東安排好的地方布防去了。

薛宸沒讓姚大跟著，自己帶著人去逛。對這條街的繁榮興盛很是滿意，照這樣下去，她的資產又可以再翻一翻了。就算今後婁慶雲不當官、不做國公，她也養得起他。

薛宸來到一家首飾鋪子的二樓雅間。

掌櫃的不認識薛宸，卻看出這是官家太太，把好東西拿上樓給她選。這位迎客掌櫃是女的，專門應對富家太太和官家太太。女眷們見男客不方便，有女掌櫃相待，能多做些生意。

薛宸沒打算說出自己的身分，便如尋常客人般坐在臨窗位置，讓荀哥兒坐她腿上，由他挑著桌上的首飾玩。女掌櫃見這客人並不是誠心來買東西的，卻也不敢說什麼，在旁伺候著。

薛宸問了些街面上的事，然後對女掌櫃說，把荀哥兒玩過的東西全包起來。

女掌櫃驚訝地看著薛宸，她剛才搬上來的可不少啊！難以置信地說：「這位夫人，我搬上來的這些，小少爺可都抓過、碰過了……這……」

薛宸微微一笑，傾國傾城，把女掌櫃看呆了。

夏珠從旁說道：「讓妳包起來就包起來，還怕我們沒錢給嗎？」

女掌櫃哪裡敢，依舊沈浸在從天上掉下來的餡餅中難以自拔，手忙腳亂地收拾一會兒，才把東西搬到外室，由夏珠盯著，喊來夥計一樣樣包起來，噼哩啪啦的打算盤、算價格。更難得的是，這位大主顧連還價都沒有……這是天降財神爺呀！

折騰大半天，荀哥兒有些餓了，開始往薛宸的胸前拱。薛宸的心情有些沈重，沒了逛街的心思，等夏珠她們付完錢，一箱箱的禮品搬上車，遂直接進了自家馬車，放下車簾，讓夏珠和蘇苑扯開遮擋的布，給荀哥兒餵奶，又替他換上乾淨的尿布，然後抱在手裡，讓他舒服地睡下了。

這樣的幸福時刻，薛宸一刻都不想浪費，低頭瞧了瞧荀哥兒粉嫩嫩的臉頰，心柔軟得像要化開似的。

這一世她什麼都有了，而且都是她親手掙回來的，沒有人可以破壞她的幸福，誰都不能！

不一會兒，薛宸下了馬車，直接把荀哥兒抱回滄瀾苑。

原想把他放到床上睡，可是那雙小胖手緊緊抓著薛宸的衣襟不放。薛宸不忍心吵他，乾脆讓夏珠去給太夫人和長公主回話，就說她陪荀哥兒睡會兒，然後躺上外床，讓荀哥兒揪著她，娘兒倆一起睡了。

第六十九章

這日，婁映煙帶著兒子莫哥兒從汝南回京城。

她是前年年底生產的，長公主親自去了汝南一趟，在那裡陪了幾日才回京。莫哥兒全名叫做江莫，比荀哥兒大了快一歲，卻儼然像個小大人似的。他跟著婁映煙下馬車，對周圍有些陌生，不怎麼放得開，不過一張小臉肉嘟嘟的，可愛極了。

莫哥兒看見薛宸手裡抱的荀哥兒，才敢離開娘親的身邊，向荀哥兒走來。

荀哥兒手裡拿著一只皮面的撥浪鼓，正放在嘴裡啃咬。最近荀哥兒嘴裡長了上下四顆牙，見什麼咬什麼，有時婁慶雲鬧他，把手指伸到他嘴裡，他都咬得毫不客氣，更別說是手上的東西。薛宸一個不留神，他就把東西塞進嘴裡了。

莫哥兒走過來，小小的身子穿著灰綢撒花小直裰，儼然像個古板的先生，和可愛的樣貌完全不搭，對薛宸恭恭敬敬地喊了聲。「舅媽。」

薛宸見他盯著荀哥兒，便讓他坐到身邊，把荀哥兒放在中間。

莫哥兒伸手拿走了荀哥兒手裡的撥浪鼓。荀哥兒啃著啃著，發現手裡的東西不見了，第一個反應就是看薛宸，見薛宸不理他，也沒哭，打算自己去搶。可是他才多大呀，莫哥兒都要兩歲了，荀哥兒哪裡搶得過他？莫哥兒也是覺得荀哥兒好玩才故意和他搶的，但荀哥兒似乎被激起了鬥志，一隻手不行，就兩隻手上，薛宸還得防著他別把莫哥兒的臉給抓了。

荀哥兒看著小，可力氣卻不小，居然吊著莫哥兒的胳膊站了起來，張嘴咬在莫哥兒胳膊上。

莫哥兒疼了，張口大哭。「哇——」

薛宸趕緊把兩個孩子分開，把荀哥兒放在羅漢床上，讓夏珠盯著，親自過去看莫哥兒，擼起他的袖子瞧了瞧，是有點紅，幸好沒破皮。莫哥兒只是被嚇到，哭了一會兒覺得不疼就不哭了。不過，他的哭聲還是把婁映煙和婁映寒招來了。

薛宸對婁映煙道：「孩子們鬧著玩，是我沒看住，讓荀哥兒咬了莫哥兒一口，對不住妹妹和莫哥兒了。」

婁映煙不是不講理的人，笑了笑說道：「什麼對不住呀！一定是莫哥兒惹著荀哥兒了。從小就不安分，在府裡盡欺負人，今兒總算讓他碰見對手了。」

剛才婁映煙正和太夫人、長公主說話，因為兩個孩子的緣故，就跟婁映寒坐在裡間和薛宸話起家常。

原來，婁映煙這次回衛國公府是為了婁映柔的婚事。汝南王有個庶弟，人品和相貌都很出眾，到了娶親的年紀，老王妃便提了婁映柔。江家那邊似乎非常滿意，就怕婁家門第太高，攀附不上，畢竟不是汝南王的嫡系，遂託婁映煙回京一趟，問問婁家的意思。

「剛才和娘說了，她倒是對門第沒有多少意見，關鍵是要看對方人品好不好。要是人品端正，娘並不嫌棄他是江家庶房。」婁映煙如實說道。

薛宸將到處亂爬的荀哥兒攬在身邊，看莫哥兒雖然被咬了、靠在他娘親懷中，但一雙黑亮的眼睛依舊盯著荀哥兒，便對他招了招手。莫哥兒稍稍猶豫後就過來了。薛宸替他脫了小靴子，讓他也上羅漢床，兄弟倆一邊玩去了。

「庶房倒是沒什麼，還是要看柔姐兒自己。說到底，汝南畢竟遠了些。」薛宸是長嫂，自然有資格討論婁映柔的婚事。

婁映煙聽了薛宸的話，點了點頭。「唉，我明白，如果問我，我也不大願意讓柔姐兒嫁去那麼遠的地方。雖說我在那裡，可畢竟是做媳婦，和在家裡做姑娘不同。我是沒辦法，婆母讓我問，總不好沒問就替妹妹推了，想著好久沒回府瞧瞧爹娘和你們，就藉機回來看看。」

婁映寒聽著，笑了起來。「原來這才是姊姊的目的。」

婁映煙並不否認。「哼，平日裡你們也不去看我。我再不回來，你們都要忘了汝南還有我這個姊妹呢。」

三人又說了一會兒話，金嬤嬤來請薛宸，說是太夫人有事和她商量。

薛宸料想著應該是要說婁映柔的婚事，便把荀哥兒交給夏珠她們看著，自己出去了。

屏風後，太夫人面色有些凝重，長公主也蹙著眉頭，旁邊還有韓氏和包氏，中間站著回事處的嬤嬤。

見薛宸進來，包氏主動扶她坐到太夫人身邊，然後就近在薛宸身旁坐下。

薛宸見大家的神色有點不對勁，問道：「這是怎麼了？都愁眉苦臉的？」

這位嬤嬤是專門盤點禮品的，夫君是大總管，這對夫妻在國公府做了好幾年，料理事情多有章法，薛宸嫁入國公府多年，對這對夫妻的能力是認可的。現在嬤嬤應該是在回事處忙著整理婁映煙從汝南帶回來的禮品，不知為何在這裡出現。

薛宸心中升起不好的預感，果然，太夫人揮了揮手，嬤嬤就將太夫人手邊的木頭托盤拿到薛宸面前。薛宸低頭看了，只見上頭放著一本紅冊子，冊子下壓著一對鴛鴦如意環扣玉珮，心中存疑，望向太夫人，太夫人又是一嘆，長公主難得露出了不喜的神情。

薛宸把紅冊子打開，看了兩眼，眉頭便蹙了起來，對嬤嬤問道：「這東西是哪兒來的？」

嬤嬤小聲回答。「是……是大小姐帶回來的禮品中夾藏著的。」

這紅冊子不是別的，正是江家的聘書和江家庶子的八字庚帖。書中言明這是信物，三個月後江家便上門提親。

要是她們不察，糊裡糊塗地收下，三個月後江家上門提親，婁家可就百口莫辯，為了保全名聲，只好將婁映柔低嫁……好齷齪、好卑劣的手段！

薛宸回想剛才婁映煙的態度，明顯是不知情的，是被江家利用著來算計她娘家了。

太夫人一拍桌子，冷聲怒道：「汝南王府也太不把咱們婁家放在眼裡了。」

不怪太夫人生氣，這件事情擱在誰身上都會發怒的。

薛宸垂眸想了想，出聲道：「這件事，只怕還得查一查，看到底是誰的意思。如果只是江家庶房擅自作主，也沒辦法怪罪汝南王和太妃；但若汝南王和太妃知道，那麼，咱們就得好好想想該怎麼辦了。」

太夫人是個暴脾氣。「能怎麼辦？一塊破玉珮就想這麼騙了我們婁家姑娘去？天下哪有這麼便宜的事情，虧江家做得出來！」

薛宸上前扶著太夫人，安撫道：「太夫人莫氣、莫急，這事還沒調查清楚呢，汝南王未必知情的。」

「他知情不知情，那都是他們江家做出來的事！這等陰險，就算那江五郎是個好的，我們家也不可能將女兒嫁過去！哪怕因為這事壞了名聲，在家裡做一輩子老姑娘，也不會把柔姐兒嫁入這種卑鄙小人家。」

薛宸心裡也氣，只不過沒表現得像太夫人那麼激動。長公主聽到這裡，不由哭了起來。

江家這種做法，其實最傷害的還是她這個做母親的。不管是壞了三閨女的名聲，還是惹了大閨女的姑爺，總之，兩個閨女都要受連累了。

太夫人說過氣話後，終於冷靜下來。韓氏便站出來道：「我看，咱們在這裡乾著急也不是辦法，還是把煙姐兒喊來問一問，不就能弄清楚汝南王知不知道了嗎？」

包氏也贊成，附和著。「對對對，汝南王是煙姐兒的夫君，他們倆總不會隱瞞什麼的，問過就知道了。」

太夫人沒有阻止，韓氏就親自去喊人了。

不一會兒，婁映煙過來了，瞧見大家的臉色都不對勁。長公主居然坐在那裡哭泣；太夫人看她這糊塗的樣子，又氣又急，氣的是她不精明、不長進，急的是她今後該怎麼面對江家人。

太夫人讓嬷嬷拿著東西把事情和婁映煙說了一遍，起初婁映煙還沒弄明白，一看紅冊子裡的字和裡面夾著的庚帖，立刻就懵了。

看她的神情，眾人便曉得她不知道自己被江家使絆子了。

婁映煙把冊子合上，眉頭蹙起、眼眶紅了，卻是堅強地沒哭出聲，呆坐在一旁，直到太夫人問話才反應過來。

「妳倒是說話呀！這件事妳居然完全不知情嗎？妳回來的禮是誰給妳準備的？是江之道那小子？」

婁映煙不住搖頭。「不是他！是、是我婆母準備的。我回來得急，只查看了身邊的東西。婆母只跟我說這是帶給你們的土產，並沒有告訴我裡面藏著這個呀！」

太夫人聽後，閉上眼睛，大大嘆了口氣。「妳……糊塗啊！」

婁映煙不知所措地坐在那裡，終於沒有忍住，眼淚啪嗒啪嗒掉了下來，顯然也知道，這件事若成了會是怎樣的後果。

韓氏替婁映煙說話。「太夫人息怒，這也不是咱們煙姐兒故意的，誰會想到老王妃竟和她來這麼一手呢？日防夜防，家賊難防，何況老王妃還有意瞞著她。煙姐兒自小老實，哪懂這裡頭的心眼。」

婁映煙聽了，哭得更厲害了。

長公主不忍女兒一回來就落淚，母女倆抱在一起痛哭。太夫人瞧著這對愛哭的母女，又是一聲嘆息，想罵也罵不出口了。

她知道，婁家大房的幾個孫女全不是那種厲害的，婁映煙算是她們姊妹中最堅強的一個，但在面對這些陰私時還是沒有心計，就這麼被人揮著鞭子趕回京城算計娘家來了。

薛宸把婁映煙帶入內室，姑嫂倆在裡面詳談。

「妳跟我說說回京前汝南王府裡的事。這件事，妳覺得汝南王知道嗎？」薛宸對婁映煙問道。

婁映煙堅定地搖頭，打消了薛宸的懷疑。「夫君肯定不知，我來京城前他正在籌闢，有好些時日不在府中了。我是寫信告訴他說要回京城一趟，他才派親信來護送，哪裡會知道禮品中藏著這個。」

見薛宸陷入沈思，婁映煙繼續說道：「我初嫁時，他對我確實冷漠，可這麼多年過去了，他對我一年比一年好，如今又替他生下莫哥兒，更沒有理由如此算計我。所以，我敢用性命擔保，他不知此事。」

「那依妳所想，汝南王府中會做出這事的，是誰？」薛宸直接問道。

婁映煙臉上現出遲疑，猶豫片刻後才啟唇說道：「原本這些事，我不該回娘家說的，可出了這樣的事，不得不說了。

「汝南王府中，如今只有王爺待我尚好，太妃對我，從未有一日和顏悅色。這回，她讓我來問柔姐兒的婚事，才對我稍微和善。我回來是有私心的，雖不說要讓柔姐兒嫁過去，但替她傳個話，將來回去定能稍稍改善跟她的關係。就算婁家不同意，那我在王爺面前也是有臉面的，至少我回來說了。

「可是我沒想到她們居然背地裡打這個主意，庶房派人送禮來時，我竟沒想到要檢查一番，只當是他們的孝敬。是我糊塗，才讓婁家受此折辱，我……難辭其咎！」

薛宸瞧著婁映煙滿臉的悔恨與不甘，心中越發同情她，這樣的性格孤身嫁去汝南，在那裡孤軍奮戰，終於苦盡甘來，卻遇此等禍事。如果她成功了，婁家就得搭上一個嫡女嫁給江家庶子；若是她不成功，也能離間她和娘家的關係。若這件事真是太妃所為，那她到底有多恨婁映煙就可想而知了。居然趁著汝南王去邊關時設計婁映煙做這件事，不怕婁家槓上汝南王嗎？

薛宸按住了婁映煙的手，沒有說話。這個時候，無論說什麼婁映煙都會愧疚不已，乾脆不說了，讓她自己想通。

但這件事，卻不能就這麼置之不管。

薛宸回到太夫人和長公主所在的花廳中。

太夫人神色凝重，盯著手裡的佛珠；長公主仍止不住地哭泣；韓氏和包氏無奈地在旁陪坐。

薛宸到太夫人身側坐下，在她耳旁低聲說了幾句。

太夫人的英氣雙眉豎了起來。「這個老嫗婦！真當我在京城就治不了她嗎？誰給她的膽子？竟敢這般愚弄妻家，當真可恨！」

隨即從座位上彈起，對金嬤嬤說道：「去準備馬車！我親自領著煙姐兒去汝南會會她，倒要當面問問她是什麼意思！」

長公主和韓氏、包氏聽太夫人要親自去汝南，全站起來阻止。長公主拉著她，道：「煙姐兒惹出來的事情，如何要太夫人舟車勞頓？使不得呀。」

韓氏也說：「長公主說的是，太夫人的歲數，哪能行走千里之遠。」垂眸想了想，方道：「就是要去，也不是太夫人去。家裡這麼多媳婦，哪需要太夫人親自出馬？您是衛國公府的老夫人、是朝廷的一品誥命，您親自去，豈不是長了他人威風？讓她們更加得意。不妥不妥。」

太夫人被幾個媳婦勸住了，深深呼出一口氣。她何嘗不知這事由她出馬太憋屈，多大點事，居然得讓她這個老太婆出動。

她環視一圈，身邊有三個兒媳，長公主不必說了，讓她去估計要哭著回來；韓氏比較潑辣，又是妻映煙的嬸母，算是比較合適，但身分太低，真到了那裡，端不起身分也是枉然；包氏略小器，尚未能獨當一面……

最後，太夫人把目光落在薛宸身上。

韓氏看清楚了，鬆開太夫人的手臂，走到薛宸面前把她牽過來。

「如今太夫人不僅有兒子媳婦，還有孫媳婦呢。慶哥兒媳婦是長嫂，出了這種事，長嫂出面也是合規矩的。」

薛宸瞧了瞧韓氏和太夫人，心中承認這件事由她出面去和汝南王太妃交涉再合適不過了，難以推辭，遂道：「我今晚收拾行裝，這兩天便上路。」

太夫人想了想，又指著韓氏，道：「老二媳婦隨慶哥兒媳婦跑一趟。咱們妻家的臉面不能丟，絕不能叫別人以為妻家是軟柿子！妳們去了之後，儘管爭，有什麼事傳回來，自有我擔著。若她敢來京城告狀，那我更不會放過她！」

韓氏和薛宸雙雙拜倒。「是。」

太夫人雖這樣說，但兩人都知道此去汝南必定困難重重。家事最是難斷，更何況是兩府之爭，稍有差池便會後患無窮。

晚上，薛宸整理行裝，婁慶雲從外頭回來，已經得知白日發生的事，氣憤道：「此行並不容易，我跟妳去汝南吧。」

薛宸轉過身，看了他一眼，把貼身衣物放在床沿上，讓衾鳳和枕鴛她們下去。

房裡只剩夫妻倆，薛宸笑著說：「終歸是後宅之事，理當由女人解決，你去算什麼呀？平白將事情鬧大，吃虧的不還是咱們女人嘛。」

婁慶雲坐下，當然知道薛宸說的話有道理。這事既然是偷偷發生了，便不能明目張膽地鬧大，幕後之人巴不得婁家鬧呢！只能如薛宸所說，後宅之事，後宅解決。可他嚥不下這口氣，自家妹子怎能叫人這般輕易地算計了去？

知他不甘，薛宸又道：「更何況，我覺得這回的事情並不簡單。你說，江家庶房哪來這麼大的膽子，敢以此事挑釁婁家？我問過煙姐兒，這庶房一直安分守己，近來卻不知為何起了這份心思。」

婁慶雲看著她，沒有說話，只聽薛宸繼續道：「若說是因為這回有太妃撐腰，可也有說不通的地方。太妃若真想扶持他們，平日不見任何幫襯，反倒在這件事上推波助瀾，這到底是在幫他們還是在害他們？背後到底有何用意你就不想知道？有很多事情煙姐兒未必看得透，她心思純良，不比我心眼多，我隨她回去瞧瞧，若能探得蛛絲馬跡也是好的。這回還有二嬸娘隨行，她心思縝密又會些拳腳功夫，與她一起總安心些。」

婁慶雲看著薛宸，良久後，才由衷說了一句。「嫁給我，真是辛苦妳了。」

薛宸沒想到婁慶雲會突然和她說這句話，不禁笑了。「辛苦什麼？這些都是我應該做的。我是婁家長媳，煙姐兒、柔姐兒是你的嫡親妹妹，也就是我的，總共就這麼幾個姊妹，我若還嫌麻煩、嫌累，那乾脆什麼都不做，直接上山當姑子去好了。」

婁慶雲笑不出來，薛宸靠近他，蔥白玉手捧住他如玉的臉頰，嘟起紅唇，在他的左右兩頰上親了一口，鼻尖抵著他，說道：「好啦，我去去就回來。其他倒沒什麼，我最擔心的還是荀哥兒，他黏我黏得這樣緊，我不在家他可怎麼辦？」

婁慶雲把她的手拉下，抓到自己手中，一個翻轉，讓她旋身坐到自己腿上，圈著她說：「妳光擔心那小子，就不擔心擔心我？」

薛宸被他抱著，聽著他低啞的聲音覺得安心得很，道：「你有什麼好擔心的？現在說出來，讓我心裡有個準備。」

婁慶雲在薛宸耳旁小聲嘀咕了幾句，薛宸臉紅了，掙開身子往後瞧了瞧，瞪他一眼，然後才惡狠狠地說：「你敢？我回來之後，第一個收拾的就是你！」

婁慶雲揚眉挑逗：「怎麼收拾？這樣？還是那樣？」抱著薛宸往榻上胡鬧了一會兒，兩人才氣息紊亂地躺在軟鋪上。

「妳去汝南之後，我自會派人暗中保護，妳不必擔心安全。還是那句話，一切小心。既然妳已經知道這事不簡單，千萬不可掉以輕心，知道嗎？」

薛宸點頭，低聲道：「嗯。雖然這件事有內情，但我覺得你不必太擔心。汝南畢竟是江之道的地盤，他上回來京城時，對婁家的態度不像是要對著幹的，想必是太妃擅自作主。只要江之道沒有與婁家為敵的心，我在汝南就不會遇上太大的危險。」

婁慶雲深吸一口氣。「江之道的為人我還信得過，他是個能聽進話的，也懂得審時度勢，不會因為一己私欲而陷汝南王府於不義。我明日便親自修書一封派人送去，若妳在汝南有任何差池，我絕不會放過他。」

第七十章

第二天一早，婁慶雲沒去上朝，把索娜女官請回府裡來。

薛宸讓荀哥兒和索娜女官接觸了一會兒，索娜女官總是有法子吸引荀哥兒的目光，讓荀哥兒盯著她，玩了半天後，居然肯坐在她身上玩了。

薛宸在旁邊時，荀哥兒還是往薛宸身上靠；可薛宸不在時，索娜女官也能將荀哥兒哄住，讓薛宸放心了些。

當天晚上，薛宸讓荀哥兒坐在她的肚子上，背靠她的大腿，抓著他的兩隻小手，煞有介事跟他說：「荀哥兒乖，娘明天要出門，過幾天就回來。你在家好好吃飯、好好睡覺，好不好？」

荀哥兒睜著烏溜溜的大眼睛看著薛宸，嘴裡咿呀說著薛宸聽不懂的話，不過，在薛宸看來，荀哥兒這就是回應她了，把他摟在懷中親了又親。

荀哥兒得空抓住薛宸的手就往嘴裡送，四顆小牙輕輕咬著薛宸的手指，像是賣乖似的，弄得薛宸越發不捨了。

婁慶雲回來時，就看見他們娘兒倆靠在一起膩著，心有不甘，也湊了上去，先把礙事的小東西搶到手裡，舉高高，在兩條小腿猛蹬他的時候又把他摟在懷中。

「叫爹。叫聲爹，我就放你下來。」

薛宸下床就要去搶荀哥兒，哭笑不得地對婁慶雲說：「哎呀，你怎麼跟個孩子似的。快把他放下來，我正和他話別，還沒說完呢。」

婁慶雲讓荀哥兒坐在他的脖子上。這個姿勢是荀哥兒最喜歡的，騎在婁慶雲脖子上時總是很高興，勉強不排斥這個當爹的了。

婁慶雲對薛宸委屈地說：「妳就跟他話別，怎麼不跟我話別呀？」噘起了嘴就要去親薛宸。

薛宸橫他一眼，用食指抵住他的唇，奈何腰肢被他一手給摟住了，動彈不得。

夫妻倆正目光纏綿的時候，荀哥兒一把抓起薛宸頭上那根金燦燦的髮簪就要往嘴裡塞，兩人趕緊將他放下來，把那危險的東西搶走。

薛宸難得狠下聲音，對荀哥兒道：「這個東西不能往嘴裡塞，知道嗎？要把嘴戳壞了怎麼辦？會流血的。」

荀哥兒盯著娘親，似乎瞧出了娘親的不悅，居然賊精地對薛宸咧嘴笑了起來，讓薛宸哭笑不得，乾脆把怒火撒到婁慶雲身上，埋怨道：「瞧瞧他，就跟你似的，光會欺負我。」

婁慶雲冤枉極了，抱過兒子在他耳邊說話，小聲小聲的，不讓薛宸聽見，然後便把荀哥兒抱了出去。

薛宸不知他要把孩子抱去哪兒，正納悶時，婁慶雲回來了，可荀哥兒卻不在他手上。

薛宸迎上去。「孩子呢？」整個人卻被婁慶雲橫抱起來。

婁慶雲用腳把門扉關上，順便閂門，抱著她往內室走去。薛宸不明就裡，被他塞進了床。

「趁著那小子不在，咱們好好話別話別。妳好好吩咐我這些天不能做的事，我保證聽話。快來吧，我等不及聽妳吩咐了，嘿嘿嘿嘿……」

「呀──」

薛宸的所有「吩咐」，全在帳中化作一聲聲或高或低的呻吟，哪還有半分力氣去指著某人罵混蛋啊？

昨夜，荀哥兒和索娜女官睡在隔壁，一整晚都很安靜，沒聽見他的哭聲。

第二天一早薛宸去瞧他，胖乎乎的小臉睡得真香，紅撲撲的可愛極了。在他臉上親了又親，才依依不捨地走到門邊。

索娜女官送她到門口，薛宸將荀哥兒拜託給她，索娜女官保證會照顧好荀哥兒，薛宸才放心坐上了馬車。

因為時辰太早，薛宸沒去打擾太夫人和長公主，反正告別的話昨天已經說過了。婁映煙把莫哥兒暫時留在衛國公府，和韓氏、薛宸上了車，在婁慶雲的目送下，從京城出發往汝南去。

嚴洛東帶著顧超等二十來個護衛騎馬保護薛宸等人。這回薛宸是去汝南王府，婁慶雲不好把錦衣衛的人安排在明面上，只能派他們暗中跟隨。這二十個護衛全是府裡一等一的好手，由嚴洛東一手調教出來，對薛宸自然是一百個忠心。

原本太夫人要讓衛國公從西山軍營抽調官兵隨行，卻被薛宸拒絕了，說她們只是先去問情況，若帶兵前去未免殺氣騰騰，容易把事情弄複雜了，太夫人這才收回命令，吩咐薛宸每日寫信回來，若有一日沒收到信，第二天就會讓衛國公派兵去汝南王府救她。

薛宸不好再駁斥太夫人的好意，便點頭應下了。

三個女人從京城趕到汝南只花了不到十天，一路上心事重重，並沒有多耽擱。

抵達汝南後，三人直奔汝南王府。婁映煙走在前頭，以主人身分把她們迎進門。府中下人見了婁映煙皆恭敬行禮，由此可見，江之道管束人還有些手段，至少在太妃健在時還能讓眾人對主母恭敬。

管家趕過來對婁映煙道：「王妃怎地這麼早就回來了？小人以為您要在京城多住段時日呢。」

婁映煙介紹道：「這是王府管家。這位是衛國公世子夫人、這位是衛國公府二夫人，你去準備客苑，她們要在王府住幾天。」

管家連連點頭，聽到「衛國公府」幾個字時就明白了，這是王妃的娘家夫人，自然不敢怠慢，馬上去辦，卻被婁映煙喊回來問道：「王爺還在籌關嗎？這些天回來過沒有？」

「是。王爺只回來過兩次，取了衣裳又回去了，好像是邊關有戰事奏報，挺棘手的。王妃要派人送信給王爺嗎？」

婁映煙搖頭。

「不用了，王爺軍務繁忙，無須打擾他。你且去準備客苑，我帶世子夫人與二夫人去給太妃請安。」

「是，小人這便去辦。還有，今兒淮南王太妃和淮南王妃也在府中作客。」管家又稟報道。

「淮南王太妃和王妃來做什麼？」婁映煙小聲嘀咕。

薛宸也十分不解，汝南和淮南相鄰，卻從來沒聽說淮南王和汝南王相交。事實上如果兩王相交，這麼重要的事，不可能不傳到京中，兩個藩王若是結盟，朝廷就不得不防了。是什麼原因讓淮南王太妃和王妃這麼堂而皇之地來了汝南王府呢？

薛宸忽然想到一個人，瑾妃。

二公主和二皇子的母妃，似乎就是出自淮南王府……

帶著心頭的疑惑，婁映煙領著她們往太妃的居所走去。來者是客，無論如何都是要拜會長輩的。

汝南王太妃住的是暢晴園，位在王府最南邊，風景宜人、寬闊古樸。早聽門房稟報，得知薛宸和韓氏到來，她們還未進門，貼身伺候太妃的白嬤嬤即迎出門，請薛宸等人進去。

汝南王太妃烏氏是年近五十的老婦人，頭髮有些花白，黑黑的面孔，臉上多是滄桑。聽說她年輕時曾隨老汝南王出入戰場，但幾年後便受不得邊關苦累，被送了回來。

老汝南王一生征戰，鮮少回家，太妃年年苦等，年過三十才有了一個兒子。可兒子長到十一、二歲，又被老汝南王領去戰場，偌大的王府中又只剩下她一人。直到老汝南王去世，她的兒子繼承王位又娶了媳婦，王府才變得稍微熱鬧起來。

這樣的女人等於守了一輩子活寡，據說年輕時，老汝南王對她是頗為寵愛的，儘管她的容貌不是最出色、身段不是最好，但老汝南王憐她一個女人在戰地受苦，幾乎日日都會抽空陪她。後來，烏氏受不住邊關苦楚，想要離開，老汝南王並沒有強留，將她打發回來後，便另外納了一個能吃苦耐勞的妾侍龔氏，頂替她的位置。

龔氏在軍營中一待就是十多年，將領見了她比見到烏氏還要服氣，這是讓太妃氣得鼻孔冒煙的事情。可當初是她自己不願留在軍中，雖然能和夫君朝夕相處，但環境實在太差了，她是嬌滴滴的大小姐出身，哪裡受過那種苦，一時忍不住就回來了，便宜了另一個狐狸精，叫她怎能不氣。

這回烏氏要幫扶的庶子江五郎就是龔氏的兒子。她與老汝南王在軍中待了十多年，給他生了兩個兒子、兩個閨女，若不是因為出身太低，沒準還能有個側妃的位置。

不過，雖然沒當成側妃，老汝南王也讓府裡稱她夫人，死前特意給庶房安排另外的住所，怕自己死後，他們留在汝南王府受到太妃為難，乾脆留下一筆讓他們這輩子花之不盡的銀錢，並讓他們分開居住。又給兒子留了遺命，將來不管怎麼樣，江家的牌位前一定要給龔氏留個位置，讓她入宗廟受後人供奉，免得死後成為孤魂野鬼。由此可見老汝南王對龔氏的厚待。

烏氏坐在正中央，左邊坐著一位華服老婦，老婦下首是個中年華衣美婦，應該就是淮南王太妃與王妃了。

烏氏黑黑的臉上不苟言笑，等婁映煙和薛宸她們走入，行過禮後，目光才越過婁映煙，落在嘴角噙著淡淡微笑的薛宸身上，抬了抬手。「妳就是衛國公府世子夫人？叫什麼名字？」

薛宸上前，不卑不亢地回道：「回太妃，晚輩姓薛，單名宸字。這是我二嬸，姓韓，冒昧隨貴府王妃回府打擾了。」

烏氏的目光這才落在婁映煙身上，彎起嘴角，語調陰陽怪氣，低低的，卻又足以讓在場所有人都聽見的聲音。

「今日有客在此，不知道的還以為是我平日裡苛待了王妃，王妃從娘家喊救兵來呢。既然來了就坐吧，別杵著了，回頭再讓人回娘家告我一狀，今兒來個嫂子、明兒來個嬸子，我這汝南王府乾脆別過日子，只招呼妳娘家人了。」

婁映煙饒是脾氣再好，也難以忍受烏氏在她娘家人前這樣落她的臉面，正要上前理論，卻被身旁的薛宸拉住了。

薛宸嘴角的笑並不沈下，只是將婁映煙拉到身後，自己從容上前，在淮南王妃對面右側上首的位置安然坐下，與淮南王太妃和王妃點頭為禮。淮南王太妃也點頭致意，淮南王妃從薛宸的頭飾與穿著看出其一品誥命的身分，趕忙站起來行禮。

淮南王妃在太妃耳旁說了幾句話，淮南王太妃的目光在薛宸身上掃了兩圈，然後才站起身對烏氏道：「既然妹妹有客在此，我先告辭了，多有打擾。」

烏氏見淮南王太妃要走，終於站起來，原是要親自送出去，淮南王太妃客氣，讓她只管待客，無須相送。烏氏和薛宸等人便站在門前，等淮南王太妃和王妃走出拱門後才回到內間。

烏氏坐下後卻不開口相問，而是端起杯子慢悠悠喝了一口，才斜著眼對婁映煙問道：「莫哥兒呢？怎麼不見他回來？」

婁映煙低聲回答——

「母親不捨，要留他多住幾日，我便將他留在母親身邊。」

若是旁人這麼說，烏氏一定會諷刺一番，可對婁映煙的母親她卻不能這麼說，因為那可是長公主殿下，就算從今往後要把莫哥兒留在身邊，她這個做祖母的也不能說不好，何況只是住幾日。

「哦，我還以為妳也要多住幾日呢。怎麼，長公主沒有留妳？」

婁映煙本就不善言詞，這下更是不知該說什麼，只能低下頭忍著，不說話了。

烏氏見她受氣，臉上便露出滿意的笑，看來婆媳交惡不是一天、兩天了。

烏氏又看向薛宸，問道：「世子夫人這般年輕便已是一品誥命，可見是個能幹的。比起有些人，那是強了不知多少倍。」

薛宸微微一笑。「太妃謬讚，我得了這個誥命原和才幹無關，是婆母厚愛、夫君疼寵所致。我相信就算不是我，其他女子嫁入我夫家，定然與我相同，畢竟婆母和夫君都是極好的。」

烏氏臉色一變，哪裡聽不出薛宸諷刺她對婁映煙不好，撇了撇嘴，低頭整理根本就不亂的衣襟。明明生得跟黑面神似的，偏偏喜好穿亮麗的顏色，這樣非但不能襯托出她的膚色，反而會讓她顯得更加漆黑。

「既然妳的婆母與夫君這般好，怎麼還要妳長途跋涉到這裡來？說吧，別賣關子了，來找我有什麼事？」

薛宸見烏氏一臉篤定的樣子，料想她已經知道她們為何而來，心中必有了主意。

這回的事，薛宸在得知江家庶房的情況後，不難猜出這只是烏氏用來陷害他們的伎倆罷了。假意與庶房作媒，騙婁映煙回娘家探詢，然後在庶房的禮品中加入偽造的婚書與庚帖，不就是想利用婁家對付庶房嗎？

薛宸勾唇一笑，婁家可不是她想利用就能利用的。

「回稟太妃，我與二嬸前來叨擾自然是有事的，是想和太妃打聽江五郎的事。我們在京中聽說五郎乃王爺之左膀右臂，人品出眾、德行優良，這次太妃讓煙姐兒回來詢問，我與夫君都覺得五郎不錯，這才叫我與二嬸前來看看。」

這番話，沒有提及婁映柔半個字，所以不會壞了婁映柔的名聲，將她和外男聯繫在一起。反而因為沒有提及婚書，好像她們根本沒發現一樣。

果然，聽薛宸這麼說，烏氏有些疑惑地抬起頭，看了看薛宸。韓氏擔心，暗地抓住婁映煙的手，讓她少安勿躁。

婁映煙當然不會在這個時候拆薛宸的臺，便低垂眉目裝作毫不知情的樣子。這些年來她沒學會其他的，裝傻可是一把好手，在這樣一個家裡，如果學不會這個，真是一刻都待不下去。

烏氏狐疑地垂眸想了想，眼珠一轉，道：「看什麼？難道兩位今日前來，是想替府上三姑娘相看我家五郎不成？」

既然薛宸有意迴避婁映柔的名字，烏氏可不介意主動提出來。她的計謀正是要利用婁家對婁映柔的不捨，繼而將怒火宣洩在那不知好歹、不知進退的庶房身上。

薛宸隱下笑容，對烏氏不客氣地說：「太妃慎言，我什麼時候說是為了我家三姑娘？太妃莫不是年紀大了耳朵不好使？這樣敗壞我家三姑娘的名聲，不知是存了什麼樣的惡毒心思？」

烏氏這才發覺自己掉入陷阱。剛才，薛宸的話中確實沒有提及婁映柔，雖說她不願意和她們裝傻充愣，可也不願被薛宸扣上一頂罔顧姑娘名聲的大帽子，讓她有理變成沒理，她才不要上薛宸的當。

烏氏臉上堆起笑，道：「哦，算我失言了，這事原不該提出來的。不過……府上長輩覺得我家五郎如何呀？」

薛宸從容回答。「太妃說話可得注意了，我們這些嫁過人的倒沒什麼，最怕就是壞了姑娘家的名聲，那可是一輩子的事，不能有半點差池的。至於貴府五郎，我們也是聽煙姐兒說的，應該是個好兒郎。太妃，您說呢？」

烏氏的臉上有些掛不住了，聽薛宸的口氣，似乎婁家並不排斥這門親，婁映煙是不是少說了點什麼，江五郎可是庶房的人啊！婁家真願意把嫡小姐嫁給一個看不到前途的庶子？她覺得不大可能，但薛宸的話卻又有那麼點意思。

烏氏繼續試探道：「這……煙姐兒說好，那就是好了。五郎雖是我們江家的孩子，卻不是我生的，平日裡隨他母親住在城南，逢年過節才回來給我請安，人品如何我是不清楚的，難為煙姐兒對小叔子這般了解。」

婁映煙再忍不住，站起來對烏氏道：「母親，不是您讓我回去問問這件事嗎？關於五郎的評語不都是您親口與我說的嗎？若是您沒說，我如何會知道呢？」

烏氏低頭冷哼了聲。「哦？是嗎？我可不記得和妳說過這些，只說龔姨娘來找我，想給她家五郎說一門親事，我便推薦了婁家。不是妳自己要替龔姨娘問問的嗎？為何推卸到我身上來？」

婁映煙簡直要哭了，拚命忍住才沒有落淚，韓氏將她拉到後頭坐下。

薛宸見狀，站了起來對烏氏說道：「不管是誰說的，我們既然來了，見見五郎也無妨。若真是好的，也未嘗不可啊。」

薛宸的話說得模稜兩可，叫烏氏完全摸不著頭腦，想要拒絕，卻又沒有理由，畢竟人家沒說是來幹麼的，只說要瞧瞧罷了。這下她有些拿不定主意，若婁家真看上了五郎那該如何是好？

沈吟片刻，烏氏問道：「見他倒是不難，只是……之前龔姨娘親自給府上準備了些薄禮，你們可曾收到？」

薛宸意外地看了看烏氏，揚眉道：「自然收到了。明日若能見著龔姨娘與五郎，我們當然要道謝的，還請太妃不必擔心。」

烏氏的心驀地沈了下去，看來婁家根本沒有打開那些東西，沒發現盒子裡的乾坤。原本她還以為婁映煙是帶著她嫂子上門來質問那件事，沒想到根本不是——倒像是真來給五郎作媒的。

思及此，烏氏恨得牙癢癢，說什麼也不能讓那個賤人和她生的兒子攀上這門親。就這種情況他們都沒把她放在眼裡，若真讓他們攀上婁家那還得了？不得鼻孔朝天地看她嗎？她被龔氏壓了一輩子，好不容易熬到自己兒子襲爵，怎麼可以讓他們就這樣踩著她往上爬？又不是吃飽了撐著。

烏氏僵著笑容，對薛宸笑了笑，然後才轉頭對婁映煙道：「妳先帶世子夫人和二夫人去客院歇息。五郎之事，等我問過龔姨娘之後再說吧。」

第七十一章

婁映煙帶著薛宸和韓氏去了東邊廂房，管家已經安排好，她們的丫鬟便各自收拾去了。

薛宸等人坐到一旁的耳房中，婁映煙對薛宸問道：「大嫂，妳怎麼不直接和她對質呢？這樣她還以為咱們家許了五郎和柔姐兒的婚事呢。」

薛宸沒說話，韓氏從旁道：「煙姐兒莫急，妳大嫂這麼做是對的。妳也是糊塗，到現在還沒看出來這到底是怎麼回事嗎？」

婁映煙迷茫地搖頭，韓氏暗自嘆息，好在這個大姑娘不聰明，這些年才能勉強過下去，要是她，成天被這麼氣著早拂袖離去了。

不過，婁映煙畢竟是衛國公府裡的大姑娘，就算她不懂，她也有義務教她懂。

於是韓氏耐心地對婁映煙解釋。「這是妳婆母想利用咱們婁家當槍使。妳以為那婚書真是江五郎和龔姨娘放的？」然後把婁映煙拖到身邊，在她耳邊輕聲說了幾句。

果然，婁映煙震驚地看著她，恍然大悟，走到正欣賞壁畫的薛宸身邊，問道：「那現在怎麼辦啊？」

韓氏也走過來，對薛宸說道：「是啊，我們這麼乾等著也不是辦法，聽太妃的口氣，咱們明天未必能見到龔姨娘。」

薛宸既然流露出婁家對江五郎有興趣的意思，那烏氏絕不會冒險把江五郎給喊來，萬一真被婁家看上了，她陷害人不成，反倒給對手找了個強大靠山。這種自掘墳墓的事情，烏氏應該不會做吧。

薛宸用手摸了摸牆上的浮雕壁畫，勾唇道：「咱們見不到龔姨娘，那就讓她來見咱們。」

說完這話，薛宸看了看門外，對兩人說：「我有些累了，先回房給太夫人寫信。太夫人說了，一天不寫她就要派兵過來，可不能耽擱。」

韓氏她們知道這件事，見薛宸胸有成竹便不再多問。韓氏讓婁映煙回去休息，然後自己才回房。

薛宸去了自己的客房，喊嚴洛東進來，交給他一份庚帖，用婁家特製的信封裝好，讓他偷偷送到龔姨娘的住所，並要他調查烏氏和淮南王太妃是什麼時候牽扯上的。

交代完這些薛宸開始寫信，寫完讓夏珠拿去給婁映煙，讓她負責把信按時送回京城，才去內間小睡了一下。

她沒睡多久就被夏珠喊醒，說是嚴護衛回來了。

嚴洛東帶回叫人震驚的消息。原來這回淮南王太妃和王妃並不是單獨來的，而是另外帶著私兵，就在汝南王府後山紮營。

薛宸立刻清醒，蹙眉問道：「屬實？」

嚴洛東點頭。「屬實！我去探過，有三、四百人的樣子，可淮南王太妃和王妃身邊只有十來個護衛，那麼多人囤在後山，十分可疑。且我調查過，淮南王太妃和王妃是昨天進城的，只與咱們相差一天。這樣巧合，叫人不得不懷疑。」

薛宸陷入了沈思中，淮南和汝南相隔不過百里，如果她們從京城出發時有人給淮南王府通風報信，淮南王太妃等人馬上出發，的確可能比薛宸她們早進城並先布防好。

可淮南王府這麼做的目的是什麼呢？她從京城來，所帶護衛不過幾十人，連帶婁慶雲暗地裡安排的最多不過百餘人，那淮南王太妃她們為何帶數百人來？而且聚集在汝南王府後山，這說明汝南王府不可能不知道。但汝南王近來都在籌關盯著戰事，對府中之事必然不甚知曉。

薛宸想不起來上一世汝南王和淮南王到底有沒有暗中聯繫，不得不多想。如果淮南王太妃她們帶來這麼多人，最終的目的是她們，她們在汝南有個三長兩短，汝南王和婁家的關係就算是徹底斷了，甚至很可能兵刃相向。

這件事汝南王有沒有參與薛宸不敢保證，但能肯定的是，汝南王太妃一定參與了。看樣子，她對婁家的恨並不限於跟婁映煙的婆媳問題，難道還夾雜別的事，才讓她這樣配合淮南王府？

薛宸心頭一團亂麻，想了想，冷靜下來，入內寫了一封信交給嚴洛東。「這封信派人快馬加鞭送回京城給世子，讓他盡快回覆我。」

嚴洛東把信放入衣襟中，然後問道：「夫人還有什麼吩咐嗎？」

「這幾天安排護衛的班次，暗中監視後山的情況。最主要的，是把淮南王太妃和王妃每日的作息調查清楚，我要知道她們每天說了什麼、做了什麼。」

嚴洛東收到命令後，便退了下去。

薛宸走到書案後頭，拿著蘸了墨汁的白玉狼毫發呆。京城之中，誰會對她下手？誰有這個能力對她下手？腦中漸漸浮現出一張清雅動人的臉——

柳煙？她是右相的外室，特別受寵，從右相安排在她宅子周圍的護衛便可見一斑。如果只是單純保護她的安全，何必動用那種高手？嚴洛東曾經和她說過，這些人應該是禁軍出身，不過不知為何，居然隱退下來替右相效命。

右相心中有雄圖霸業，招攬這樣的人才並不稀奇，稀奇的是他將這些人用在保護一個外室身上，這就不得不讓人懷疑了。薛宸幾乎可以肯定，柳煙不僅僅是右相的外室，還可能是他的左膀右臂，替他在暗地裡做些事情，好比控制住青陽公主這樣的後宅女人之事的任務，也許就落在柳煙身上。

上回，她毫不費力就喊出柳煙的名字，讓柳煙感覺到威脅，想藉機除掉她，或者控制她……這個猜測雖然有些荒謬，卻讓薛宸開闢出一條新的思路。

畢竟京城之中有腦子又和她有恩怨，還有能力做出這麼大手筆事情的人，薛宸實在想不出第二個來。

京城裡，柳煙臥在軟榻上，聽著屬下彙報汝南的情況，榻前擺放著一張檀木香案，右上角置著香爐，中間攤著兩本冊子，一張寫了一半的宣紙，似乎是在作詩，以酒為詩，平添雅趣。

「淮南王太妃和王妃已經到了汝南，她們的人全安排在汝南王府後山。第二天，衛國公府的世子夫人也到了。這些天，江之道一直在籌關，不在府裡，這事只要不洩漏，他就管不了。」

柳煙似乎有些醉了，雙頰泛著酡紅，一揮衣袖，讓丫鬟再送了一杯瓊漿上前，喝了一口後才說道：「不可掉以輕心。衛國公府的世子夫人可不是省油的燈，身邊高手如雲，讓淮南王府那些人藏得遠些，別叫她的人察覺了。你們只管辦事，只要拿下她，自然能把妻家拿捏到手裡，對相爺的大業極有裨益。」

她的屬下立刻單膝跪地，保證道：「是，夫人儘管放心。這件事關乎相爺大業，我等定不會出任何差池。」

柳煙的聲音響起。「下去吧。」

那人離開後，柳煙的貼身僕婢范娘子走上來。之前她與柳煙在海市街遇過衛國公府世子夫人，知道對方並不是個好惹的，擔心自家姑娘被牽扯進去，遂進言道：「既然姑娘知道那世子夫人不是個省油的燈，為何又要招惹她呢？先不說妻家會不會因為她而倒戈，就上回咱們與她說話時，她的本領卻是奴婢平生僅見的。相爺安排在您身邊的都是些高手，她的人竟能突破重圍闖進來探得您的姓名，這就是件令人驚訝的事。

「如今您惹了她，若是成了，她勢必反撲；若是敗了，也會把咱們暴露在她面前。在相爺的大事未成之前，太早暴露自己絕非好事啊！」

柳煙看著范娘子，這個女人是這個世上除了她娘之外對她最好的女人。她們倆共過患難，在跟了相爺之前，柳煙能活下來全靠范娘子。後來，她做了相爺的外室，才把范娘子接到身邊。

柳煙對范娘子頗為信任，有些話願意和她說，但對於薛宸的事卻不願說太多，只是從軟榻上坐起來，對范娘子勾了勾唇，說了句模稜兩可的話。「我就是要看看她到底有多大的本領。若是連我這點手段都看不清，哼哼……」

范娘子聽不懂柳煙的話，還想問，卻見柳煙站起身，開始醉醺醺地輕解薄紗往內室走去。內室中有一處人工開鑿的溫泉池水，是相爺命能工巧匠特意給柳煙砌的。柳煙最喜歡的，就是在醉酒之後泡入溫泉池子中，一醉就是一下午。

柳煙伏趴在池邊，水霧生煙，目光盯著上方那盆插花，似乎有些乾枯了，不禁游過去用手舀起水澆上去。如此反覆兩、三次，才屏氣緩緩沈入水中，靠在池壁，讓水淹到口鼻上，只露出兩隻眼睛，像潛伏在水裡的鱷魚般，盯著水面的波紋與漣漪。

薛宸，妳可千萬不要讓我失望啊！

汝南王府的西跨院中，淮南王太妃左氏和王妃金氏正湊在一起說話。

「母親，我們什麼時候動手？」金氏問道。

左氏雙眼一瞇。「再看看。」

金氏似乎有些著急。「母親，這事越早辦完越好。咱們的人藏在後山，因為這段日子汝南王不在府中才得以平安無事，若是他突然回來，必會發現後山有異。到時，不僅擒不住衛國公世子夫人，連咱們都可能折在這裡。」

金氏的擔憂其實不是沒有道理。汝南和淮南有分界，井水不犯，縱有過界也需報備，按照規定，任何一方出使不能帶超過二百人的護衛。可是這次她們足足帶了五百人，分批入城已是冒險，若不能一舉將薛宸擒下，反而被汝南王發現異動，到時就算汝南王強行扣著她們，淮南王都沒辦法施救，豈不是任人魚肉嘛？

左氏瞥著膽小的兒媳，嘆了口氣。「就是再急，也得探清楚她們來了多少人才行吧。妳這般急躁有什麼用？」

金氏的確有些急，心緒不寧地坐下，埋怨道：「我能不急嗎？我什麼時候做過這種事啊？要是被婁家知道了，必與我們淮南王府為難。您是瑾妃娘娘的姨母，淮南王府算是娘娘半個娘家，這麼多年來咱們王府一向太平，為何要來做這危險之事呢？」

左氏瞪了金氏一眼，冷道：「妳也知道我是瑾妃娘娘的姨母？這麼多年來咱們淮南王府之所以能太平，難道不是因為娘娘的庇護？娘娘為皇上誕下二皇子，妳可曾想過，若是二皇子登基，淮南王府今後將獲何等榮寵？富貴險中求，古往皆是，如今咱們不過是出人手替娘娘做些事，豈能畏首畏尾？」

金氏聽了，不敢說話。左氏瞧著這個兒媳，暫且忍下了心中的怒氣，問道：「東西和人都準備好了嗎？今晚子時準時動手，事成後妳就發出信號，讓後山的人下來，咱們連夜趕回淮南。」

金氏點點頭。「準備好了。可是，我們一定要這麼做嗎？」

左氏睨著她，訓道：「成大事者不拘小節，妳總這麼婆婆媽媽的，將來咱們若是重返京城，可有妳受的！」

金氏哪敢再反駁左氏，順從地說：「是，兒媳知道了。」

左氏看著她，這個兒媳是她親手選定的，出身好、有大家風範，就是膽子小了些，今後還有得歷練。又低聲吩咐了句。「妳讓金三他們得手之後，務必按照計劃行事，告訴他們，這是王爺的軍令，不得不從。哼，衛國公府榮耀了這麼些年，是該出一件大事讓他們退下去了。」

金氏當然知道左氏說的計劃是什麼，就是殺了薛宸。她倒不是心軟，只是害怕這麼做以後會不會徹底惹怒婁家？到時候淮南王府就再難有太平日子過。可既然婆母已經攬下這件事，她們只能前進、不能後退，誰讓那個薛宸活該倒楣呢?!

婆媳倆說完話，左氏便拉著金氏往外走去，親自查看她們的準備。

嚴洛東在吃晚飯時趕回來向薛宸覆命，廖簽已經在後山布防好，他的人全是錦衣衛出身，可比一般護衛將領強多了，天生就是生活在黑暗之中，由他們盯著再合適不過。

薛宸睡下之後，便由夏珠和蘇苑守在外室。

子夜時分，一根煙管刺入紙窗，吹入迷煙。片刻後，兩道黑影從外頭闖了進來，越過已然昏睡的夏珠和蘇苑，到了薛宸的床鋪前。

兩人對視一眼，捲起被褥中的沈睡之人，扛上肩膀，如來時般穿過迴廊往後門走去。

出門後，一道響箭刺破夜空，兩人發送信號後便把人送上早等候在巷口的馬車，然後驅車往城門而去。

汝南城有宵禁，任何人過了亥時就不能再出入城門，除非有汝南王的虎符走軍道，否則不管任何緣由都不能過時出城。

馬車停在離城門最近的一條黑巷子中，等待援軍的到來。

不過片刻工夫人便從四面八方湧上，全部穿著黑衣、蒙著面。為首之人對身後護衛們作著手勢，整裝待發後便下令拔刀，五百人一起衝向了緊閉的城門。

在離城門還有三十步時，一支支利箭便由高至低疾射而下，黑衣人不減步伐，在月光下舉刀狂衝。

城門打開，幾百個城門守衛衝了出來，在一片火光中展開了殊死之戰。這便是淮南王太妃分批調遣五百士兵入城的原因了，就為了這一刻能有餘力衝出汝南城。

城門內外殺聲震天，城門將士似有不敵之意，未弄清楚來人是誰，已經開始在城門口放狼煙、吹號角，整個汝南城都被驚動了。

城內所有的士兵盡數清醒，迅速往城門口聚攏而去。一隊官兵率先前來護衛汝南王府，以保府中女眷不為賊人所襲。

外頭成了殺戮戰場，白嬤嬤扶著烏氏從床鋪上坐起，守在她身邊，小聲問道：「太妃，要不要出去看看情況？」

烏氏把心一沈，搖頭道：「不必。咱們只當什麼都不知道，不必去管了。」淮南王太妃只說要抓住薛宸為難婁家，這事成了，她就替她解決龔氏那個麻煩。雖然有點對不起婁家，可烏氏想著這麼多年來受的氣，著實忍不下去，不管用什麼方法都要出這口氣才行。

白嬤嬤點頭。「是。」

淮南王太妃左氏披衣站在窗前，看著城門口的火光，臉上露出獰笑。

哼，衛國公府的太夫人寇氏一輩子都那麼高高在上，年輕時還和她有不少過節。她倒要看看，今夜過後，他們家的世子夫人在汝南遇害，婁家還有何顏面立足於京城之地！

五百淮南軍卯足了勁又是早有準備，汝南城門不過三百守衛，根本不是對手，就是加上之後趕來的士兵也不過七、八百人。在那些人趕來之前，五百淮南軍已殺出大半，護著馬車，直闖城門。

又是一番廝殺後，淮南軍終於護著馬車出城而去，汝南軍在後追上，又怕是調虎離山之計，不敢傾全城兵力去追。

五百淮南軍折了三百，剩下兩百人護著車馬一路跑向森林深處，大約離汝南城足足三十里後，參軍金三方下令停止。

金三是王妃金氏的親弟弟，在淮南王府做參軍，此回奉命前來擒拿衛國公世子夫人。除了抓人之外，還有一項很重要的任務，那就是——把擄來的妻家世子夫人給殺了。

這件事無關他的個人想法，這是軍令。身為軍人，服從軍令是最重要的事。

金三派人守在馬車外，自己走進馬車。黑暗中，因為中了他的迷藥，那個女人昏迷不醒，用腳踢了踢被褥，她仍一動不動，顯然是還沒醒來。金三自問是個正直的人，讓他殺一個手無縛雞之力的女人有些下不了手，於是下了馬車，喊了副手過來，在他耳邊說了幾句話。

副手看了看馬車，有些遲疑，低聲問道：「三爺，真要殺嗎？那可是衛國公府的……」

世子夫人這四個字還沒說出來，就被金三打斷了，厲聲道：「什麼衛國公府，讓你殺你就殺，廢什麼話？這事辦成了，王妃自然有賞。」

那副手也算是金三的心腹，知道金三是王妃的親弟弟，他說的話自然是對的，想著以後的高官厚祿，就沒那麼擔心了。抽出腰間的刀掀開車簾鑽進去，手起刀落，沒一會兒便出來了。

他對金三點了點頭，用衣服把刀刃擦了擦，衣袖上滿是血跡。

金三呼出一口氣，在半路動手把人殺了，這是太妃吩咐的，這樣就算半路被救，他們也無力回天；人都死了，再怎麼樣也沒用了。然候吩咐隊伍集合啟程，把馬車留在這片樹林中，總會被人發現的。

不料隊伍才剛走幾步，天上即落下幾張大網來，黑衣衛士們立刻慌了手腳，左右突圍。他們剛剛大戰一場，早已筋疲力竭，此時遇到這般圍捕哪裡還能逃脫，大網一收緊，便如甕中鱉般被擒住，連敵人在哪兒都沒看清，更別提知道是誰了。

金三幾個出入過馬車的人被另外抓了出來。廖簽和嚴洛東從黑暗中走出，廖簽肩上扛著長劍，吊兒郎當的；嚴洛東卻是冷靜自持、不苟言笑，其貌不揚的臉上一點笑意都沒有。

金三不認識他們，以為是汝南王府的人，啐了一口唾沫，說道：「怎麼？你們來救人？晚了點吧！人就在那馬車裡，你們去看看吧，哼哼哼……」

金三知道，就算洩漏身分汝南王府的人也不敢殺他們。衛國公府的世子夫人死在汝南境內，婁家知道後一定不會放過汝南王府，到時候，汝南王只能投靠淮南王，所以此刻便極盡挑釁地說話，完全沒有發現嚴洛東等人的裝束根本不是汝南王府的人。

廖簽呸了一口就要上前。「我呸！晚什麼晚？你知道車裡……」話未出口，就被嚴洛東攔住了。

廖簽捣著被莫名其妙賞了一巴掌的嘴，不解地瞧著嚴洛東，幹麼不讓他說出真相？

只見嚴洛東向前一步，不再跟金三等人多說，冷冷下令。「把人全帶回去！」說完便翻身上馬，領頭往汝南城趕去。

廖簽追在他身後，還是覺得有些莫名其妙。

天方魚肚白，烏氏才從房間走出。

清晨的陽光有些刺眼，她站在院子裡，靜靜聽著府外的動靜。

白嬤嬤來報，說圍在府外的士兵們確定王府沒有危險後已經撤離。給烏氏披了件披風，見烏氏的臉上多少還是有些擔憂，便說：「太妃，昨夜東廂房那邊全部出動了，到現在似乎都沒回來……您還是進屋去吧，這裡風大。」

烏氏點點頭，一夜沒睡的她此刻眼睛下方滿是烏青。驚擾了一個晚上，若說她不心虛、不慌張是騙人的，她現在有些後悔，可是似乎已經來不及了。

烏氏正要入內，卻被一道匆忙的聲音喊住了，是淮南王太妃左氏。

左氏滿面笑容朝烏氏走來，把烏氏拉入內。白嬤嬤帶著伺候的丫鬟，全退出去了。

左氏這才對烏氏說道：「事成了，我特意等到天亮才來找妳。妳放心吧，妳拜託我的那件事，我保證幫妳做得漂漂亮亮，絕不會容那個賤人再活在妳的眼皮子底下。」

烏氏聽左氏這般保證後，心底的驚慌失措才稍微平復，點了點頭，像是抓住浮木般抓住了左氏的手。「那……就拜託姊姊了。」

左氏說道：「妳就放心吧，瑾妃娘娘是我的親甥女，妳這回替她做成這麼大的事，她若是知道了定會多謝妳，到時候，還怕越不過那小小的姨娘去？一會兒我就要走了，城裡出了這麼大的事，我沒辦法久留，等我回了淮南定不會忘記妹妹所託。」

烏氏把左氏送到院門前，正話別著，左氏的貼身嬤嬤跑了過來，在左氏耳旁說：「太妃，不好了，王妃不見了。怎麼都找不到人。」

左氏和烏氏對視一眼，左氏說道：「她能去哪兒？再去找，別耽擱了我們回去。」

那嬤嬤有點焦急。「全都找遍了，沒有！王妃的侍婢也不見了。」

烏氏聽到這裡，覺得不對了。「這……王妃是怎麼了？她去哪裡了？未曾告訴姊姊嗎？」

左氏臉上現出尷尬，說道：「讓妳見笑了。我這個兒媳的膽子也忒小，居然害怕擔責任就躲藏起來。我這便去找她。」

烏氏更加不解。「王妃為何躲藏？」不過是擄人罷了，又不用她做什麼，有什麼好躲的？

不過，既然左氏都不擔心，自己又有什麼好擔心的呢？

「我要找到人就直接回去，不來和妹妹話別了。衛國公府若是找來，妳儘管讓他們去淮南王府要人，我們可是有大禮要送給他們！」

左氏說完這話，拱門後即傳來一陣拍手的聲音。

韓氏和婁映煙從拱門後走出，嚇了左氏一跳，見來人是衛國公府的二夫人和婁映煙，才定了定神。

韓氏走過來對她們問道：「給兩位太妃請安了。剛才我們來得不巧，沒聽清楚淮南王太妃說什麼，可否請太妃再與我們說一遍？什麼衛國公府若是找來，便直接去找淮南王府？我們要找什麼呀？」

左氏臉色一變，瞧韓氏和婁映煙身後並沒有護衛才放下心，冷哼道：「妳們不知道嗎？那我就不用特意說了。若妳們發現了，再去淮南王府找我吧。」

說完這話，左氏便伸手推開韓氏，帶著來報信的嬤嬤往拱門外走去。

可剛越過韓氏，左氏便徹底愣住了。

只見薛宸正俏生生地立在一株梨樹下，瞧著樹上剛剛結的青梨子，聽見拱門後有人走出，便回過頭，姿容豔麗得彷彿天界仙子般，連門內的一眾女人都不禁看呆了。

左氏臉色鐵青，指著薛宸半晌才說出一句。「妳、妳怎麼在這裡？」

薛宸隱下笑容，拈著一根樹枝往左氏走去。

她一邊往前走，左氏一邊往後退，好像對面走來的並不是一個謫仙般的女子，而是從地獄裡爬出來的惡鬼。

薛宸生生用氣勢把左氏逼入拱門內。烏氏瞧見薛宸也大驚不已，卻在和薛宸對上一眼後趕忙避開了目光，轉向另一邊，不敢再看她一眼。

這時候烏氏要還看不出左氏的計劃失敗了，她也是個棒槌了。心中暗自思慮，該如何找尋藉口？想了好一會兒後，把心一橫，她只要裝作什麼都不知道就行，諒薛宸也沒有證據指責她。這麼想通之後，烏氏才覺得稍稍放心些。

但左氏的承受能力可就沒有烏氏好了。她簡直不敢相信薛宸竟會在這裡出現？她……她……不是應該在子時就被她的人劫出汝南城，現在已經被……如今卻好端端地出現在這裡。

左氏不自覺地就要跑，卻衝不出韓氏的阻攔。韓氏手底下有功夫，對付那些護衛可能不行，但對付對付後宅的女人還是綽綽有餘的。

左氏被韓氏抓住胳膊扭在身後。薛宸經過左氏身邊時順手抓下她頭上的髮簪，讓左氏一頭花白頭髮披散而下，跟個瘋子似的。

左氏大叫。「薛宸！妳放肆！我是淮南王太妃，妳們竟敢這樣對我！妳信不信我上書娘娘，讓妳……」話還沒說完，就戛然而止了。

此時一批人被押入了拱門，來到庭院中間。其中有五個穿著黑衣勁裝的男人，被捆綁得結結實實推進來。其他的，應該都是薛宸身邊的護衛。除了那個昨天出現過的，還有另外幾個看著面生的，但從周身氣場判斷，應該都是武功高手。

嚴洛東來到薛宸面前，作揖回稟。「人都在這兒。」

薛宸點頭。「嗯，她呢？」

嚴洛東指了指拱門外。「在擔架上。」

薛宸上了石階，無視一旁的烏氏直接走入花廳內。韓氏押著左氏進去，一刻都不肯鬆手。烏氏被大隊人馬逼著，也只好跟著進去。

薛宸坐在昨天來時的位置上，看了烏氏一眼。烏氏頓時有些心虛，卻硬逼著自己振作，走到薛宸面前頤指氣使地說：「世子夫人，妳這是什麼意思？淮南王太妃是來府裡作客的，妳卻放縱妳的人擒住她，也太不把我們汝南王府放在眼裡了。快叫他們鬆手，否則我可喊人來了，到時候大家臉上都不好看！」

薛宸勾唇一笑。「太妃請便，我正愁看客太少呢。妳多喊些人來，我還要謝謝妳呢。」

烏氏被她逼得說不出話來，色厲內荏地甩了袖子。

左氏披頭散髮地喊叫。「薛宸，妳好大的膽子！就是你們衛國公府的太夫人也不敢如此對待我。妳放肆！」

薛宸對韓氏使個眼色，韓氏即伸手摀住左氏的嘴。

薛宸不和左氏廢話，直接問道：「這就放肆了？太妃未免也太大驚小怪。昨夜妳派人闖入我的院子裡，從我的床上抬走人，這樣放肆的事情我還沒有和妳清算呢。如今這樣對妳，如何就放肆了？」

左氏聽她這般說話，又看見金三被縛跪在外，便知事情必定沒成。既然事情沒成，薛宸還好端端地站在這裡，而且金三他們又不是昨晚進房時被當場抓住，所以她一點都不怕，畢竟薛宸拿不出證據來。

可左氏一抬頭，就對上了薛宸似笑非笑的臉，心中一突，見薛宸突然湊近她，問道：「對了，這麼久了，怎麼沒瞧見淮南王妃呢？」

左氏看著薛宸笑容燦爛的樣子，心中突然一陣冰寒，難以置信地對薛宸瞪起驚恐的雙眼，顫抖著嘴唇，問道：「妳……妳把她怎麼樣了？」

薛宸突然笑出了聲，又突然冷下來，道：「太妃這話說的，我能把王妃怎麼樣呢？她不是和太妃住在同一個院子裡嗎？」

不等左氏回答，薛宸便站直身子往外頭喊了一聲。「嚴護衛、廖護衛，你們誰瞧見淮南王妃了嗎？」

嚴洛東上前一步，回道：「回少夫人，我們沒瞧見淮南王妃。從昨夜開始，我們就一路追尋那些闖城門的賊子，追到三十里外的森林才抓到他們，這幾個就是匪首。除此之外，我們還帶回一個在馬車上的人。少夫人要把她抬進來看看嗎？」

薛宸盯著左氏，說道：「好啊，抬進來吧，看看這些匪人處心積慮、費盡千辛要擄走的人到底是誰？」

一個白色的擔架從拱門外抬了進來，身上還裹著被子，髮髻全部鬆開，黑髮從被褥一端垂下，枯黃的髮尾一晃一晃的，晃動著左氏的心。除此之外，擔架一路抬過來，滴了一路的血，擔架上的人生死如何已經不言而喻了。

左氏心裡明白，悲痛地大叫一聲，不知哪兒來的力氣，撲了出去。

擔架被擺放在金三他們幾個黑衣人面前，左氏撲上去，扯開被褥的另一頭，淮南王妃慘白憔悴的臉就暴露在陽光之下，雙眼瞪得老大，空洞又驚愣，脖子處的血痕那樣猙獰，血跡已經有些乾涸。

在場所有人都被這景象給嚇壞了！

第七十二章

饒是韓氏心裡有了準備，可看到這一幕時依舊忍不住避開了目光。而婁映煙轉過去，就趴在欄杆上吐了起來。

廖簽瞧著被他們押送回汝南城後仍一身得意洋洋的金三，他徹底崩潰了，一下子癱坐在地上，喉嚨像是被人掐住似的，怎麼都發不出聲音來。良久後，才見他痛苦不堪地以頭叩地，發出巨響，喉嚨裡不住發出野獸般的嘶吼，簡直快要發瘋了！

這怎麼回事?!他……他竟然親口吩咐叫人去殺了自己的姊姊？

連廖簽這個刀口舔血的人看了都不免心寒，轉頭看嚴洛東，現在才有些明白剛才他不讓他直接把真相說出來的原因是什麼了……想對一個人的打擊大一點，就是要讓他毫無防備得久一點。看到這裡，廖簽幾乎有些同情那個金三了。不過，誰能說這一切不是他們自作孽不可活呢？

如果不是少夫人早早發現了他們的計劃，現在淒淒慘慘躺在這裡的會不會就是……一想到這裡，廖簽就及時打住，不敢再往下想。這些人現在有多慘，他們的所作所為就有多可恨！

烏氏也驚呆了，直覺這回的事情似乎鬧大了，不管是得罪淮南王府還是婁家，這下她都很難再撇清關係了，雙腿發軟癱坐在地上。白嬷嬷趕緊蹲下來扶她，可烏氏的腿像是灌了鉛似的，根本沒有一點力氣。

白嬷嬷扶不動她，只好蹲在烏氏後面讓她靠著。烏氏臉上滿是驚恐，目光空洞地看著庭院中的一切。

薛宸神色如常地走出花廳，站在廊下對嚴洛東等人問道：「喲，王妃這是……死了嗎？」

嚴洛東面無表情地回答。「回夫人，我們追著賊人，趕到樹林時王妃已經被這些人殺害在馬車中了。我們來不及救，只好把犯人帶回來交給兩位太妃處置。」

廖簽在心裡對嚴洛東的認識又上了一個臺階，這也是個氣死人不償命的。淮南王家的王妃都被他們自己的人殺了，還要人家出面處理……果然無毒不丈夫啊！

左氏站起來跑到薛宸面前質問。「是妳！是妳害的！」

韓氏擋住了左氏。「太妃，妳冷靜點，世子夫人不是說了，咱們的人是去救人的，可抵不住賊人下手太快。幸好咱們的人去得早，要是再晚些，王妃被棄屍荒野，現在估計連全屍都保不住了。」

薛宸把韓氏推到旁邊，自己對上左氏。「太妃這話，我可就不愛聽了。是誰害的，不是妳空口無憑說的，妳轉過頭問問那些匪首不就知道了？他們總不會騙妳吧，畢竟……都是淮南王府的人不是嗎？妳去問問王妃這事是誰幹的，去問啊！」

左氏臉上的表情著實精彩，怨憤地盯著薛宸，幾乎要把她的一張臉看出窟窿，眼中的血絲都快要爆出來了。她哪裡敢問，這件事到底是如何她會不知道嗎？

她原本計劃得好好的，將薛宸擄走，在半路把人給殺了，然後她的人即刻返回淮南，等到薛宸的屍首被人發現，他們也無力回天了。

這樣婁家和江家就要決裂，到時候兩敗俱傷。江家被毀的話最好，若未被毀，那汝南王便只能投靠右相。而婁家會因此一蹶不振，這樣太子那邊就少一個強勢的助力，瑾妃娘娘的二皇子就多個機會……

可她沒想到，計劃沒有成功，反而把淮南王妃的命給搭了進去。她怎麼能問？她怎麼敢問?!

薛宸冷笑一聲，伸手輕輕一推，左氏就跌在地上，瞬間蒼老了十多歲似的。

薛宸繞過她身邊，走到被捆綁跪地的金三面前，居高臨下冷冷地問道：「太妃不敢問，那我就替她問問好了。」目光中透著冰冷。「金三，是誰讓你從我房中擄人，將人殺害的呀？」

一口就喊出他的名字，金三哪裡還不知道整件事就是這個女人做的手腳，竭力反撲，卻被嚴洛東拉著，只能發出憤怒的咆哮。「妳這個惡毒的女人！我殺了妳！她、她是我姊姊呀……親姊姊……妳讓我親手送她去死……」

薛宸在猙獰的金三面前絲毫不為所動，提起裙襬抬腳就踹在金三的面門上。因為用足力氣，竟然踢斷了對方的一顆門牙。

她惡毒？如果不是她早發現他們的計劃，現在誰能保證躺在淮南王妃位置上的不是她？

薛宸從不覺得自己是個善良的女人，向來是你敬我一尺，我敬你一丈。若是惹上門來，她也不是那麼好打發的。

這一切，她都會算到柳煙頭上。

賠一個淮南王妃就夠了嗎？不，不夠！做事的人固然可惡，可背後策劃的更加可惡！現在淮南王妃有多淒慘，就說明她們想對她做的事有多殘忍！看見淮南王妃，等同於看見了被害的自己，讓她怎麼可能不背脊發寒？

左氏在聽到金三這變相承認的話後，突然來了力氣，生怕他再說出別的，抽出一旁侍衛腰間的佩刀就要殺了金三，卻被廖簽一腳踢飛她手裡的刀，撲了個空。

這下，左氏再也顧不上什麼臉面，指著薛宸就罵起來。「是妳！就是妳害了王妃還想狡辯不成？誰不出現，偏是妳的人出現在那樹林裡，還說不是妳害的？我告訴妳，這件事我必要捅破天際，我要告御狀，我要讓皇上辦了妳！」

薛宸簡直要被左氏逗笑了，冷著臉來到她面前，彎下腰，面對面，一字一句地說：「告御狀？是我讓淮南王府的人去我床上擄人的？是我讓他們在樹林裡將王妃殘忍殺害的？退一萬步說，難道是我讓他們不確定是誰就殺人的？太妃這話說的，著實……沒有道理啊。」

左氏像是瘋了般，就要去掐薛宸的脖子，覺得自己看見的不是人，是個魔鬼！

薛宸見狀，心裡想著，這件事難道不是左氏自作自受？若非她們想這樣算計她，又如何會被她反設計呢？

不過，這個世上懂得反省的惡人實在太少，他們慣於把責任推到別人身上。

薛宸不想再和左氏繼續討論了，正要下令把人全押下去，院門口響起一道冷峻的聲音。

「發生什麼事了？」

只見江之道穿著一身鎧甲站在拱門後，身後跟著幾個親兵，其中一個似乎是副官，容貌清秀，與江之道生得有些相像。

看樣子江之道是帶兵連夜趕回來的。昨夜汝南城門兩軍相交，城門守衛不敵，放起狼煙、吹了號角，即便遠在籌關，軍營裡也能瞧見汝南城放出的狼煙。江之道趕回府，發現大門開著，連守衛都沒有一個，趕緊進來查看，誰知道卻瞧見一大幫人圍在他娘烏氏的院子外頭。

瞧見人群中最顯眼的那個女人，江之道為之一震，連忙趕過去，對薛宸喊了一聲：「大嫂。」

前幾天他就收到婁慶雲的信，知道薛宸和婁映煙一起來汝南。原本他想把籌關的事情分配一下就回來的，沒想到她來的第二天，他還沒安排好軍務，汝南城就出了事。

江之道一邊問、一邊環顧周圍，就看見擔架上那慘不忍睹的屍體、淮南王太妃面如死灰地被人押著，還有那被縛的黑衣人竟然是淮南王府中曾和他有所交集的金參軍。他不是淮南王妃的親弟弟嗎？怎麼一副快要瘋癲的樣子？

他看了一圈，最終還是把目光落在薛宸身上。

薛宸對他微微一笑。「王爺安好。你收到既明的信了嗎？」

江之道點點頭，依舊對這裡的情況不甚了解。「收到了，原本想過兩天就回來，可沒想到昨夜汝南城出了事。到底是怎麼了？淮南王太妃和王妃如何會出現在這裡？王妃這是……」

薛宸對嚴洛東遞去一眼，嚴洛東便上前稟報昨夜事情的始末。

江之道越聽越覺得頭大，瞧著不住發抖、幾乎瞪紅了眼睛的金三，能肯定嚴洛東說的的確是事實。

淮南王太妃和王妃帶著五百人潛入汝南，為的就是擄走薛宸。薛宸知道了他們的計劃，就把淮南王妃藏到自己的床鋪上，而這些人擄了床上的人就走。淮南王妃之所以會被這樣對待，亦是因為他們原本就想這樣對待薛宸，而薛宸竟然也沒有阻止他們這樣做……

聽嚴洛東的話就知道，其實他們早到了那片林子裡布防，若有心想阻攔怎麼可能阻止不了？但他沒有這麼做，確切來說，應該是薛宸沒有讓他阻止，就這樣眼睜睜看著慘劇發生。

江之道雖然明白的確是淮南王府挑釁在先，如果是他，也會和薛宸做同樣的事，不會救人。可他畢竟是男子，還馳騁沙場多年，才有這身匪氣，但薛宸……這個後宅女子怎麼也能這般狠心？想起婁慶雲曾經和他說過，他妻子可不比尋常閨秀，此刻江之道算是明白過來了。

這何止是不同尋常啊，簡直是……可怕了。

淮南王太妃面如死灰，已經亂得不知該說什麼。這回她可不僅僅是賠了夫人又折兵，還把淮南王府的臉面徹徹底底送掉了。

江之道知道情況後，讓人將淮南王太妃先送入後院看管起來。死去的王妃先在汝南王府入殮，然後把金三等一眾賊匪押入大牢。

在處理這些事情時，江之道沒敢看薛宸一眼，不知是被她這手段給震懾住還是有什麼其他想法，總之就是不敢走到薛宸身邊。

將人全押下去後，江之道入了花廳，沈聲對烏氏問道：「娘，我不在汝南城中，淮南王太妃和王妃是如何帶著那麼多人進城的？還隱藏在後山上？」

烏氏臉色又是一變，先前才恢復一些的雙腿現在又是一軟。

不過這回面對自己的兒子，她可沒有那麼沒底氣了，硬著頭皮說道：「我、我也不知道。淮南王太妃只說來拜訪我，我沒想那麼多，就讓她們進來了。誰、誰知道，她們竟是包藏禍心的。」

婁映煙聽了，難得強硬起來，站到江之道身後對烏氏說道：「娘，您怎會不知呢？汝南城讓夫君治理得如鐵桶一般，淮南王府的五百人若是沒人故意放行，怎會這樣輕鬆、誰也不驚動地藏在咱們王府的後山上？您這話連我都騙不了，還想騙別人嗎？」

薛宸正在喝茶，聽婁映煙這麼說自己，不禁和韓氏對視了一眼，似乎在說：喲，她還有點自知之明嘛。

韓氏橫了她一眼。

然後，便聽烏氏指著婁映煙叫罵。「妳說什麼？妳想挑撥我們母子嗎？好個毒婦！我從前是不是對妳太好，以至於讓妳忘記忠孝禮義怎麼寫了？還是說，妳以為有娘家人撐腰，我就治不了妳了？」

婁映煙不知道怎麼回嘴，江之道便截過烏氏的話頭，道：「娘，您這是什麼話，煙姐兒說的是事實！旁人不知道，我還會不知？若無內應，五百人豈能無聲無息地進了汝南城？您真當我是這麼好糊弄的嗎？」

烏氏瞧著兒子兒媳一起質問自己，這是要坐實她的罪名，哪裡還肯繼續辯解，眼珠子一轉，乾脆坐到地上幹起她的老本行，哭天喊地起來。「哎喲喂，真是兒大不由娘，有了媳婦兒就忘了娘！我含辛茹苦……」

烏氏一句話還沒嚎完，就聽見外頭傳來一聲尖銳的咆哮。「烏氏，妳這個昧良心、殺千刀的混帳女人，妳對我兒子做的是什麼事？這是要害死我們母子不成？給我出來！」

一直跟隨在江之道身後的江五郎聽出這聲音是誰，趕忙從江之道身後竄出去，走到門口，正好迎上一個並不是很美、但渾身上下藏著一股子潑辣氣息的中年婦人。

「娘，您怎麼來了？這裡是王府，您壞了規矩，到時太妃又要用這個責罰您了。」

原來這位就是龔姨娘，昨日她收到了薛宸讓嚴洛東送去的東西，果然今早就忍不住，單槍匹馬殺上門來了。

龔姨娘是個相當剽悍的女人，膀大腰圓，好像平日看見的鄉間婦人般，雖比那些婦人多了點氣質，但實在不美麗，年輕時還沒有烏氏漂亮。但很明顯地，她比烏氏更安分、更能吃苦耐勞，就因為她不離不棄陪伴了老王爺十多年，才有如今特殊的待遇。

龔姨娘似乎並不怕烏氏，從她說話的氣勢來看兩人的確是交惡的。烏氏是嫉妒心極強的女人，自己做不到的事情也不願有別人做到，不會去反省自己，而會一味責怪別人為什麼要做到，將她比下去。

這麼多年來，龔姨娘看清了烏氏的為人，平日多加忍讓，儘量不與她發生衝突。可是這一次，烏氏實在太過分了，眼看著就是想把她兒子的前程全部毀掉，她怎麼還能忍耐呢？

江五郎拉著龔姨娘，不讓她做出更加衝動的事情。烏氏瞧見她，就跟烏眼雞似的，頓時停止了哭鬧，從地上爬起來。

江之道見龔姨娘臉色不對，知道這位龔姨娘是代替娘親在戰場上陪伴父親十多年的妾侍，平日裡對她還算敬重。現在她這樣不管不顧地找上門來，一定是發生了什麼讓她無法忍受的大事，遂上前問道：「姨娘這是怎麼了？」

龔姨娘的氣憤似乎還未平息下來，指著烏氏直接說道：「你去問問你的好母親，她都做了什麼事？我知道自己是妾侍，人微言輕，在家裡也沒有地位，可是眼看著五郎這麼大了，她做嫡母的不替他張羅婚事，我這個親娘總要替五郎考慮考慮吧。

「我敬她是嫡母，過來和她商量，她一反常態說要請王妃回婁家問問三姑娘的意思。我對她千恩萬謝，甚至已經作好日日前來伺候她的決定。可是，你知不知道這個女人做出了什麼事？」

江之道蹙眉，又看了看薛宸。他收到婁慶雲的信，信中只說薛宸她們這些天要來汝南，並沒有說是為了什麼。如今看來，薛宸之所以會在這個時候來汝南，應該和龔姨娘說的事有關係。

因為牽涉了婁家三姑娘，薛宸這個長嫂不得不來，而她來汝南的消息不知怎地居然被洩漏給淮南王府知道，淮南王府對她動了歹心，才有了昨夜那齣戲碼。

現在江之道擔心薛宸來京城這件事，是他母親糊塗，聯合淮南王府做出來的。若是如此，他就沒臉去見婁家了，更對不起婁映煙。

龔姨娘從懷中拿出一張嫁娶用的庚帖交到江之道手中，上頭寫著江五郎的生辰八字。

江之道看著龔姨娘，問道：「這是……」

龔姨娘惡狠狠地瞧著烏氏，道：「你問問她，我家五郎的庚帖為何會出現在我準備給王妃帶回婁家的禮品裡？我只是拜託王妃回娘家問一問，若婁家不情願，我怎麼可能將五郎的庚帖直接送去京城呢？這叫婁家怎麼想我們五郎？逼婚逼到婁家頭上，五郎今後還有什麼前程可言？她就是要讓我們與婁家對立，想借著婁家的手來收拾我們！就因為老王爺對她下過命令不准她動我們娘兒幾個，就想出這種惡毒的手段，讓我們得罪別人，讓別人來替她收拾了我們。

「這輩子不管嚴寒酷暑，我始終待在老王爺身邊替太妃陪伴老王爺，就算沒有功勞也有苦勞吧？可太妃就是瞧我們不順眼，處處與我們為難。老王爺心疼我們，讓我們搬出去住，妳卻還是不放過我們，到底要我們怎麼樣？當真要我們娘兒幾個死在妳面前不成？好，如果真的要死，我一個人去死好了！王爺，我死了之後，求您替弟弟妹妹作主，讓他們有個好歸宿，莫再叫人欺負了去！」

這些話說出來，龔姨娘也不是開玩笑的，掙脫江五郎的箝制拔腿就往門扉上撞去，發出巨響，嚇了薛宸和韓氏一跳。

婁映煙趕忙過去將龔姨娘扶起來。龔姨娘頭上鼓起了大包，卻是沒有流血，見婁映煙和江五郎去扶她，沒辦法再撞，乾脆在地上打滾，哭天喊地，比烏氏剛才那一套還來得激烈和不顧顏面。

薛宸和韓氏對視一眼，對這位龔姨娘佩服在心底。對烏氏那種會撒潑耍賴的女人來說，以彼之道還施彼身才是最有效的做法。簡單來說，就是——她不要臉，就得比她更不要臉才可能戰勝她！

很顯然，龔姨娘做到了。

龔姨娘的行為讓烏氏也愣住了，一副沒法繼續發揮的表情，只能惡狠狠地盯著假裝尋死的龔姨娘，還有不住在她身邊安慰的婁映煙和江五郎，恨不得能撲上去咬死這兩個給龔姨娘配戲的人。

江之道哪能看著龔姨娘去死，但對於這種後宅女人一哭二鬧三上吊的戲碼他似乎已經很熟悉了，並沒有多摻和，靜靜地等她們發揮完了再站出來說話。

見龔姨娘情緒稍微穩定一點，江之道才走上前親自去扶龔姨娘，一番安慰後，龔姨娘才抽抽噎噎地起身，好似受了天大冤屈般。

烏氏著實恨得牙癢癢，也想躺下來和她一較高下，但終究比不過龔姨娘放得開。這個時候，她又想把主母的威儀給拾起來了。

第七十三章

江之道看了看手裡的庚帖，又看向烏氏，沈聲問道：「母親，這可是真的？」

烏氏撇了撇嘴，轉過頭去。「是又怎麼樣？我也是好心。就她這出身，就五郎這身分，竟也敢妄想衛國公府的姑娘。我若不這麼做，婁家估計連一眼都不會瞧她，我這是在幫她。現在倒好，狗咬呂洞賓，不識好人心。」

龔姨娘也不示弱，當即回嘴。「狗咬呂洞賓？婁家姑娘是我們能妄想的嗎？還不是妳提出來的，說要讓王妃回去問問。我也只想著，讓王妃問問沒什麼，婁家要是看不上咱們，我也不會硬要兒子去攀高枝，可妳竟然把我們五郎的庚帖直接送去婁家！

「王爺，您評評理，若最後國公爺恨起來，恨的會是誰？我們五郎不過是個小小副將，只盼著一輩子跟著王爺鞍前馬後，如今卻因為這個得罪了婁家。我……我可憐的五郎啊……」

江之道拿著庚帖走到薛宸面前，低頭問道：「大嫂，妳是專程為了這件事來的吧？」

薛宸點點頭，讓夏珠把婚書拿來交給江之道。「庚帖是我派人送去給龔姨娘的。除了那個，還有婚書。煙姐兒是被騙著帶回去的，根本不知道禮物中有這些東西。家裡的長輩都知道了，不知這是什麼意思，便叫我來問問情況。」

烏氏臉色大變，她早該想到了。指著薛宸罵道：「好哇，妳竟然騙我！原來婁家早已發現這東西，妳卻騙說沒看到。妳……」

薛宸淡然一笑。「我家長輩有沒有看見，又不是憑我一句話能說的。太妃做了這事，不就是希望他們看見嗎？怎麼如今聽說他們看到了卻不高興了？不能因為事情沒有按照妳想的那樣發展，而怪罪其他人吧？」

烏氏被堵了個啞口無言，龔姨娘倒是對薛宸另眼相看了，眼中露出欣賞之色。正好薛宸向她看過去，兩人目光短暫交流，薛宸對她點了點頭，龔姨娘受寵若驚，趕忙直起身子，給薛宸行了個大禮。

薛宸見狀，趕忙讓夏珠上前把她扶起來。

江之道瞧著手裡的婚書與庚帖，看向烏氏，咬牙切齒地說：「娘，您怎麼能做出這種事來呢？把我們汝南王府的臉都丟盡了！」說著，就把東西甩在烏氏的臉上。

烏氏嚇得往後倒退好幾步，臉色徹底變了，不敢再像先前那樣哭鬧。她從沒瞧見過兒子這樣氣惱的神情，低著頭不敢說話。

江之道滿心氣憤，良久後，才對薛宸說：「大嫂，妳既然為這件事來汝南，那……我就交給妳處理。要怎麼處置，妳一句話，我照做便是。」

江之道不是在推卸責任，而是他確實不好處理。往大了說，這件事破壞兩家和諧，薛宸是婁家派來的代表，有權作主；往小了說，這不過是後宅之事，自然要交由女人處置，最後還是會落在薛宸手裡。

薛宸盯著他看了一會兒，然後才道：「其實我這回來，只是要知道王爺的意思。我們家的大姑娘嫁給你做王妃，便是打算與你舉案齊眉、白頭偕老的。可是，她如今在王府內過的是怎樣的日子，每天面對的是怎樣的折磨，相信你比我清楚。

「我不想處置誰，只想請王爺給我個保證，讓婁家的大姑娘今後在王府過王妃應該有的生活。若你能保證這個，這件事不過就是兩家之間發生的小誤會，大家盡快忘記也就成了。你說呢？」

江之道臉上現出慚愧，看了看婁映煙。這些年，他的確知道母親在府裡的所作所為，因為婁映煙不反抗，他也就忽略了，如今想來，的確是過分了。

這樣騙婚的事若發生在其他人家，江之道不敢保證那些人有沒有婁家的器量。如今，薛宸代表婁家，從她的行事即能看出，她作得了主，說不計較自然就是不計較了。當即保證道：「大嫂放心，從今往後我必管好內宅，不叫煙姐兒受半點委屈。」

薛宸看看婁映煙，問道：「這事妳怎麼看？」

她這麼問婁映煙，就表明想把這件事大事化小的意思了。一來，這件事鬧大了對兩家的名聲都不好。烏氏之所以會這麼做，是想借婁家的手懲治龔姨娘，如今沒有得逞，就算沒有釀成大錯吧。

二來，江之道這個汝南王的面子還是要給的。搞出這事的畢竟是他的母親，若逼著他處置母親，只是加深兩家的仇怨罷了，不利於姻親團結。

更何況，最關鍵的是這兩天她已經在汝南搞出太多事情了。眼前有比這件更重要百倍的事情得處理。淮南王太妃帶人私闖汝南，這事壓在江之道肩上，要擺平也得費些功夫呢。這些後宅小事，還是別抓得太緊比較好。

她曉得婁映煙的心思，只是想把事情問清楚，並不是真要給烏氏什麼教訓。若烏氏今後還敢這樣對待婁映煙，婁家有的是機會動手，不必急在這時。

婁映煙望向江之道，在他眼中真真切切看出了悔意，低下頭說道：「我沒什麼想法，一切憑大嫂作主。」

反正她受烏氏的氣也不是一天、兩天，早就習慣了。但她相信經過大嫂這回在江家大顯身手後，烏氏不敢再和她搞這些彎彎繞繞，畢竟她有個厲害的大嫂在這裡呢！

薛宸得到婁映煙的回答，便對江之道點點頭。「那這件事就到此為止。」

說完這句話，薛宸便打算回去休息了。昨晚雖然勉強在別間房裡睡了會兒，可心裡惦記著事情，沒法睡得安心，現在可說是筋疲力盡了。

她轉過身，龔姨娘卻湊了上來，笑著將她上下打量兩遍，才毫不懼怕地問道：「您是婁家的少夫人嗎？」

薛宸不討厭這個精明中帶點直爽的聰明女人，點點頭。「是。」

龔姨娘也很欣賞這個有手段、有魄力的夫人，稍稍猶豫一下，便拉著有些靦覥的兒子江五郎來到薛宸面前，不害羞地直接推薦。

「少夫人，這就是江家的五公子，今年十七了，一直追隨王爺做事，人品端正，這一點王爺可以證明；辦事牢靠、為人穩重，這個王爺也能證明。相貌嘛，雖不是特別出眾，但勉強能入眼，麻煩少夫人將五郎的樣貌記著，回去與府內太夫人和長公主提一提。不需要刻意美言，我們也知道，於我們來說是高攀了三姑娘，因此不敢心存妄想，只想讓兩老知道，五郎並不是那種一無是處的浪蕩子。若是有合適的人選，能找個手腳齊全、懂事賢慧的姑娘配他，也就夠了。」

薛宸真是越來越覺得這個龔姨娘聰明了，會審時度勢，見什麼人說什麼話。這一點，對於後宅女子來說是很難得的，遂抬眼瞧了瞧站在母親身後、有些侷促卻絲毫沒有退縮之意的江五郎。

薛宸看著他的臉，忽然想起一件事，對龔姨娘問道：「不知五郎叫什麼名字？」

龔姨娘沒想到薛宸會問她這個，愣在那裡，半晌沒能說話。還是江五郎率先反應過來，對薛宸抱拳回道：「回少夫人，我叫江之鳴，字懷信。」

這下，薛宸徹底想起來了。

上一世，江之鳴十八歲時，在籌關之戰立了大功，單槍匹馬獨闖敵營取下敵方主帥的頭顱，避免了兩軍交戰，被皇上單獨召見，封了百戶侯，在京城武官中占有一席之地。正是這個江之鳴，以庶房庶子之身給他姨娘掙了個誥命回來！

前陣子薛宸根本沒想起來江五郎就是江之鳴。原本她就對這些事不是很熟悉，只對婁家知道些，畢竟都在京城，而婁家又是那樣出名的府邸。對於江家，她沒有多少印象，唯一記著的就是江之鳴。他以那樣低微的身分入京，委實在京中掀起了一陣不小的風浪呢！不過，他最後娶的是誰，薛宸就不知道了。

但有上輩子的記憶，薛宸知道，這對母子將來必定不是什麼簡單的人物。如今雖然虎落平陽，被烏氏欺負，可將來龔姨娘隨子入京，誰能說她這個姨娘不會過得比烏氏這個嫡母好？

薛宸不動聲色地點點頭，對江之鳴笑了笑。「江五公子這般人品，就是龔姨娘不說，我也會回去和太夫人與長公主說的，定不會辱了五郎之名。」

江之鳴沒想到這個高高在上的世子夫人竟然會對他們娘兒倆這樣客氣，感激至極，當即對薛宸拱手作揖。而龔姨娘看薛宸又更加順眼了些。

薛宸實在睏得不行，江之道親自送她們到垂花門前，然後才回身入內，關起花廳的門，在裡面和烏氏、婁映煙，還有龔姨娘、江之鳴一起解決這件被人家找上門的事。

對江之道而言，這不僅僅是自己母親做出冒寫婚書的糊塗事，還牽扯到她是怎麼和淮南王太妃勾結，又是怎麼把人給放進來、藏在後山中的。雖然他大致了解了事情的發展，但有些細節沒弄明白。這些事情不能當著外人的面詢問自己的母親，畢竟是不小的罪責，自然要關起門來問。

一整天的工夫，烏氏都被兒子困在花廳中，哭鬧的招數全用上了，卻無法讓兒子消氣，只好一點一點地老實交代。

烏氏說得越是詳細，江之道就對薛宸越是敬畏！同時心裡大呼萬幸，若非薛宸和她的人聰明，要真在汝南境內出了事，妻家絕不會放過他。到時候，他只能投靠二皇子和右相黨，從此走上妻離子散、萬劫不復的道路。

薛宸這番舉動不僅僅是幫了她自己，憑良心說，也幫了江之道。

薛宸和韓氏回到東廂房的客苑。

韓氏還是有些擔心，問薛宸。「淮南王府這件事難道咱們就不插手了？總要把人帶回京城去，交給世子調查才行吧。」

夏珠把門推開，讓薛宸和韓氏進去。除了薛宸外，幾個人的情緒明顯都很高漲。今天，夏珠和蘇苑算是再一次見識到自家少夫人的本事，韓氏也是如此。從前她只知道慶哥兒媳婦是個能幹的，卻沒想到她也是個心狠的，處置起人來老練凶殘，又叫人抓不到任何把柄，全是對方自作自受。這份思慮實非常人能有。

因此韓氏此刻對薛宸是一百個服氣，有什麼事情都願意先問一問薛宸的意思再做打算。

薛宸打了個大大的哈欠，回身對韓氏說：「咱們就不用管了，王爺自會給妻家一個交代，不會這樣不了了之的。更何況，這件事情由我們插手不大合適，交給王爺調查、上書，才有意思呢！」

韓氏看著薛宸，垂眸想了想，又問道：「妳的意思是，這件事不僅要解決，還要讓王爺上書啟奏？可這事……不會鬧到咱們身上來吧？畢竟淮南王妃……」

接下來的話，韓氏沒有說出口，但她是真的有點擔心。畢竟淮南王妃都被殺了，若真追究起責任來，不知道會不會把火引到婁家身上。

薛宸淡然一笑。「不上書、不啟奏，怎麼懲治淮南王府？用這個法子，為的就是把事情鬧大。就算鬧到婁家也沒什麼，太夫人說了，有事她兜著，是她老人家讓我們盡情發揮的，咱們還客氣什麼？這麼做，正好讓那些在暗地裡觀察的人知道咱們婁家不是好惹的，給他們提個醒兒。今後要想算計我們，得掂量掂量自己的斤兩。」

這些話薛宸原本是不想說出來的，但韓氏參與了這件事，又是第一次經歷這種大場面，有這些話給她壯膽，才不會胡思亂想，要不然，她這一路可難熬了。

韓氏聽了薛宸的話，雖然還是有點不安，但最起碼沒有像之前那樣擔心了，點點頭，說道：「妳說得是。若不讓旁人知道咱們的手段，將來什麼阿貓阿狗都敢往咱們頭上扣屎盆子，什麼齷齪的事都敢往咱們身上招呼，就是要讓這些狗崽子們看看清楚。」越說，越覺得薛宸說得對。

夏珠和蘇苑已經替薛宸把床給鋪好了，此時聽韓氏說話，也湊上去附和。「是呀，那些敢打咱們少夫人主意的阿貓阿狗，就是要狠狠教訓才行。」

其實，昨天連夏珠和蘇苑都不知道床上躺的並不是少夫人。她們如尋常那般鋪床睡下，半夜裡被吹了迷香，一直到今天早上才醒過來。醒過來時就瞧見少夫人已經起來，自己將床鋪疊整齊了，但是，被子卻不見了。

直到嚴護衛他們回來，她們才知道事情的真相，在心裡捏了一大把冷汗。少夫人也太厲害了些，厲害得叫人心裡發寒！

不過，兩人伺候了薛宸這麼久，也明白薛宸的脾性。對她好的人，傾囊相助；對她不好的人，傾巢報復，就是這麼愛恨分明。這樣的人相處起來，叫人十分安心，只要不背叛她，她就能永遠把人納在她的羽翼下，護短偏心，旁的人再也無法欺他一分一毫。夏珠和蘇苑覺得心中生出一種自豪感，因為兩人跟著的是這樣一個主子。

薛宸實在睏得不行了，讓兩個丫鬟在外間伺候韓氏，陪她說話，自己暈乎乎地爬上床，一覺睡了過去。

江之道走進房間。

剛才他審問過金三了，知道了他們的部署計劃，心中愧疚至極。如果這回薛宸真在汝南出事，整個汝南王府都要被牽連進去。

他從背後抱住了正在收拾東西的婁映煙，從沒有一刻感覺過，抱著她竟是這樣踏實。

「明日妳隨大嫂回京接莫哥兒，不妨在京城多住兩天，好好陪陪長公主與國公。」

婁映煙轉過身，看著江之道，美麗的雙眸中盛滿了不解。

江之道撫著她的臉頰，低聲說了句。「這些年，辛苦妳了。」

婁映煙搖頭，心裡有些不安，嘴上答道：「不辛苦，夫君說的哪裡話。」

兩人目光糾纏好一會兒，江之道才深吸一口氣，道：「妳在京城多住些時日，等我和淮南王府的事情全都解決後，妳再回來。到時候，妳隨我去籌關住著。咱們夫妻聚少離多總不是事，籌關那裡雖不如家中舒適，但比我爹在世時要好得多，除了無法僕婢成群外，府裡給的，我都能給妳。妳願意……跟我一起去籌關住嗎？」

見婁映煙不聲不響地看著他，江之道不免有些氣短，畢竟婁映煙是國公府的大小姐，又是皇上親封的縣主，要她隨他去邊關居住確實有些為難她。

不想叫婁映煙為難，江之道又補充了一句。「當然，妳要是不願意的話……」

婁映煙猛地截過了他的話頭。「我願意！我願意和夫君去籌關！我……我等了這麼些年，就是在等你帶我去。可是你從來不提，我以為……你不願意把我帶在身邊……」

聽她說得情真意切，江之道心中一喜，緊緊摟住她。「那我們就這麼說定了。等我辦完事情，親自去接你們娘兒倆回來，可好？」

婁映煙與江之道成親至今，從沒有和他這樣推心置腹地說過話，一時感動不已，雙眸中噙滿淚光，不住點頭，生怕自己答應慢了夫君就會反悔。

第二天，江之道親自送婁映煙和薛宸到汝南城門。

「這一路上，還得勞煩大嫂照顧煙姐兒。」

薛宸點點頭，一旁的韓氏瞧著這對小夫妻的感情似乎有了轉變，不禁打趣道——

「你就放心吧，咱們準能把煙姐兒照顧好。你要是真不放心，就自己送她去。」

江之道被她打趣，婁映煙也是滿面緋紅，似嗔似怨地瞪了韓氏一眼。

薛宸笑著說道：「你回去吧，我們這就走了。不必擔心我們。」

「我自然不擔心。大嫂的護衛隊高手如雲、能人輩出，只盼著沒有匪徒打擾你們，否則，我可真為那些人捏一把冷汗。」

薛宸笑著，沒有說話。

江之道卻湊到她旁邊問了句。「大嫂，妳說，單憑淮南王府的五百多人，怎麼就能輕易闖出汝南城？」目光瞥向坐在馬背上的嚴洛東等人。廖簽等人是暗衛，早不知藏到哪裡去了，只在關鍵時刻現身。

薛宸抬眼看他，神色淡定，依舊沒有開口，只對他點了點頭算是致意，然後便回身上了馬車。

婁映煙掀開車簾和江之道揮手告別。江之道站在城門前，目送他們的馬車離開。

在車上，婁映煙問薛宸。「大嫂，剛才夫君跟妳說了什麼？」

薛宸正在倒茶，把手裡那杯遞給她，又遞了一杯給韓氏，才回道：「沒什麼，讓我照顧好妳，等他辦完了事，就去京城接妳和莫哥兒。」

婁映煙聽了，臉上又是一陣殷紅。

薛宸端著茶杯看向車窗外頭，喝了口茶。

江之道果然是個人才，不過一夜工夫就查出了這些事。按理說淮南王府出了五百兵力，也不可能在汝南城中巡防營、西山營的隊伍沒到來之前就闖出鎖城關口，更別說還將那輛馬車護送出去。

不過，若是有人在城樓上接應就不一樣了。

嚴洛東和廖簽等人根本不是循著車隊追出城的，而是早在城樓上布防好，配合他們作出一齣闖關成功的戲碼來，為的就是讓馬車能在天亮前趕出城去。

淮南王妃死了，但這筆帳……可還沒有算完呢！

薛宸瞇著眼睛，又喝了口茶，呼出一口氣來……

——未完，待續，請看文創風405《旺宅好媳婦》5（完結篇）

2016年3月出版

商女高嫁

文創風388～389

這位大將軍，工作危險係數高，獎金雖多但一毛沒攢下，
爹不親、娘已逝，小媽鳩占鵲巢，同父異母的大哥對世子之位虎視眈眈。
名聲比她差，家底沒她厚，家裡糟心事比她多……
成親，還真難說是誰高攀誰！

娶妻單刀直入．甜的喲！／輕舟已過

世人都道她白素錦不是一般的好命，
一個退過婚的商戶女竟能高嫁撫西大將軍，山雞一朝變鳳凰！
可惜世人看不穿，撫西大將軍府就是個虛名在外的空殼子，窮的喲！
他說：「數日前，偶然經過令府門前，有幸一睹姑娘風采，再難思遷。」
哼，與其說他會提親是對她「一見鍾情」，倒不如說是「一見中意」更恰當，
想他堂堂一方封疆大吏、榮親王府世子爺，帳面上就只有三百多兩的現銀，
這……拮据得讓人難以置信，遇見她這麼會理財又有錢的當然再難思遷了。
不過，看在他拿金書鐵券以死保證他只會有她一個女人的分上，嫁了！
唉，她原是考古學女博士，穿越成了平民女土豪，
這一嫁，怕是要與皇家窮親王互相抱大腿過一輩子了……

有情有義．笑裡感動　活得率性．妙語如珠／小餅乾

二嫁得好

穿過來後，
她從寡婦到棄婦到貴婦，活得像倒吃甘蔗，
不只銀兩賺得飽飽，再嫁後夫妻生活也和和美美，甜得快膩人……

文創風 390 1

人家穿越是榮華富貴，而她穿來是個寡婦就算了，
才來沒幾日，居然就被趕出婆家門，帶著兩個小兒子窩山洞裡吃地瓜過活，
唉！穿過來之前沒當過娘，穿過來之後，不得不學著當個娘，
好幾回她氣得三人抱在一起哭，感動也抱在一起哭。
她想，既然回不去了，可得想法子讓這一窩三口吃飽、長進、活好，
看來能使得上力的就是她半吊子醫術、以及時不時來的靈光預感，
她決心要帶著兩個兒子活得有滋有味……

文創風 391 2

楊家人將她嫌得不成樣，還把她從寡婦休成棄婦，
呵呵，她倒覺得離了楊家那狼坑不是壞事，
人呢活著就是要有志氣能自在，機運來了，便能從賺小錢到賺大錢，
瞧她，活得多好，連棄婦都當上了，還怕人家説什麼，
想怎麼過日子就怎麼過日子，兒子想怎麼教就怎麼教，
醫術幫她賺一點，敢於嘗試幫她賺更多，
對人都一張冷臉的老寡婦，疼她的兩個兒子也順便對她好，
連房子都分他們一家三口住，就連老寡婦失而復得的兒子都對她……

文創風 392 3

説真的，楊立冬剛認識田慧這女人時，
他只有想翻白眼跟搖頭的分，要不就頻頻在內心嘆息……
天氣熱，她整個人懶洋洋躺在那兒，要她走動還會生氣；
説什麼都有她的理，直率得不像話，覺得她傻氣偏偏有時又很靈光，
倒是做起生意點子多，教起兒子很有她的理，連別人家的兒子也疼愛有加，
天下有女人像她那樣的嗎？他真真沒見過。
唉，男人一旦對個女人好奇起來，事情就沒那麼簡單了，
自願當起她兩個兒子外加一個乾兒子的接送車夫，
時不時就買好吃的討好三個孩子，人家可還沒叫他一聲爹呢！
那天，還趁她酒後亂性，誆騙她要對他負責，想方設法讓她只能嫁給他……

文創風 393 4 完

她棄婦的日子過得好好，本來沒打算再嫁的，
偏遇到了皮厚的冤家，對她吃乾抹淨還誆她要對他負責，
看在他對自家兩個兒子這麼照顧的分上，心想就跟他湊合著過看看吧……
沒想到，他對自己真是好得沒話説，
這一生，她沒奢想過能二嫁個皇上器重的將軍，
親兒子、乾兒子全考中、還連中三元，連開的餐館都賺得荷包滿滿，
現在的她什麼都不求，只求能度過命中這關卡，能跟他長長久久……

2016年3月出版

必求良媛

文創風 386～387

出逃這件事，不就是求低調、求平安嗎？
為啥她會惹上這位難纏的公子！
她家的飯再好吃，他也用不著天天來報到吧……

萌愛無敵　甜蜜至上／林錦粲

意外當選穿越史上最悲催的公主，周媛著實相當無奈，
沒人疼、沒人愛，竟然還被昏君老爹塞給奸臣當兒媳。
天啊……奸臣造反之心路人皆知，她才不要當倒楣的棋子呢，
與其坐以待斃，不如包袱款款落跑吧！
逃出大秦皇室的牢籠，隱身揚州點心鋪，周媛的美味人生正式展開，
生意紅火得訂單接不完，還招來出自名門、人見人誇的謝家三公子。
但周媛深刻覺得，這謝希治根本是披著君子外皮的腹黑吃貨！
天天上門蹭飯，硬拉她組成嚐遍美食二人組，有好吃的就是好朋友，
又打著教授才藝的名號登堂入室，搞得她家忠僕齊心想把主子給賣了。
唉唉，不管是落跑公主，還是市井小娘子，她都惹不起這位公子，
眼看曖昧之火越燒越旺，澆也澆不滅了，該怎麼辦才好哪……

2016年2月出版

醫諾千金

文創風 381～385

換個位置，當然要換個腦袋！
過去她出身傭兵團，被迫殺人不眨眼；
如今她晉升女神醫，自然救人不手軟！
怎奈高明醫術竟令她陷入難以抉擇的情網中，
這下神醫也救不了自己了……

步步為營　字字藏情／清茶一盞

前世她是個孑然一身的女殺手，為了生存，只能讓雙手沾滿血腥，
不料穿越後，她竟成了夏家醫堂的三房千金夏衿，
不但祖上三代懸壺濟世，還多了雙親疼愛，享盡不曾有的天倫之樂，
怎奈日子雖與過去天差地別，卻不代表從此和樂美滿，
皆因原先的夏衿雖體弱多病，但不至於喝了碗雞湯就香消玉殞，
如今平白無故死了，在曾為殺手的她看來，其中必有蹊蹺！
偏偏這大門不出、二門不邁的小嫡女能惹上什麼仇家？
最可疑的，便是那鎮日與三房為難作對的大房了，
這不，她才剛釐清真相，又一堆烏煙瘴氣的糟心事接踵而來，
不巧他們這回的對手，不再是過去的軟弱小姑娘，
她要讓大房知道——既然有膽招惹，就別怪她不客氣！

為流浪貓狗加油

和貓寶貝　狗寶貝

廝守終生(一定要終生喔！)的幸福機會

對人來說，貓寶貝狗寶貝只是生活的一部分，但妳(你)對牠們來說，卻是生活的全部，領養前請一定要考慮清楚——

▲ 我不凶，其實我很乖的Countess

性　　別：女生

品　　種：混種，可能混古代牧羊犬或拉薩犬

年　　紀：2歲多

個　　性：親人、親狗、親貓，愛撒嬌，非常友善

健康狀況：血檢正常，已施打狂犬、十合一疫苗
　　　　　已點蚤不到除蟲

目前住所：新北市新莊區

本期資料來源：台灣認養地圖

第267期推薦寵物情人

『Countess』的故事：

與Countess的第一次相遇是在彰化員林的收容所，Countess是一隻混種的中大型梗犬，一開始看到牠時，由於牠巨大的體型，大家認為是混古代牧羊犬，後來經過志工們再次判定，認為混拉薩犬的機率比較高。

Countess的外型雖很巨大，但個性卻與牠的外表截然不同，十分害羞膽小，完全不會凶而且非常喜歡撒嬌，看得出來曾經被人類飼養過，卻因不明原因被主人狠心地遺棄在山上。

Countess喜歡外出散步上廁所，牠很乖巧，拉著繩子牽牠散步時不會亂衝亂跑。目前新莊的志工正在訓練Countess也能在室內大小便，讓未來寵愛牠的新主人可以避免下雨天的窘境。

Countess吃飯時有一個有趣的習慣，牠常常一邊吃著碗裡的食物，一邊盯著其他同伴吃飯，非常不專心，可能Countess覺得同伴的食物比較好吃吧！

Countess在個性上算是慢熟型，初到新環境若聲響太大會嚇到躲在桌子下，非常膽小，但害怕之餘還是會偷偷觀察大家在做什麼，經過自己幾天的觀察後，就會主動靠近人和同伴，甚至會用頭去頂人討摸摸呢！

如果你/妳正在找一隻外型「大男人」但內心卻「小女人」的寵物作伴，請給Countess一個機會，相信你/妳絕對不會失望。歡迎來信carolliao3@hotmail.com(Carol 咪寶麻)，主旨註明「我想認養Countess」。

編註：不要猶豫，趕快來看看！更多Countess的生活照就在這裡！
https://www.facebook.com/liao.carol.3/media_set?set=a.10205457223702769.1615840763&type=3

認養資格：

1. 認養者須年滿25歲，有獨立經濟能力，
   並獲得家人、同住室友或房東的同意。
2. 認養前須填寫問卷，評估是否適合認養。
3. 須同意簽認養寵物切結書。
4. 同意送養人日後之追蹤探訪，對待Countess不離不棄。

來信請說明：

a. 個人基本資料：姓名、性別、年齡、家庭狀況、職業與經濟來源等。
b. 想認養Countess的理由。
c. 過去養寵物的經驗，及簡介一下您的飼養環境。
d. 若未來有當兵、結婚、懷孕、畢業、出國或搬家等計劃，
   將如何安置Countess？

旺宅好媳婦 4

國家圖書館出版品預行編目資料

旺宅好媳婦 / 花月薰著. --
初版. -- 臺北市 : 狗屋, 2016.04-
冊 ; 公分. --(文創風)
ISBN 978-986-328-585-4(第4冊 : 平裝). --

857.7 105002297

著作者	花月薰
編輯	安愉
校對	黃亭蓁　許雯婷
發行所	狗屋出版社有限公司
地址	台北市104中山區龍江路71巷15號1樓
電話	02-2776-5889～0
發行字號	局版台業字845號
法律顧問	蕭雄淋律師
總經銷	知遠文化事業有限公司
電話	02-2664-8800
初版	2016年5月
國際書碼	ISBN-13　978-986-328-585-4
原著書名	**《韶华为君嫁》**，由北京晉江原創網絡科技有限公司授權出版

定價250元

狗屋劃撥帳號：19001626

網址：love.doghouse.com.tw　E-mail：love@doghouse.com.tw